燕赵文艺名家丛书·文学

世界著名中短篇小说赏析

封秋昌 著

河北出版传媒集团
河北教育出版社

图书在版编目（CIP）数据

世界著名中短篇小说赏析 / 封秋昌著 . -- 石家庄 :
河北教育出版社 , 2025. 3. -- (燕赵文艺名家丛书：文学).
ISBN 978-7-5545-9088-1

Ⅰ . I106.4

中国国家版本馆 CIP 数据核字第 2025RQ7146 号

燕赵文艺名家丛书·文学

世界著名中短篇小说赏析

SHIJIE ZHUMING ZHONG DUAN PIAN XIAOSHUO SHANGXI

作　　者	封秋昌
出 版 人	董素山
选题策划	汪雅瑛
责任编辑	刘书芳　王旭瑞
特约编辑	赵鑫雅
装帧设计	郝　旭
出版发行	河北出版传媒集团

河北教育出版社 http://www.hbep.com

（石家庄市联盟路 705 号，050061）

印　　制	石家庄名伦印刷有限公司
开　　本	787 mm×1092 mm　　1/16
印　　张	19.25
字　　数	256 千字
版　　次	2025 年 3 月第 1 版
印　　次	2025 年 3 月第 1 次印刷
书　　号	ISBN 978-7-5545-9088-1
定　　价	98.00 元

序言

文化兴则国家兴，文化强则民族强。燕赵文化源远流长、博大精深，形成了慷慨悲歌的燕赵精神，孕育了灿若星河的文艺名家。他们立时代之潮头、发时代之先声，传承着河北文艺的优良传统，书写和记录着人民的伟大实践，为河北文化事业的繁荣发展做出了巨大贡献。

星河灿烂，艺道日新。为了继承和发扬老一辈文艺名家的宝贵精神，发挥好他们在文艺创作道路上的"传帮带"作用，推动文艺繁荣发展，河北省坚持以习近平文化思想为指导，组织实施了文艺名家推出工程、中青年文艺人才"秀林计划"、文艺后备人才"春苗行动"、文艺名家情系河北"故乡创作计划"，通过每年为文艺名家出版专著、召开研讨会、成立工作室等方式，支持名家开展创作、发展事业，鼓励名家收徒传艺、扶携后辈，勉励新一代文艺工作者见贤思齐、接续奋斗，努力形成河北文艺事业长江后浪推前浪的生动局面，构建"老中青梯次衔接、省内外交相辉映"的人才格局。

作为文艺名家推出工程的重要内容，省委宣传部会同省文联、省作协开展了"燕赵文艺名家丛书"的编辑出版工作，按照"一人一书"的原则，为我省文艺名家出版作品集或个人专著，集中展示文艺名家的创作历程、奋斗精神和创作成果，强化文艺名家的行业引领效应，带领人才成长、带动文艺事业发展。首批文艺名家包括张峻、尧山壁、封秋昌、蔡子谔、刘小放、边国政、梅洁、刘家科、何玉茹、傅剑仁、谈歌等11位著名作家，以及边发吉、旭宇、郑一民、铁扬、孙德民、曹贤邦、刘瑞新等7位著名艺术家。

择一事，终一生。这18位著名作家、艺术家，是河北文艺发展的实践者和见证人，代表着一个时代的文艺水平和精神。他们用一生的文艺实践，走出了一条扎根时代、扎根人民的创作之路；他们用无愧时代的精品，绘就了欣欣向荣的文艺画卷；他们用发自内心的真诚和热爱，传递了生生不息的文艺薪火。全省广大文艺工作者要以名家为榜样，不忘初心、牢记使命，不负时代、不负人民，创作更多思想精深、艺术精湛、制作精良的优秀作品，热忱描绘新时代新征程的恢宏气象，书写生生不息的人民史诗，奋力攀登新时代文艺新高峰！

编委会

2024 年 9 月

目 录

爱情·婚姻·家庭

关于战争

底层民众与小人物

人生哲理与人性

社会现实与人的命运

本书序

一

  《世界著名中短篇小说赏析》只有五十四篇，大有以偏概全之嫌。由于著名的中短篇小说众多，所以任何此类写作都是有选择的写作，不可能将所有的名著都囊括其中。既然以偏概全难以避免，本书也就大言不惭地名之为《世界著名中短篇小说赏析》了。

  这五十四篇文章中，有四十八篇都写于 2023 年，而《海明威〈老人与海〉：没有胜利者的搏斗》写于 2011 年，《加缪〈局外人〉：形象化了的"荒谬观"》写于 2022 年，2024 年 1 月至 5 月，只写了川端康成的《伊豆的舞女》《雪国》和艾丽丝·门罗的《逃离》《空间》等四篇的赏析。

  虽然海明威的《老人与海》和加缪的《局外人》的赏析分别写于 2011 年和 2022 年，但那时并没有写书的设想，不过是当时写的两篇阅读笔记而已。写这本书的设想，是在 2023 年初突然产生的。原因很简单，就是觉得自己年龄大了，不想再跟踪海量的当代文学了，但又不想无所事事，每天悠闲地跷起二郎腿喝茶看电视，于是就想给自己找一个既能练笔练脑又没有什么压力的自娱自乐的写作项目。恰巧，那时我正在看一本世界著名中短篇小说选集，也有一些阅读心得，于是突然产生了写这本书的想法和愿望。当时并没有想到发表和出版，只是不想让自己的头脑和笔生锈，自娱自乐而已。简言之，是写给自己看的。

何谓名著？很难有统一的标准和看法。我选择名著的标准：世界著名作家的名篇或重要作品。因此，这种选择本身就带有主观性。

我撰写赏析坚持的是"两个出发"：一是坚持从自己对作品的真实感受出发。避免人云亦云，行文要朴素自然，少用或不用生僻的术语，即避免学院化。二是坚持从作品的实际出发。文学评论的评论对象是作品，所谓评与论，是对作品的评与论。过去有人提倡："我评论的就是我。"此言不差，但这并不意味着评论家可以脱离作品实际而任意发挥。我的看法是：所谓"我评论的就是我"，应该是评论家这个"我"对作品的理解和看法。作家的写作是创作，评论家的评论同样是创作。所不同的是，作家的创作是对生活的发现，评论家的创作是对作品的发现，即发现那些有价值、有新意却被忽略了的东西。

因为最初的写作动机是自娱自乐，所以预先并没有一个总体的设想和规划，而是写作跟着自己对名著的阅读走，读到了哪些名著，自己有什么真切感受就写什么。当我写了二十多篇之后，我把一些拙文发给几个作家朋友征求意见，没想到这些率性而为的拙文竟然得到了他们的肯定和鼓励，希望我能够写成一本书出版。于是，我便产生了出书的想法，这个想法也让我在写法上前后有了较大的不同。前面写的二十多篇，只写自己感受最深的某一两点，而且不涉及其他人对作品的评价，所以一般较短，最短的一篇不足千字。但有了出版的想法之后，我觉得坚持写自己的一己之见固无不可，如若公开出版，为读者考虑，还是扩大文章的信息量为好。于是，我增加了对作品已有评论的介绍和对其中某些论点的不同看法。

如此一来，文章自然就长了起来。比如，写《雪国》的一篇近万字。其实，文章长短的变化不仅仅是写法的变化，更重要的是关乎批评或研究方法的重新选择和改变。长期以来，我都是坚持鲁迅所倡导的"知人论世"的评论之道。这一次，我想试着采用"文本批评"的研究方法对名著进行解读，就是把作品看作一个独立存在的世界，而不顾及作品与作家、与时代、与社会的联系，就是只进行所谓"内部的"研究。但经过一段阅读、思考和写作实践之后，我越来越感觉到了这种研究方法的局限性和片面性。因为文学是对特定时代的社会生活的反映，而现实主义与现代主义、后现代主义的区别只在于反映形式的不同；文学反映社会生活不是直接的反映，而是通过作家的主观来反映客观的生活，即作品所反映的是作家所体验到的生活。所以，它必然与作者具有不能被忽视的联系。诚如韦勒克在《批评的诸种概念》中所说的："我曾将对文学作品本身的研究称为'内部的'研究，将对作品同作者思想、社会等等之间关系的研究称为'外部的'研究。但是，这种区分并不意味着应忽略甚至蔑视渊源关系的研究，也并不是说内在的研究不过是形式主义或不相干的唯美主义。"

二

撰写赏析，是我集中时间对经典名著认真拜读，并进行学习、思考，从而提高艺术素养的过程，尤其是对我的知识储备、认知和鉴赏能力、对作品的感受和概括能力的锻炼和考验。最初的写作很顺利，大约一个星期可以写一篇。我本以为会越写越顺手、越轻松自如，而结果恰恰相反，非但没有越写越顺手，反而越来越感到棘手；不是越写越有轻车熟路之感，而是越写越觉得步履维艰。比如写川端康成《伊豆的舞女》和《雪国》的两篇，用了一个多月的时间才完成。尤其是《雪国》，曾经让我感到束手无策，对作品明明有了自己的理解和感受，就是无法用精准的概念和语言予以概括。对作品进行总体把握并进行精准的概括，我认为是一个评论家进行评论的精要之所在。反之，没有对作品的整体把握和精准概括，就没有所谓的"评论"。然而，对作品的整体把握和精准概括又是何其难啊，尤其是当你面对的是深邃多义的经典名著的时候。

经典名著之所以难以理解，我感到有这样两方面的原因：一是因为经典之作都具有深邃性、多义性和隐蔽性。所谓深邃性，是说经典之作所表达的思想是对事物本质特征的新发现、新命名，是言人之所未言，故而新颖深刻。所谓多义性，是经典之作往往具有在单纯中见丰富的特征。其事件是简单的，然而其中却包含着多种可能性。就像一个圆球体，可以从多种角度去观看它，却又是"横看成岭侧成峰，远近高低各不同"，所以不同的评论者可以有不同的解读，正所谓一千个人有一千个哈姆雷特。所谓隐蔽性，是说经典之作所表达的思想是含而不露的，往往隐藏在故事背后，不容易被一眼看穿。经典之作由于有这样"三性"，故而不好理解。

二是因为经典之作都是"独特的"。由于名著具有独特性和无法取代性，使得我们在解读不同的名著时不能用一把尺子来衡量，就像开锁一样，必须一把钥匙开一把锁。解读经典名著，又像攀登高山险峰。层峦叠嶂，蜿蜒曲折，自古华山一条路，唯有找到了正确无误的攀登之路，方能"会当凌绝顶，一览众山小"。如果用解读托尔斯泰的思路和方式去解读卡夫卡或卡尔维诺，肯定要碰壁；即便两篇小说同属批判现实主义，你拿着开普希金这把锁的钥匙去开果戈理这把锁，肯定是难以打开的。所以，面对不同作家的作品，必须不断地转换思维方式，才能找到对症下药的方法和路径。然而找到正确无误的攀登路径，也绝非易事。

这就是我越写越感到棘手的原因，但这对提高我的艺术修养，锻炼我的思维能力却是大有裨益的。

三

虽然经典作家及作品都是"独特的"，但也有其共同性。

其一，经典作品都是他们对所处的时代和社会生活的深刻体验和认识，写出了生活中所包含着的"变"与"不变"、特殊性和普遍性、地域性和人类性的统一。这些作品描写的都是某个国家、某个地域、某个时期具体的社会生活和人的生存状态，所以是特殊的；但这些具体的、特殊的、变化着的生活，其中又隐含着人类所共有的不变的东西，从而超越了特殊性和局部性，具有了普遍性、世界性、人类性和永恒性。

为此，这些经典作家都非常强调对自己所处的时代和生活有深刻的理解和认识。加缪说："作家必须对自己时代的戏剧性事件有着充分的认识。"加缪在这里所说的"戏剧性事件"，是指作家对生活中所发生的突然而意想不到的变化要有充分认识。海明威把作家所拥有的生活比喻为一口井。他说："重要的事情是井里要有好水。最好是汲出定量的水，而不是把井水抽干，再等它渗满。"他还说："如果一个作家停止了观察，那他就完了。"而他所倡导的"诚实写作"，就是忠实于自己所了解的生活："如果老是写他不了解的东西，他会发现自己在说假话。他说了几次假话之后，无法再诚实地写作了。"

其二，艺术创新。但凡被称为名著的，都为文学提供了新的东西。这些新东西是过往的文学不曾有过的。艺术创新表现在如下一些层面：一是拓展了新的描写领域，如普希金开创了描写底层小人物的先河；二是在表现形式上有其独到之处乃至创作方法的革故鼎新，比如浪漫主义、现实主义、批判现实主义、魔幻现实主义、现代主义、后现代主义等创作方法的相继出现；三是对一种新的并且具有普遍性的社会现象、事物的某一本质属性和特征的新发现，如卡夫卡发现了资本主义社会的"异化"现象，鲁迅发现了阿Q的"精神胜利法"；四是作品提供了一种新的思想。

艺术创新一般都伴随着作家的艺术想象，但艺术创新不是无中生有和凭空编造。艺术创新本质上是对人、事、物的新发现。就是说，出现在作家笔下的新东西，原本就是一种客观存在，只是它在没有被文学所表现的时候，人们没有发现或忽略了它的存在，而第一个发现并表现它的作家和作品，就属于他的艺术创新。同理，因为作品的"新思想"是对事物本质特征的新发现和命名，所以它在被发现之前就是隐含在事物之中的存在。是故，作品的"新思想"来自作家的"新发现"。

有鉴于此，我颇为赞同川端康成对他的美学思想的阐释。纵观他的美学思想，可以用"邂逅（发现）""感受""创造"三个关键词来概括。川端康成认为，对于艺术家来说，重要的是和美的邂逅，这样才能发现美，并对美有自己真切的感受，再把感受用自己的语言和形式表现出来，就是创造。美和生活都是客观存在的，而作家的感受是主观的，作家的创造则是主客观的相互融合、相得益彰。邂逅和发现是创造的前提，创造是发现的结果。

其三，反复修改，精益求精的创作态度。这一点恰恰是一些当代作家缺乏的。所以，我想多说几句。

创造的过程，并非灵感所至，一挥而就，而是一个去粗取精、删繁就简的提炼过程。最典型的例子是海明威所坚持的"冰山原则"。一座冰山，在水面上显露出来的只是冰山一角，只占整座冰山的八分之一，而其余的八分之七是在水下看不见的。海明威以此作比，说明作家在一部作品中写出来的要比他知道而没有写的少得多。作家的写作不是罗列事实，不是把自己知道的统统端出来，他要传达的是经过抽象后，具有了形而上高度的独属于自己新发现的经验。所以，凡是别人已经表现过的东西，凡是与自己所要传达的经验无关的人和物，一律都会被他删掉。以《老人与海》为例，就海明威对那个渔村的了解，可以写一千多页，但海明威把他知道的许多人物和事件都删掉了，最终让读者看到的仅仅是一篇中篇小说。

但是，我们不能忽视那些作家没有写或被删掉的东西的重要性，因为冰山之下的部分，属于作家的"生活库"，而他在作品中所传达的经验，就是来源于此。

伟大作家的创作经验告诉我们：创作的过程，是一个需要反复修改的艰难的过程。列夫·托尔斯泰写《安娜·卡列尼娜》，光开头就写了好多遍，许多伟大的作品，就是这样不厌其烦地修改出来的，例子不胜枚举。马尔克斯的写作，构思时间相当漫长。他告诉来访的门多萨说："说实话，如果一个想法经不起多年的冷遇，我是绝不会有兴趣的。而如果这个想法确实经得起考验，就像我写《百年孤独》想了十八年，写《族长的秋天》想了十七年，写《一桩事先张扬的凶杀案》想了三十年一样，那么，到时候就会瓜熟蒂落，我就写出来了。"而进入写作过程，也并非一挥而就。起初，他是写完之后再修改，后来喜欢边写边修改，"写一篇十二页的短篇小说，我有时要用五百张稿纸"。

作家反复修改作品，犹如科学家所进行的科学实验。修改的过程不仅仅是删繁就简锤炼字句，而是作家的认识、感受、情感由朦胧到逐渐清晰，由表象到抽象的过程，亦即由浅入深不断深化的过程，也是寻找恰当的表现形式的过程。

寻找到恰当的表现形式并非易事。一个事物的表现形式有上千种，作家的工作就是在上千种的表现形式中找到最恰当的表现形式。其艰难程度可想而知。比如福克纳写《喧哗与骚动》，光是叙述角度和叙述人就改换了四次，但写好后还是不能令自己满意，以致书出版十五年后，他又重写了一遍，作为附录附在另一本书的后边，才觉得了却了一件心事。海明威写《永别了，武器！》，最后一页竟然修改了三十九遍才满意。

伟大的作家都是自己时代的阐释者。但要做时代的阐释者，前提是真正地熟悉生活、拥有生活，更重要的是对生活有整体把握和深刻认知的能力，由此产生独属于自己的、值得传达的经验。

当代作家所面对的是一个信息化、数字化和科学技术飞速发展的新时代，是一个百年巨变的时代。而这一切，对于当代作家来说，都是陌生的、难以认识的，而作家的责任就是要认识和把握这难以认识、难以把握的世界，方能成为自己时代的阐释者。

　　为此，希望我们的作家向生活学习，向伟大的作家学习！

2024 年 2 月 28 日草拟

2024 年 3 月 22 日修改

荒诞与真实

加缪《局外人》：
形象化了的"荒谬观"

　　1943 年，法国哲学家、作家加缪出版了小说《局外人》，几个月后又出版了哲学著作《西西弗神话》。这两部作品以不同的形式，阐发了他的存在主义的"荒谬观"。《局外人》一出版，就引起了西方学界的高度关注，研究者们发表的研究文章可谓海量。学者们从不同角度对这部小说和主人公默尔索进行解读，并相互反驳。华东师范大学朱国华教授对上述的研究进行钩沉、梳理，撰写了《〈局外人〉的几种读法》，分上、中、下三编，长达四万余字，发表在《中山大学学报·社会科学版》。

　　读了朱国华教授的长文，使我对《局外人》在西方学界的研究状况和引发的争议有了一个概括性的认识。争议的焦点是对主人公默尔索的看法，有人说他自私、冷酷、没人性，他的存在是对社会的危害，也有人为他进行辩解。例如萨特，他认为不应该用不好也不坏、不道德也不伤风败俗的世俗眼光去评判默尔索，这些对默尔索都不适用，因为"他属于一种特殊类型的人，作者名之为'荒谬'"。也就是说，萨特认为应该用"荒谬"的观点来看待默尔索，即他是一个荒谬的人，是一个"局外人"。

　　何为"局外人"？笔者的理解是，生活在社会游戏规则之外的人，或不受规则约束的人、与社会理性相对抗的人。默尔索之于社会，他是"局外人"；我们之于默尔索，我们是"局外人"。

　　根据朱国华的介绍，我感到他们所说的"荒谬的人"具有两个特点：一是非理性。人类社会的游戏规则建立在理性认识的基础上，是为社会的稳定而对人进行约束，如法律、道德观念等。而所谓"荒谬的人"，是不遵守这些社会游戏规则的，或者说，他们根本就没有关于规则的意识，他们完全生活在社会规则之外，是所谓"局外人"。二是"荒谬的人"的清醒。他们意识到了世界的非理性和荒谬，但他们不会因为世界的荒谬而自杀，他们要活下去，不放弃自己的任何信念，不抱希望，不存幻想，也不逆来顺受。用萨特的话说，荒谬的人在反抗中确立自身。他们在不抱任何希望的反抗中，获得快乐和满足。如西西弗斯，他日复一日地将一块巨石推向山顶，日复一日地坚持着，并且乐此不疲。

但是，我们要问：完全摆脱了社会游戏规则的人存在吗？反社会、反理性的人的确存在，但这些人并不是反对一切的规则和社会理性，而是用他们认为理想的规则和理性，来反对现有的不合理的规则和理性。而加缪笔下的默尔索则是反对所有的理性和社会游戏规则，他用非理性反对一切理性。这是存在主义的哲学主张。所谓"荒谬的人"，在现实生活中是不存在的，而是加缪"荒谬说"的化身，即由某种理念幻化出来的假人。反过来说，如果这类"荒谬的人"是真实的存在并且是大量的存在，人人都是非理性者，人人都随心所欲，为所欲为，没有任何理性诸如法律、道德的约束，社会便会变成一盘散沙。

世界是非理性的吗？答曰：非也！因为世界并不是毫无头绪的杂乱无章，万事万物都有自己的本质和发展规律，即理性。不管人类社会还是整个自然界，都有自己的发展规律，何谈什么非理性和荒谬！人生在世，是要认识自然，顺应自然，按自然规律行事，而不是无视自然理性，从而悲观失望地宣扬所谓的荒谬！

2022 年 5 月 2 日草拟

菲茨杰拉德《返老还童》：
真实的社会环境与荒诞的人生

　　短篇小说《返老还童》又名《本杰明·巴顿奇事》，创作于 1921 年。1922 年，菲茨杰拉德出版了短篇小说集《爵士时代的故事》，这篇小说收入其中。2008 年，有"鬼才"之称的导演大卫·芬奇将小说改编并拍摄成电影，名为《本杰明·巴顿奇事》。电影与原作相比有较大的改动和增补，为的是让那些匪夷所思的"奇事"具有存在的合理性和可理解性。笔者现在要谈论的是小说原作。

　　小说《返老还童》，讲述了本杰明·巴顿奇特、反常、荒诞的人生际遇。他一出生就像一个七十岁的老头儿，稀疏的白发，被风吹得飘荡的长长的胡须，把所有见到他的人都吓蒙了，医院的医生感到惊恐和愤怒；他的父亲罗杰·巴顿也难以置信，因此感到极度失望、无奈、羞愧和痛苦，在医生的逼迫下，罗杰·巴顿不得不把这个小老头儿领回家去，并把这个长得不像婴儿的小老头儿当作婴儿来对待，明知成熟的儿子对婴儿玩具根本不感兴趣，还是买回各种各样的玩具逼着他玩，而他却偷偷地抽爸爸的雪茄。

　　本杰明·巴顿十八岁时考上了耶鲁大学，因为长得像五十岁，学校把他当疯子赶出去，不承认他这样一个新生；二十岁时，蒙克瑞福将军的女儿希尔嘉不顾父亲的反对嫁给了本杰明·巴顿，因为在她看来，五十岁的男人最成熟，比二十岁的青年更能体贴人、更会照顾人，而其他人认为她嫁给本杰明·巴顿简直是一种罪恶。1898 年，美国和西班牙发生战争，本杰明·巴顿入伍，因有战功晋升为上校，三年后离开部队回家照料生意，但这时他已经开始变得年轻起来，而妻子已经显出了老态，两个人已经没有了共同语言和爱情。1910 年他考入哈佛大学，身体开始变小，到大四时，看上去已经是个十六岁的孩子了。第一次世界大战爆发后，美国开始中立，后来决定参战，为此征召参加过美西战争的退役军官入伍。本杰明·巴顿有幸被征召重新入伍，并收到授予他"准将军"的委任状。他志得意满地前去报到，部队却认为他是个小孩子，不承认他就是当年参加过美西战争的本杰明·巴顿，于是通知他儿子罗杰斯将他领了回去。本杰明·巴顿回去之后，身体、容貌变得越来越小，渐渐小到生命的消失。

这就是本杰明·巴顿奇异的、荒诞的、令人啼笑皆非的一生。那么，应该如何理解本杰明·巴顿的荒诞人生呢？不同的论者有不同的理解和解读。在笔者看来，至少可以从社会和哲学两个层面进行解读。

首先，从社会的层面来看，本杰明的反常和荒诞是美国社会精神现实的象征。显然，一个人一出生就是个会说话的七十岁的小老头儿，根本是不可能的，这完全是作家的假想和编造。那么，菲茨杰拉德为什么要编造这样的奇人奇事呢？其实，所谓的奇人奇事，只有本杰明·巴顿一个人，而其他人物，如他的爷爷、父亲、儿子和孙子，都是正常人；从他出生到死去，时间跨度长达半个多世纪，小说中提到的南北战争、美西战争和第一次世界大战都是真实不虚的。这就是说，只有本杰明·巴顿的存在是反常的、荒诞的，而他所生活的社会环境，包括人际关系都是真实的。这就说明，本杰明·巴顿之奇人奇事，是有其产生的社会基础的，也就是说，本杰明的反常、荒诞的人生际遇是美国社会的产物。因此，菲茨杰拉德显然是想让读者通过本杰明的反常和荒诞，去窥视美国资本主义社会的精神现实。比如，本杰明·巴顿十八岁时考取耶鲁大学，但学校不承认他的实际年龄而认定他五十岁；第一次世界大战爆发后，本杰明·巴顿应征入伍，他拿着委任状去报到，军方看他像个孩子而拒绝他入伍。本杰明被耶鲁大学拒之门外，是因为他看上去年龄大；被军方拒绝，是因为他看上去年龄小。虽然一个是因为他的"大"，一个是因为他的"小"，但他们的共同点都是把真的当成假的，即"视真为假"；而希尔嘉认为和五十岁的本杰明·巴顿结婚则是"以假为真"，就连他的父亲罗杰·巴顿也不承认他出生时的"老"，自欺欺人地把他当成一般的婴儿对待。由此让我们看到，这是一个真假难辨、是非混淆的时代，思维方式主观、武断且固执己见。

本杰明·巴顿和希尔嘉的婚姻，不仅希尔嘉的父亲坚决反对，整个西尔的摩的人都反对，但后来他们却接纳了这对夫妻，因为本杰明·巴顿从1880年结婚算起，到1895年他父亲退休为止，他家的财富增加了数倍，其中的功劳大都该归为本杰明。他和希尔嘉的婚姻之所以被西尔的摩的人们所认可、接受，是因为他拥有了财富，在商界有了地位。本杰明·巴顿与岳父蒙克瑞福将军的关系也融洽了，这是因为他赞助岳父出版了二十卷的《南北战争史》，"这书以前被许多著名出版商拒绝过，甚至有九家之多。在这件事后，将军和他的关系也变得融洽起来"。

由此可以看出，这是一个被金钱所主宰的社会，是一个金钱取代上帝的社会。菲茨杰拉德"失而复得"的婚姻，使他看清了金钱的魔力，"金钱就是能将废墟变成圣殿的魔杖！"这就是被菲茨杰拉德称为"爵士时代"的精神现实。关于"爵士时代"，菲茨杰拉德是这样说的："这是一个奇迹的时代，一个艺术的时代，一个挥金如土的时代，也是一个充满嘲讽的时代。"可见，所谓"爵士时代"，是一个讲究享乐的"精神荒原"！

其次，从哲学层面来看，本杰明·巴顿的人生际遇揭示了生与死、正常与反常的关系。生与死是哲学研究的根本问题，古往今来的中外哲学家都探讨过生与死的问题，中国的儒释道都对生死问题有自己的解释，西方哲学对这一问题存在着两种看法，一种认为死是对生的否定，一种认为死是生的一部分；没有死，生就是不完整的。例如海德格尔说的"向死而生"，萨特也认为死是有意义的。加缪则说："唯一真正严肃的哲学问题，只有一个，那就是自杀。"他的意思是说，当我们回答了"我为什么不自杀"这个问题的时候，其实就意味着我们找到了人生的意义。因为有死，才让我们认识到生的意义。尽管对生与死的问题在哲学上有不同的解释，但有一点是相同的，就是有生就有死。这是大自然发展的规律，没有永生不死的事物，人也是一样。但有些人总幻想着返老还童，长生不老，比如秦始皇就是这样。菲茨杰拉德的这篇题为《返老还童》的小说，讲的就是返老还童的不可能。人的一生，是从小到大、由老到死的过程，而本杰明·巴顿的人生经历却完全相反，尽管他有一段返老还童的美好经历，但仍然逃脱不了死的宿命。这就清楚地表明，不管是先小后老，还是先老后小，最后的结果都是殊途同归，一个字——死！

这就涉及了正常与反常的问题。人生从小到老到死是正常的，而本杰明·巴顿的从老到小到死则是反常的。他的不幸的人生际遇，都是因为他的反常所致。

那么，何为正常？何为反常？

对此，也有许多不同的理解和看法。有人认为正常与反常是相对的，可以相互转化；有人认为正常与反常是现象与本质的关系，如有人说，看正面是正常的，而背面可能是反常的。这样的解释不无道理。但是，在笔者看来，凡是符合事物自身发展规律的现象即为正常；反之，违背自然规律的现象则为反常。因此，我们做任何事情，都要顺应自然规律，如老子说的"无为而为"，硬作为、瞎作为就是反其道而行之的反常行为，就会处处碰壁，一路红灯。

综上所述，笔者对这篇小说分别从社会层面和哲学层面进行了解读，而得出的结论则完全相反。从社会层面解读，笔者同情本杰明·巴顿而谴责资本主义社会在金钱的主宰下所导致的真假倒置、是非混淆的社会现实。而从哲学层次的正常与反常来解读，又觉得本杰明·巴顿的荒诞人生和他的种种不幸，不怨天不愿地，要怪就怪他自己的反常吧！

要正常而避免反常——这是我从《返老还童》这篇小说中得到的重要启示。

2023 年 5 月 8 日草拟

卡夫卡《变形记》：
异化现象的文学发现

中篇小说《变形记》是卡夫卡的代表作和被公认的杰作，是表现主义文学的典范之作。

小说讲述了主人公格里高尔由人变为甲壳虫后被社会、家庭抛弃而死的悲剧。内容分三部分：第一部分，旅游推销员格里高尔某天早晨醒来后变成了一只巨大的甲壳虫。这一变化使他不能起来按时去上班，公司派代表来催促，看到变为甲壳虫的格里高尔被吓跑了，这意味着格里高尔被公司除名，失去了谋生的职业。第二部分讲述格里高尔虽然变成了甲壳虫，但是仍然具有人类的意识，他能听懂家人的话，家人却听不懂他的话了。他虽然失去了工作的机会，但仍然关心着父亲的债务问题，惦记着如何让妹妹格雷特上音乐学院，牵挂着家里的生计和琐事。但时间一长，全家人都把格里高尔当成了累赘。父亲、母亲、妹妹对他开始厌恶、嫌弃。第三部分讲述为了生活下去，全家人都开始去打工挣钱，而对变为甲壳虫的格里高尔则忍无可忍。妹妹提出将自己的亲哥哥赶出家门。格里高尔在亲情如铁、饥寒交迫中艰难地活着，又患有疾病，但仍然心系家人，他带着满腹的担忧和内疚感，在无声无息中孤独地死去。

卡夫卡、普鲁斯特与乔伊斯被公认为现代文学的三位大师。但卡夫卡生前只是一个默默无闻的业余作家，他的书根本卖不出去。卡夫卡曾经这样自嘲道：在布拉格的一家著名书店里，几年来共售出十一册书，其中十册很容易找到买主，因为是自己买的。卡夫卡在去世之前，他拜托好朋友马克斯把自己的文稿全部烧毁，而马克斯没有这样做，而是将他的文稿整理出版，不想引起文坛的高度关注，人们越来越认识到卡夫卡作品的艺术价值和他的伟大。他对现代主义文学的发展产生了深远影响。存在主义文学、表现主义文学、超现实主义文学、荒诞派戏剧、黑色幽默小说、魔幻现实主义文学，都追认卡夫卡为其先驱。博尔赫斯认为，卡夫卡是这个世界上最伟大的作家。昆德拉断言卡夫卡开辟了后普鲁斯特小说历史的新方向，认为卡夫卡的创作是一场巨大的美学革命，一个艺术奇迹。罗伯－格里耶在回答什么是"新小说"这个问题时说："新小说已经很老了，就是卡夫卡。"马尔克斯在《番石榴飘香》中回忆十七岁那年读到《变形记》时自己的感受："原来能这样写呀，要是能这样写，我倒也有兴趣了。"而加缪在他的《西西弗神话》中论述"荒诞"时，处处回荡着卡夫卡的声音。

那么，卡夫卡为什么被尊奉为西方现代文学的先驱和大师呢？笔者以为有这样几方面的原因：

首先，他的《变形记》是异化现象的"文学发现"。在西方，从古希腊赫西俄德的《工作与时日》起，人们就开始关注社会异化、人性异化。这就是说，异化现象古已有之，人类只要有所发展，就会有异化现象的产生。在马克思之前，黑格尔在他1908年出版的《精神现象学》中提出了"异化"概念，用以说明主体与客体的分裂和对立。马克思主义哲学认为，异化是人的生产及其产品反过来统治人的一种社会现象。其产生的主要根源是私有制，最终根源是社会分工的固定化。在异化中，人丧失了能动性，人的个性不能全面发展，只能片面、畸形地发展。因此，通俗地讲，所谓"异化"，就是相同或相似的事物逐渐变得不相似或不相同了，就人来说，就是"自我"变成了"非我"，如格里高尔变成了甲壳虫。

虽然异化现象古已有之，虽然在17世纪到19世纪的自由资本主义时代，作家就有关于人性在金钱、欲望、权力下变异的描写，但是作家的这种描写，还不是从"异化"的角度写的，而是着眼于对社会弊端的揭露和批判。因此，这种描写还是属于传统现实主义的范畴。所以在卡夫卡之前，社会的异化现象和人的异化现象，还没有在文学作品中得到表现。卡夫卡的《变形记》是这种现象第一次呈现在文学作品中。因此，我们可以说，这是卡夫卡的"文学发现"。关于什么是"文学发现"，简单地说，"文学发现"不是作家的凭空杜撰和无中生有，而是现实中已经存在但还没有在文学中得到表现的事物。卡夫卡的《变形记》就是这样的"文学发现"。他的这一发现，对后世西方现代文学和后现代文学来说，的确堪称开路先锋和奠基者。

其次，卡夫卡在《变形记》中创造了"形假意真"的表现方法。这样的表现方法，使得卡夫卡和传统现实主义讲究逼真、形神统一的写法彻底划清了界限。传统现实主义重视形似，而在《变形记》中，甲壳虫和人则完全相异而不再相似了。卡夫卡这种"形假意真"的表现方法与传统现实主义不仅仅是方法上的区别，而是两种文学观念的差异。"形假意真"的方法所强调和揭示的，是人物的内心和精神世界之"真"，即"意真"。"形假意真"之法，是卡夫卡告别客观再现而走上主观表现的标志；是现实主义文学注重塑造形象和现代主义文学强调表现个人认知理念相区别的标志。

但卡夫卡并没有因此脱离现实，他所表现的"意"则是来自"现实的真实"。因此，卡夫卡不是去复制、摹写、映照现实，而是独辟蹊径，用非传统的方式去构建一个悖谬的、荒诞的、非理性的现实，而这个现实从某种角度看来，比自然现实更为真实，能使读者更为悚然，更为惊醒，使人对自身、对社会的认识和批判更为深刻和强烈。

再次，揭示了西方资本主义进入帝国主义时期异化的根源和特征。一是揭示了人的异化与社会的关系。关于人的本质和人的异化，马克思主义认为人的本质是劳动，在资本主义生产过程中，劳动变成了仅仅是外在于自身的东西，体会不到人的主体性。因为在资本主义下，剩余价值被粉饰为经营利润，劳动成为商品，而劳动人民降低为资本家的奴隶和只会生产的机器。对于格里高尔来说，因为父亲破产并欠下了债务，为了支撑全家人的生计，他必须工作。作为一个旅游推销员，他要经常外出，和人谈生意，住的吃的都很差劲，接触到的人因时间短暂而没有什么深交。公司里的人还认为推销员是个美差，对他有各种猜疑、指责，然而对这些流言蜚语，他却没有机会进行辩驳。总之，他在工作时已经不属于他自己了，他只能听命于老板，换言之，他几年如一日辛苦地工作，就是在为老板创造剩余价值，成为受老板驱使的奴隶。老板为了赚钱，对员工的病痛并不在意，比如公司代表就不相信格里高尔病了，即便真的有点儿病，也不能不上班。他对格里高尔这样说："在此我要说明一下，我们这种商务人士通常不会在意那些无关紧要的小毛病，毕竟还是做生意重要啊！"的确，对老板来说，做生意赚钱要比格里高尔是否有病更重要，格里高尔变成了工具，为老板赚钱的工具。因此，他五年来为老板辛苦工作的过程，就是他被社会所异化的过程。他由人变成甲壳虫而异化为"非人"，看似突然，其实是一个由渐变到突变、由量变到质变的过程。由此可知，人的自我异化，实际上是被社会所异化，是被迫的、不由自主的，结局是悲剧性的。

但有一种观点认为："格里高尔的变形不是对现实的逃避与畏惧，而是对非人的现实的挑战与对抗。格里高尔变形满足了想通过自己的寄生生活来实现向家庭及社会报复的愿望，因此变形成为一种挑衅和反叛，他可以不用干那讨厌差事重新获得自由。"这是一种牵强附会的、不符合作品实际的看法。按照这种看法，人的自我异化不是被动相无奈的，而是一种主动自觉的选择。这样的看法显然是本末倒置的。事实上，如前所述，格里高尔的自我异化是在不知不觉中逐渐被社会所异化的，根本不是他自己的选择，更不是想报复家人。他在变成甲壳虫之后，仍然想着去上班，怕的是被老板炒了鱿鱼。他误了早晨五点的火车，还想去赶八点的火车。

他在和公司代表对话时，苦苦恳求说："我很快就会把衣服穿好，然后把样品准备妥当，用不了多长时间就可以启程了……我对工作真的很有热情……经常出差是很辛苦，但是我要维持生计，就必须如此……"格里高尔之所以怕被老板炒鱿鱼，是因为他知道这件事将"决定着格里高尔一家人的命运！"再有，格里高尔异化之后真的重新活得自由了吗？他最后在寂寞、孤独中无声无息地死去，这是他所获得的自由，还是被社会异化所造成的人生悲剧？回答当然应该是后者。

最后，揭示出人性的异化。人之为人，本来应该是具有人性的，诸如表现在人际关系上的亲情、爱情、友情，以及应有的道德良知，但在资本主义社会，特别是帝国主义时代的资本主义，人性则被金钱所异化，人与人之间的关系已经被异化为赤裸裸的金钱关系。格里高尔这个有父母、妹妹和他的四口之家，同样被金钱所异化和主宰。有一种普遍的看法认为，格里高尔是在变形之后才失去了亲情和家庭温暖。而实际上，在格里高尔变形之前，这个家庭早已被社会异化为一个无情之家了。在格里高尔变形之前，这个家庭的一切开销，都是靠格里高尔来支撑的，那时家里人对他是怎样一种态度呢？请看这段文字：

> 当他将自己赚到的钱拿回家摆在桌子上时，家人们全都惊喜交加。这样的快乐其后再也没有出现过，尽管格里高尔后来赚到了更多的钱，却再也无法体会到当初的骄傲与欢欣了。其后，全家人的花销都是由他一力承担的，时间一长，家人们对此都习以为常了，格里高尔也是一样。他心甘情愿地把钱拿出来，家人们收下钱并致谢，可是先前那份独特的温情却已荡然无存。

显然，这个家庭所表现出的"惊喜交加"和"温情"是短暂的，它只出现在家人们看到格里高尔把钱摆在桌子上的那个瞬间，此后就变成"习以为常"了。他们的"惊喜交加"是因为看到了钱，而不是格里高尔其人。所以，格里高尔在这个家庭中所感受到的是："先前那份独特的温情却荡然无存。"格里高尔的变形，彻底打破了这个家庭表面的和谐，暴露出它无情的真相。格里高尔变形之后，他们早已把格里高尔为这个家所做出的贡献忘得一干二净了，于是他们把格里高尔当作异类、动物来对待，格里高尔为了顾及家人的感受则藏在长条沙发下面不敢露面。父亲对他的态度是："他变形的第一天起，父亲便坚定了这样的信念：对待他最恰如其分的法子就是毫不留情的暴力。"所以，父亲呵斥他、用脚踹他、用苹果砸他，像对待敌人一样来对待他。而妹妹呢，则极力主张彻底把自己的亲哥哥赶出家门。就这样，格里高尔在孤独、寂寞、无助、无奈、饥饿和病痛中告别了这个世界。他们对待自己的亲儿子和亲哥哥是如此无情，相反，对待租住他们房屋的三个租客却热情得过分，吃饭时把上座让给他们坐；他们当着三个租客，虽然在自己家里，却不敢先坐下……为什么对待格里高尔和租客的态度相反？就是因为一个字——钱。因为格里高尔不能再赚钱，尽管他是自己的儿子或哥哥；因为租客给钱，所以把他们当成座上宾来对待。

《变形记》通过格里高尔变形后被社会、家庭抛弃后所感受到的精神痛苦和他的人生悲剧，深刻地揭露出被金钱主宰下的社会现实，并让这种渗透到社会、家庭、个人和人际关系之中的异化现象，第一次在文学中得到表现。

这是卡夫卡的独特贡献！

2023 年 5 月 12 日草拟

世界著名中短篇小说赏析

卡夫卡《乡村医生》：
如影随形的生存困境

　　《乡村医生》发表于1916年，最初的题目叫《责任》。这篇小说采用第一人称的叙述方法。叙述者"我"是一个乡村老医生。"我"讲述在一次大雪之夜出诊的过程中，遇到了一连串突然出现的麻烦和窘境，以至于最后陷入有家回不去的困境之中。

　　天降大雪，但十里之外的村子里有一个病人需要"我"去诊治。作为区里委派的医生，职责所在，不得不去。但"我"的马昨天刚刚死了，女佣罗莎到村子里给"我"四处借马。但在这大雪之夜，没人愿意把自己的马借给"我"去跑这么远的路。无奈之下，"我"踹开了猪圈的破门，想不到里边竟然有两匹马和一个马夫，这真是雪中送炭。马夫心甘情愿地让"我"用他的马，而他想借机侵犯"我"的女佣罗莎，在罗莎帮着他套车的时候，他就上去在她的脸上亲咬了一口。"我"当然不想让他的目的得逞，但马车套好之后，他把马一拍，两匹马拉着"我"就飞也似的跑了起来，"我"想救护罗莎，但无能为力。一路上"我"都在想着如何救出罗莎，所以只觉得很快就到了病人家里，就像从前院到后院。病人是个小男孩，表面看不出他有什么病，仔细检查后，发现他臀部的伤口已无法疗治，男孩恳求"我"让他死。但男孩的父母、姐姐和来到他家的客人们，则要求"我"必须把他救活。为达此目的，他们扒光了"我"的衣服，把"我"囚禁在男孩的房间，让"我"正对着孩子溃烂了的臀部。这时"我"

听到院子里的歌声，意思是救不活孩子就要把"我"弄死。也许是天意，这时窗户被院里的马用头给撞开了，"我"借机逃了出来。"我"连衣服也顾不得穿整齐，赶着马车心急如火地往回赶，心里想着如何把"我"的女佣罗莎救出虎口。无奈马不听使唤，"我"只能随着马缓慢地在荒野里行走，而面对这样永远也回不到家的困境，"我"无能为力……

尽管这篇小说有具体的时间、地点和人物，但仍然是"非写实"的，整体充斥着虚构和荒诞，几个重要的细节则象征着乡村医生陷入的一连串困境。困境之一：缺马。"我"要出诊，却没有马，自己的马死了，在村里又借不到马。困境之二：无力保护女佣被侵犯。马夫不帮"我"赶车出诊，他想留在"我"家借机侵犯"我"的女佣罗莎，"我"当然不能坐视不管，但"我"的职责又使"我"必须出诊，"我"想保护罗莎，但无能为力。困境之三：病人家属强人所难，"我"面临着生命危险。如前所述，病男孩想死，家属和客人要求"我"必须把他救活，否则将"我"弄死。困境之四："我"想快快回家，但事与愿违。虽然马撞开窗户给了"我"逃命的机会，但路上却不听"我"使唤，"我"心急如焚，马却故意闲庭信步，"马并没有跑起来，我们就像老年人似的蹒跚着穿过茫茫雪野"；尽管"我"不停地喊着："驾！驾！"但"我"感觉到，这样的行驶"我"可能永远也回不了家，"我作为一个老年人赤身裸体地坐着尘世的车，驾着非尘世的马，四处漫跑……"

小说到此结束了。至于老医生回没回到家，我们不得而知。一次夜间出诊，卡夫卡为什么要让老乡村医生遇到一连串的困境，甚至有生命危险？为什么结尾没有让他回到家，也不交代罗莎到底有没有被马夫侵犯？我想，在卡夫卡看来，这是不言自明的问题，因为人本来就生活在困境之中，因此困境无处不在，人与困境形影不离，这是人永远也摆脱不了的宿命。小说的结尾，写这个医生感觉自己永远回不到自己的家，而又不说明他最后到家了没有，因此其象征意义是很明显的：人无法掌握自己的命运，随时都会陷入难以避免的困境之中，人只能在困境中挣扎着求生存！

那么，人为什么会陷入困境呢？根据小说分析，有三方面的原因：

一是神秘的异己力量的存在。人类生活在两个世界之中：一个是看得见的"已知世界"，一个是看不见的不认识的"未知世界"。人类所遇到的种种困境和灾难，都与神秘的未知的异己力量密切相关，如地震、干旱、洪灾，等等。隐藏在乡村医生猪圈里的两匹马和马夫，就是这种神秘的异己力量的象征。乡村医生后来在出诊过程中所遇到的种种困境，都是由此而引起的，它是困境之源。而且这种神秘的异己力量并不遥远，它就在身边，而我们却浑然不知。正如女佣罗莎看到马和马夫时对"我"说的："连自己家里有什么都不知道。"说完二人相视一笑。

二是得失相生，祸福相依。这是事物本身存在着的两面性及其发展变化规律。比如，出现在乡村医生身边的马和马夫，一方面帮了"我"的忙，解决了"我"找不到马无法出诊的燃眉之急，但同时，马夫又要借机侵犯女佣罗莎，而"我"却无力保护罗莎。老子在《道德经》中指出："天下皆知美之为美，斯恶已；皆知善之为善，斯不善已。故有无相生，难易相成，长短相较，高下相倾，音声相和，前后相随。"这就是说，事物自身的矛盾对立因素的存在，是事物存在和发展变化的恒久之道。

三是人与人之间的互不信任。"我"被囚禁在病男孩的屋子里，男孩凑到"我"耳边说："我对你的信任少得很。你也不过是碰巧被扔在这儿了，又不是自己走来的。你不帮我，反倒来挤我临终的床榻。我恨不得把你的眼睛挖出来。"显然，男孩和他的家人一样，也认为"我"不是不能，而是不愿帮他。人与人之间的互不信任，是因为人自私的本性使然。一方面，人和人的愿望、需求不同；另一方面，人又是自私的。因此，人与人欲望的不同再加上人的自私，彼此间就会产生这样那样的矛盾。如果一个人只想到满足自己的欲望，就会对他人提出不切实际的要求，就会伤害到别人。比如，病人家属不管医生有没有起死回生的能力，非要求他把孩子救活不可。为此，他们囚禁了这个乡村医生，并扒光了他的衣服。这时，院子里有一个老师领着一些孩子唱起了歌。"我"听到他们唱出的歌词是这样的：

脱他的衣服，他就会治病；
他若不治，就把他处死！

这个唱歌的场景写得很具体，但这不是客观写实，而是一种"心理真实"的外化。这里的"心理真实"，就是病人家属和村里的人们对"我"的不信任，并想置"我"于死地的心理活动的外化。

2023 年 5 月 16 日草拟

世界著名中短篇小说赏析

卡夫卡《判决》：
"精神现实"的具象化

一

短篇小说《判决》，是卡夫卡花了一个通宵写成的。卡夫卡把这篇小说说成是"夜晚的幽灵"。"我写下它把它固定下来，因而完成对幽灵的抵御。"所谓幽灵，一般是指死后的灵魂，这里有痛苦之意。所谓"对幽灵的抵御"，就是说，他写作《判决》，是对痛苦的一种抵御。

这篇小说写的是儿子造老子的反，但最终以儿子的失败并跳河淹死而结束。这个故事发生在三个场景：第一个场景是儿子格奥尔格在自己的房间里给远在俄罗斯的朋友写信。信的内容主要是告诉朋友自己与一个富家小姐订婚了，希望他能回来参加他们的婚礼。这位在俄罗斯做生意的朋友，生意做得不太顺利，而格奥尔格这两年的生意却红红火火，人员增加了一倍，营业额翻了五番，可谓志得意满。但格奥尔格因为怕伤害生意不景气的朋友的自尊心，所以没有把自己的真实情况告诉这个朋友。他本来也不想把自己订婚的消息告诉朋友，因为朋友还是单身，但未婚妻说自己有权利认识他的一切朋友，即得到朋友的承认，要求他把订婚的消息告诉这位朋友。他答应未婚妻的要求后写了这封信。

第二个场景在父亲的房间。信写好后格奥尔格斟酌再三，才拿着这封信去见父亲，当他把自己订婚一事告诉父亲的时候，没想到父亲勃然大怒。

他觉得儿子这样做是在造自己的反，想取代自己的位置。他首先说格奥尔格在彼得堡并没有这位朋友，接着否定儿子订婚的合理性，认为儿子的订婚是受了女方的勾引，是上当受骗，并且认为这是对亡母的遗忘和不尊重。后来，父亲躺在床上后，问格奥尔格自己是不是盖好了被子，格奥尔格回答说盖好了，父亲却认为这是儿子想把老子盖上。格奥尔格在看到父亲站起来要倒的样子时，在那一瞬间，格奥尔格的确产生了想让父亲倒下去的念头。就这样，父亲毫不留情地行使自己的父权："我现在判决你溺死。"格奥尔格被赶出了房间。

第三个场景是格奥尔格在桥上跳水自杀的一幕。格奥尔格双手扒着桥上的栏杆，等着一辆公共汽车开到桥上时他才跳到水里，为的是让汽车的噪声能盖住他落水的声音。他最后说："亲爱的双亲，我一直都是爱你们的。"说完跳了下去。

<h1 style="text-align:center">二</h1>

读过《判决》这篇小说，读者及一些评论者都有一些疑问和困惑。对这篇小说究竟表现的是什么，也是言人人殊，莫衷一是。因为，每个人心中的疑问不同，对作品的理解和解读也不同。有些论者的解读，其实并没有把自己的疑问解答清楚。在这样的情况下，对这部作品的解读自然是五花八门的。关于读者和评论者的疑问，择要如下：其一，彼得堡的朋友充当了什么角色？父亲和他的关系为什么如此密切，甚至为了他而将儿子置于死地？不可思议。其二，格奥尔格跳水自杀时，为什么要让汽车的噪声来盖住他的落水声？其三，格奥尔格被父亲赶出房间往外跑时，房间里床上的声音和保姆冲进房间后发出的尖叫声为什么没有明示？其四，为什么格奥尔格那么顺从父亲的旨意，父亲叫他去死，他就真的去死了？令人费

解。其五，那个在俄罗斯的朋友是真实的存在吗？父亲为什么一方面否定他的存在，一方面又说他和这位朋友的关系要胜过格奥尔格，并说自己是这位朋友在这里的代理人？其六，格奥尔格真的像他父亲说的那样，小时候天真无辜，长大就变恶了吗？其七，格奥尔格给朋友写好信后，为什么要去征求父亲的意见？

上述这些疑问关系到对小说的理解，不同的理解导致了不同的看法，观点甚至截然相反。比如，大多数论者认为在父与子的对抗中，父亲残暴、冷酷无情、独断专行，是父权制的代表；而儿子格奥尔格则有两个自我，一个是反抗父权、争取自由的自我，一个是胆小、畏父、逃避现实的自我。但也有相反的观点，这就是对父亲的肯定，而把格奥尔格看作为夺权而暗算父亲，并有弑父潜意识的卑鄙小人，判决其死，是他罪有应得。有些评论面面俱到，然而失之于平面化，即只是将作品所呈现的内容进行梳理、归纳、命名，而对其中的"为什么"却缺乏具体分析和阐释。因此，这篇小说究竟在说什么？还是没说出其中的子丑寅卯来。有的论者意识到这篇小说的非写实性，但在具体分析时，则又不自觉地按写实性来论述了，得出的结论似是而非，不能自圆其说。

三

那么，我们究竟应该怎样来理解这篇小说呢？我认为有两点非常重要：一是必须从非写实的角度去理解和分析《判决》。二是卡夫卡《致父亲的信》和给女友菲莉斯的信中的相关论述，是帮助我们理解这篇小说的一把钥匙。

这里，有几个关键的问题：

其一，关于有没有远在彼得堡的那位朋友。卡夫卡在给女友菲莉斯的信中谈到《判决》:"《判决》是无从解释的。……无论承认与否,这个故事充满了抽象因素。那朋友几乎不是一个真实的人物,也许是父亲和儿子共有的东西。这个故事也许是围绕着父与子的一种巡回,而那位朋友变幻不定的形象也许是父与子关系的透视中的变幻。对此我也说不上有把握。"在这里,卡夫卡明确地告诉人们,这个故事充满了抽象因素。所谓抽象,是说故事是某种观念的化身,不是现实中的具体形象;那位俄罗斯朋友"不是一个真实的人物",而是"父亲和儿子共有的东西";父亲对这个朋友之所以既否认又承认,是因为透视父子关系时选取的角度不同。

卡夫卡说这个朋友是"父亲和儿子共有的东西",那么,这"共有的东西"究竟是什么?笔者以为,这"共有的东西",就是权力。父亲和儿子对抗的实质是权力之争。父亲要维护他的父权,即对这个家庭的主宰地位;儿子反抗父亲,争取的是独立和自由,是想和父亲能够平起平坐。所以,权力是父与子都想争取或维护的东西。一个东西都想得到,彼此就建立起一种矛盾关系。正是这种不可调和的矛盾关系,把父与子紧密地联系在了一起。他们都想拥有这个朋友——权力!所以,这个朋友在父与子的心里存在着,或者说是权力所幻化出的虚拟的人物。

其二,格奥尔格和父亲是不是真实的人物?卡夫卡告诉我们,朋友不是一个真实的人物。那么,父亲和儿子格奥尔格是不是真实的人物呢?我认为也不是,他们同样是一种象征,是自由和专制两种不同权力的象征和具象化,或者说是其对应物。这样看来,父与子的矛盾、对抗、冲突,不是两个具体的人的矛盾和冲突,而是权力和权力之间的斗争。而这种斗争没有调和的余地,不是你死就是我活,小说写父亲判决儿子溺死,是父权在斗争中取胜的象征。如果我们把他们理解为真实的人物,那么父亲判决儿子溺死就显得不合常理,让人觉得匪夷所思了。同样,格奥尔格那么服从父亲的判决并赴死,不是真实生活中的驯顺和听话。他的投河自杀,仍然是象征——斗争失败的象征。为什么格奥尔格希望让汽车的噪声盖住他落水的声音呢？这是象征着他虽然失败，但心有不甘，故而不想让人知道自己的死。

其三，格奥尔格的订婚意味着什么？格奥尔格的订婚对他自己当然很重要，同样对他父亲也很重要。格奥尔格极力想征得父亲的同意，而父亲则极力反对和阻止。生活中的父母，都希望自己的子女早日成婚，而作为父权化身的父亲，则是嘴里说同意，实际上想尽一切办法来破坏儿子的婚姻。这是为什么？请看卡夫卡在《致父亲的信》中的一段话：

> 结婚是最明显的自我解放和自立的保证。一结婚，我就会有一个家庭，这可是一个人能达到的最高峰了，而且这也是您所已经达到的最高峰。这样，我就会与您平起平坐……到那时候，我便是一个自由、知恩图报、无罪、正直的儿子，而您则成了一个没有忧愁、不专横暴虐、富有同情心、心满意足的父亲。可是，为了达到这个目的，以往的一切既成事实就得一笔勾销，就是说，将我们自己抹掉。

因此，订婚意味着儿子将要拥有和父亲平起平坐的权力，将要摆脱父亲的管控而获得独立和自由，也意味着他和父亲诀别的决心。"在写作中，我却是独立地离你远了一截，即便这些让人想到虫子，它的后半截身子被一只脚踩着，它用前半截身子挣脱开……我并不自由。我的写作围绕着你，我写作不是在哭诉我无法扑在你怀里哭诉的话。这是在拖长与你的诀别，只不过，这种诀别是你逼出来的，却按我所确定的方向进行着。"

相反，格奥尔格的订婚对于父亲来说，则意味着将要失去自己对家庭、儿子的主宰权，是儿子在造父亲的反。由此看来，所谓订婚，这时候就变成了父与子权力之争的具体化和导火索。明白了这一点，我们就明白了格奥尔格为什么写好这封信后久久地坐在书桌旁，沉思良久，才拿着这封信去见父亲，他把自己订婚的事告诉父亲，就是把父子之间的权力之争公开化了；因此，我们也就明白了父亲为什么听后勃然大怒，为什么否定他在俄罗斯有朋友，否定他订婚的合理性，直至最后判决格奥尔格溺死。

其四，在父与子的对抗中，儿子失败的原因何在？原因之一，盲目的自信，高估了自己，低估了父亲。母亲去世后的这三年，父亲将生意交给格奥尔格打理。格奥尔格很有做生意的天分，这几年他让店铺的人员增加了一倍，营业额翻了五番，超过了父亲的业绩；另外，父亲年老体衰，近两年在生意上也不再像母亲在世时那样独断专行了，生意上的许多事都是格奥尔格亲自处理。因此，格奥尔格觉得自己有了和父亲平起平坐的资本，于是他不和父亲商量而私下订婚，目的就是造成一种既成事实，让父亲对他的订婚不得不承认。所以，他拿着给朋友的信（主要内容是说自己已经订婚）去找父亲，就具有了让父亲必须让步的"逼宫"性质。但是，他到底还是低估了父亲。格奥尔格的进攻看似猝不及防，但父亲就像一个太极高手，只用一个简单的动作（"高抬腿""撩裙子"，意为格奥尔格是被女方的轻浮所引诱，是上当受骗），就化解了格奥尔格的进攻，由此否定了儿子订婚的正当性和合理性，从而在父与子的斗争中由被动变为主动，格奥尔格没有料到事情会是这样的结果，所以他一下子乱了方寸，同时也让他看到了父亲仍然强大。

原因之二，父亲深谙知己知彼的取胜之道。母亲去世之后，虽然父亲把生意交给了儿子打理，虽然不再像以前那样独断专行了，但他并不想放弃自己一家之主的地位和权力。为此，他躲在暗处，偷偷地观察着儿子的一举一动，对儿子的所思所想和将要采取的行动心知肚明。他对儿子说："我已经留意了好几年，等着你来问这个问题，你以为我还关心别的事吗？你以为我在看报纸？"不仅如此，他对儿子的来意和心理也看得一清二楚："格奥尔格，"父亲咧开掉光了牙的嘴说，"你听着！你为这事到我这儿来，想和我商量一下。这一定让你觉得自己很光彩。但你现在如果不把实情通通说出来,就全等于零……说到这封信,格奥尔格,你可别骗我……你在彼得堡真有这样一位朋友吗?"

父亲对格奥尔格的一举一动是这样清楚,相反,格奥尔格对父亲却全然不知,甚至被父亲的表象所迷惑。他把订婚当成自己的武器,没想到父亲早有防范,更没想到父亲竟然轻而易举地就否定了他的订婚和他在彼得堡的朋友,这反倒使他自己感到猝不及防、尴尬和无奈了。知己而不知彼,必败无疑。

原因之三,父权根深蒂固,难以撼动。在一个家庭中,父亲是养育者和管理者,处于天然的优势地位;相反,儿子因为幼小,需要父母养育而天然处于被管理的地位。在父权制的社会里,家庭中的权力系统都是围绕着父亲建立起来的,而儿子则势单力孤,甚至像卡夫卡那样对家庭感到陌生,总想从家庭中逃离、和父亲诀别。母亲虽然疼爱儿子,但在父与子的斗争中,多是站在父亲一边,维护父亲作为一家之主的权威。但哪里有压迫,哪里就有反抗。所以,父与子的矛盾和冲突,是一对永远都会存在的矛盾冲突。诚如卡夫卡所说,这是一个"世界性的问题": "儿子造老子的反,这既是文学中的古老题材,又是一个更古老的世界问题。人们就这个题材写过许多悲剧和喜剧,但在现实中这是个喜剧材料。爱尔兰人辛格写的《西方世界的花花公子》这部描写儿子反抗父亲的喜剧,认识到这一点。他的《西方世界的花花公子》中的儿子是个爱吹牛的年轻人,他夸口说他打死了父亲,这时他老子来了,使这位要打倒父亲权威的年轻人出尽了洋相。"

卡夫卡这段话有两层意思:一是说父与子的斗争是个古已有之并且是永远存在的"世界问题"。二是说儿子总想打倒老子的权威,但结果总是以自己的失败而告终。

2023 年 5 月 22 日草拟

果戈理《鼻子》：
对"官崇拜"的辛辣讽刺与嘲笑

一

　　果戈理的《鼻子》是一篇极为荒诞的小说。一个人的鼻子，怎么会不知不觉地丢掉了呢？这真是让人难以置信。但是，八等文官科瓦廖夫一觉醒来发现自己的鼻子不翼而飞了。于是，关于《鼻子》，果戈理设置了两条线索，一条是理发师发现鼻子和扔掉鼻子；另一条线索是科瓦廖夫丢失鼻子、寻找鼻子，最后鼻子又自己回到他脸上的过程。

　　吃早饭的时候，理发师在妻子烤好的面包里发现了一个鼻子。理发师觉得这鼻子似曾相识，但这鼻子是怎么来的，又怎么会到了面包里，不得而知。理发师的妻子误以为是丈夫给人刮脸不小心把人家的鼻子割下来了，所以怒气冲冲地责骂他，还说要去找警察告发他，让他赶紧把这个"臭烘烘的鼻子"扔掉。理发师也很惊慌，便找了一块破布将鼻子包好到大街上找地方去扔。但街上人来人往，找不到合适的地方把鼻子扔掉。后来，总算把鼻子扔到了涅瓦河，他如释重负，不料却被巡长发现并对他进行盘问。

　　另一边，科瓦廖夫发现自己的鼻子没了，心急如焚，他立即去找警察局长，路上却遇上了一个五等文官，他觉得这个五等文官就是乔装打扮后的鼻子。于是他跟踪他到了教堂，在祈祷的时候，他找机会和他打招呼。

虽然他认为这个五等文官就是自己的鼻子，但现在和他说话的毕竟是一个比自己官职要高的五等文官，所以他问话时小心谨慎，很是客气。最后，他终于说出对方是自己的鼻子，而对方的回答是这和他一点儿关系都没有。科瓦廖夫认为他是在故意撒谎，心想如果他逃跑到城外就不好找了。如何才能找到鼻子呢？他想到了去报社登广告，报社则以刊登这样荒唐的广告会败坏报社的名声为由而拒绝。于是他赶紧去找警察局长，警察局长不仅对他很冷淡，还怀疑他到了什么不干净的地方才被人割掉了鼻子，科瓦廖夫一气之下夺门而出。回到家里之后，他对自己的鼻子为什么会丢失百思不得其解。后来他想到可能是校官夫人因他拒绝娶她的女儿而对他进行报复，雇巫婆行妖作法所致，他想正式起诉校官夫人。正在这时，巡长登门给他送鼻子来了，他看后确认这就是自己的鼻子。他先是自己试着把鼻子装上，但无论如何也粘不住，没办法又请来医生，医生也装不上，劝他还是顺其自然，如果硬装上可能会更糟，并说如果价钱合适他愿意收购这个鼻子。但科瓦廖夫坚决不卖，他一心想的还是把鼻子安在自己的脸上。

科瓦廖夫的鼻子是 3 月 25 日丢失的，到了 4 月 7 日早晨，鼻子又神不知鬼不觉地不请自回，奇迹般地回到了科瓦廖夫的脸上。科瓦廖夫高兴得手舞足蹈，刮完脸之后，便立刻走到大街上，又开始了他所热衷的社交活动。

二

初读果戈理的小说《鼻子》，我有许多疑问和不解：第一，小说主要写科瓦廖夫丢失鼻子，但为什么果戈理用那么多的笔墨写理发师在自制的面包里发现了鼻子、扔鼻子的过程？老婆为此和他争吵，还说要到警察局告发他，理发师在惶恐之余用破布将鼻子包起来去找地方扔掉，当他好不容易把鼻子扔到河里之后如释重负，不料却被巡长发现。如果仅仅因为这是事件的起因，也没必要费这么多的笔墨。第二，装扮成五品文官的"鼻子"是科瓦廖夫的鼻子吗？为什么他认为这就是自己的鼻子，有何寓意？如果是，这和理发师发现的鼻子是不是同一个鼻子？第三，鼻子到底象征什么，权力、自我、官职？第四，为什么写鼻子自己又回来了，寓意何在？第五，为什么只写鼻子丢失得莫名其妙而不解释其原因？

那么，问题来了，果戈理为什么要写这样一个十分荒诞离奇的故事？他究竟想表达什么？对此，我觉得每个读者和评论者在读《鼻子》时，都会产生这样那样的疑问，也会有自己对疑问的解答。正因为如此，对《鼻子》的解读，真可谓言人人殊，乃至大相径庭。至少有这样一些看法：其一，《鼻子》是迎合市民口味的抖机灵的玩闹文字。在警察、密探密布的沙皇社会，特别是彼得堡，人们不敢言及时政。所以，当时彼得堡的市民喜欢传播一些荒诞不经的奇闻轶事，以此作为无聊生活的消遣。比如，普希金曾在日记里郑重地记录了一则新闻，某机关的家具在无人去碰的情况下自己动了起来。果戈理也曾向学生惟妙惟肖地讲过某栋楼房里的椅子自己跳起舞来……加之果戈理的作品往往带有神秘色彩，所以有些人认为这篇《鼻子》纯属抖机灵的戏谑之词，没有什么社会意义。而纳博科夫的看法更为极端，他认为果戈理之所以写这篇《鼻子》，是因为他本人就长着一个十分特别的大鼻子。

这种看法显然不符合果戈理的原意。比如小说结尾时，叙述人有这样的话："鼻子怎么会落在烤好的面包里呢？……真不可思议……不过，只要仔细想想，又觉得这里面确实有些耐人寻味的东西。不管别人说什么，人世间总有这类事情，不够多，可是免不了。"这些话在提醒读者，《鼻子》绝非无稽之谈，里面是含有耐人寻味的东西的，是有所寓意的。再有，果戈理写作《鼻子》可谓煞费苦心。他1832年动笔写这篇小说，发表于

1836 年，1842 年他在编纂自己的文集时，又对小说的结尾进行了重大增补才定稿。这就是我们现在看到的《鼻子》文本。《鼻子》从动笔到最后定稿历经十年，难道这样呕心沥血的创作，仅仅是为了抖机灵吗？显然不是。

其二，认为《鼻子》批判的是虚荣心。比如有人说："这是一部讽刺小说，它首先批判了虚荣心。人之所以自豪，并非他后天努力所创造，而是先天遗传而来的。鼻子，作为肉体器官其实并非他的主人公所创造的，但所有人类却以之为骄傲的凭证……主人公因失去了鼻子，而陷入有生以来最大的心理危机……他变得自卑、畏缩、恐惧，根本无法面对世界了。""这是一个荒诞的世界。这个世界里的人爱面子胜过一切。"

就科瓦廖夫来说，他之所以对丢失鼻子感到如此恐慌，一心要找回自己的鼻子，的确有虚荣心在作怪，但纵观小说的具体描写，应该另有深意，所谓虚荣心并不是果戈理重点批判的东西。

其三，认为《鼻子》批判的是沙俄社会的失调和官场腐败。别林斯基看到了《鼻子》对沙俄社会的批判价值，他认为《鼻子》具有"现实主义十足的生活真实"。也有人认为《鼻子》不仅仅是对官场和社会的批判，而且是在为民族和人的灵魂刮骨疗伤。不过，这种社会批判说，后来受到许多人的抵制，他们拒绝从中解读出任何社会批判或道德寓意方面的内容，其中最极端的当属纳博科夫。

三

笔者在原则上同意《鼻子》具有社会批判的寓意和价值，然而《鼻子》具体批判的是什么？笔者认为它批判的是官员们的官崇拜意识。这就是说，小说批判的侧重点不是社会体制和社会腐败，而是指向了思想意识方面。

要弄清楚小说表达什么，必须弄清楚鼻子究竟象征什么。那种认为《鼻子》首先是批判了虚荣心的看法，实际上是把鼻子当成了脸面的象征，所以才认为失去鼻子，就是失去体面。笔者以为，鼻子确乎关系到一个人的脸面，但在果戈理笔下的八等文官科瓦廖夫看来，鼻子是一个人晋升的前提，失去了鼻子，就等于失去了升迁的可能。因此，在科瓦廖夫的心目中，鼻子就是官位的象征。

为什么这样说呢？第一点，科瓦廖夫并不看重鼻子作为器官而存在的重要性。路上遇到的那个五等文官，他认为这是他的鼻子的乔装打扮，他希望鼻子能够回归，因此对他说："我是少校。我没有鼻子可不成，您得承认这是很不体面的。一个在沃兹涅仙大桥上坐着卖去皮橙子的女小贩，没有鼻子倒也罢了！可是，我还想要得到升迁而且跟许多人家的太太都常有来往……"他虽然说到没有鼻子很不体面，但他强调的是鼻子对于自己的官衔和升迁的重要性。相反，如果自己是个卖去皮橙子的女小贩，有没有鼻子就无所谓了。因此对他来说，失去鼻子，就意味着失去了官职。

第二点，科瓦廖夫梦寐以求的就是升官。他现在这个八等文官是在高加索弄到手的，他之所以来到首都彼得堡，"就是想谋个与他的身份相称的职位：如果福星高照，就弄个副省长当当，万一不行就到地位显赫的厅局里当个庶务官也行"。科瓦廖夫也不反对结婚，不过新娘必须得有二十万卢布的陪嫁才成。"所以，这会儿读者自己可以推想而知，当这位少校看见自己那长得相当好看而又大小适中的鼻子不见了……会是怎样一种心境啊！"科瓦廖夫从来不让人称呼他八等文官，而是自称少校，也让别人这样称呼他。因为，他觉得称呼少校显得更气派。至于他把路上遇到的五等文官看成是自己的鼻子，笔者认为，那是因为他升官心切而产生的幻觉，或者说是他潜意识中强烈的升迁欲望在特定情境中的突然显现。

第三点，视官职为生命的官崇拜意识。科瓦廖夫不仅是个官迷，而且在他看来，官职就等同于他的生命，是神圣不可侵犯的。他去找警察局长，原本希望让局长帮助，把丢失的鼻子找回来，局长反倒认为他不正派，还羞辱了他引以为豪的少校官衔，对他说一个正派的人是不会被人割掉鼻子的，还说人世间形形色色的少校多的是，有的人连像样的内衣裤都没有一套，成天就在藏污纳垢的地方鬼混。对于科瓦廖夫来说，他可以谅解一切有关他本人的闲话，却无论如何不能容忍亵渎他的官阶和名分。他甚至认为，在戏文里可以对尉官说三道四，但决不可对校官加以非难。所以，他不能容忍警察局长对他的少校身份的亵渎，于是转身从局长家夺门而出，急急忙忙回到自己家里。

第四点，鼻子回归之后，科瓦廖夫在喜出望外之余，立刻精神抖擞地开始了他为升迁而进行的社交活动。科瓦廖夫的鼻子在3月25日莫名其妙地丢失，到了4月7日又突然回归原位，这让他高兴得怀疑是否在梦中。他让理发师刮完脸之后，立刻开始了他的社交活动，他首先向那个"曾经多方奔走以谋取一个副省长职位或至少要捞个庶务官当当的官厅里走去"，并且在路上遇见了他曾经想起诉的校官夫人和她的女儿。"他跟她们调侃了一阵，故意掏出鼻烟，在她们面前久久地往两个鼻孔里塞着鼻烟……"从此，他便像从前一样，经常上街溜达了。有一次，他竟然在一家小店铺停留下来，不知为什么买了一条勋章的缎带，因为他本人从来未得过什么勋章，得到勋章意味着升迁，科瓦廖夫没有得到过勋章却买了一条勋章的缎带。由此可见，他的升官欲望是多么强烈，因为这种强烈的欲望已经变成了他的一种潜意识，所以当时连他自己也不知道为什么要买这条缎带。

综上所述，我们完全有理由认为，鼻子不仅仅代表脸面，对于科瓦廖夫来说，更重要的是官职和身份的象征。小说《鼻子》把科瓦廖夫强烈又不可见的官崇拜意识和升迁欲望变为可见的鼻子，通过鼻子的丢失、寻找、复归的不可思议的过程及其荒诞性，把一个低等官员在丢掉官职之后的恐惧、绝望、自卑，以及鼻子失而复得后的狂喜和傲慢等低俗的心理进行了辛辣的讽刺和嘲笑。我曾经对果戈理费那么多笔墨写理发师扔鼻子的过程感到费解，后来我明白了，科瓦廖夫把象征官位的鼻子视为珍宝，而在作为普通民众的理发师夫妇的眼里却分文不值，只觉得它臭烘烘、让人恶心，所以理发师才找了一块破布把它包起来去扔掉。理发师夫妇对于鼻子是如此厌恶，这对于以科瓦廖夫为代表的官迷们来说，是何等的讽刺与嘲笑啊！

科瓦廖夫是沙俄官僚体制的产儿，这种官本位、官崇拜意识在当时的官场是一种普遍存在，因此科瓦廖夫具有代表性和典型性。所以，别林斯基才认为《鼻子》具有"现实主义十足的生活真实"。

2023 年 8 月 16 日草拟

世界著名中短篇小说赏析

马尔克斯《有人弄乱了玫瑰花》：
灵魂的孤独及其原因

一

马尔克斯的《有人弄乱了玫瑰花》并不长，它几乎没有什么故事情节和悬念，也没有像欧·亨利小说结尾时的突然逆转，人物只有两个，一个是死去了四十年的鬼魂，一个是还活着的妹妹。所以，它简短得用一句话就可以说清楚：鬼魂想从妹妹守候的祭坛上拿几朵玫瑰花插到自己的坟墓上，但始终没有机会拿到。

小说采取第一人称的叙述方式，叙述者是作为哥哥的鬼魂。小说分为过去时和现在时两个时间段。鬼魂想从祭坛上拿几朵玫瑰花，并交代了四十年前鬼魂的死因：8月的一个风雨交加的下午，妹妹陪着"我"到马厩掏鸟窝，"我"因为梯子断了摔下来而身亡。妹妹当时扑在"我"身上哭成了泪人。

后来，妹妹离开了家，二十年后，已经变为鬼魂的"我"回到那间屋里找鞋子，恰好遇到变得胖了一些、老了一些的妹妹也提着箱子回来了，"我"以为她只是回来看看，没想到她住下来不走了。整整二十年，妹妹一直种玫瑰花，卖玫瑰花，为祭坛编制玫瑰花花篮。"我"和妹妹同屋相处，"我"能看见她，而她却不知道"我"整天和她在一个屋子里，当然也不知道"我"想从祭坛上拿玫瑰花，而"我"也不想让她知道，总想趁她不在的时候去拿，但妹妹总是守候在祭坛和圣神交谈。有几次她到别的屋子里去了，当"我"刚把花拿到手的时候，她就回来了，"我"只能把玫瑰花赶紧放到祭坛上。而如此反复的结果，是"我"始终没有机会拿到——玫瑰花！

<h1 style="text-align:center">二</h1>

　　这篇小说虽然简短，但要想深刻地理解它却并不容易，正所谓"一千个人眼里有一千个哈姆雷特"。对这篇小说的解读，真可谓是五花八门。比如，有人认为玫瑰花所象征的是美丽和年轻，鬼魂想在自己的坟墓上插玫瑰花是逃离寂寞的渴望，小说是"悲剧反差的演绎"，描写的是现实与梦想的距离拉开了。窃以为，这样的看法首先是自相矛盾。鬼魂死于童年，他本身已经很年轻，还向往什么美丽和年轻？既然认定玫瑰花是向往美丽和年轻的，那么把玫瑰花插到自己的坟墓上，与所谓"逃离寂寞的渴望"就不存在必然的逻辑关系。其次是概念指代不明，让人不知所云。试问，什么叫"悲剧反差的演绎"？悲剧自身存在反差吗？这反差所指的究竟是什么？不得而知。再有，什么叫现实与梦想的距离拉开了？现实和梦想本来就存在着距离，而照这位论者的说法，现实和梦想原本是没有距离的，在这篇小说中才被拉开了，用词大而无当，同样让人不知所云。还有人认为，这个短篇将魔幻现实主义与浓浓的兄妹情娓娓道来，有感伤，有感动，有说不清的五味杂陈……这篇小说的确能让读者感受那种浓浓的兄妹之情，如童年时代的形影不离，妹妹对已故的哥哥几十年如一日地怀念，并在祭坛守候着亡魂，哥哥死后依然惦念着这个家和妹妹……但是，尽管这样的解读是小说中所写到的，但结合马尔克斯的创作理念和创作风格来看，所谓兄妹之情大概也不是他想在这篇小说中表达的主要东西。或者说，

马尔克斯想要表达的，是兄妹情背后的更为深层次的内容。

那么，马尔克斯这篇小说所要表达的主要的东西是什么呢？下面，谈一谈笔者的一些感受。

三

在笔者看来，这篇小说在简短的篇幅里，同样创造了一个人鬼混杂的魔幻世界，从而揭示出孤独是人之为人所难以避免的。人们总是想逃离孤独，但孤独却像自己的影子一样摆脱不掉，因此孤独是人与生俱来的一种宿命。小说还探究了造成孤独的根本原因。马尔克斯对孤独的看法无疑是深刻独到的，这正是《有人弄乱了玫瑰花》最突出的特点和价值所在。

什么是孤独？马尔克斯曾说："用他人的模式来解释我们的生活现实，只能使我们显得更加陌生，只能使我们越发感到孤独。"这就是说，我们之所以感到孤独，是因为别人不了解我们，而我们如果按别人的模式来看待自己，就越发不知道自己是谁，就越发感到孤独。

因此，我们可以这样认为，孤独，就是彼此之间互不理解的无助感。孤独让人感到寂寞和痛苦，但寂寞和痛苦不是孤独，因为孤独是一种精神现象，即灵魂的孤独。孤独感来自灵魂的深处，而寂寞和痛苦是肉体的具体感受；灵魂是看不见的，所以只有通过肉体感到的寂寞和痛苦，才能体察到灵魂的孤独。孤独是看不见的"因"，寂寞和痛苦是可以感觉到的"果"，二者既是从属关系，又是因果关系。

基于对孤独的上述理解，有必要探讨如下一些问题：

首先，小说中的鬼魂"我"为什么想拿几朵玫瑰花插到自己的坟墓上？玫瑰花到底象征什么？按小说的具体描写，是因为那片坟墓太过凄凉，"今年冬天沉闷得令人害怕，雨后的早晨充满了凄凉的情景，我不禁想起镇上埋死尸的那座山头。那是片光秃秃的坡地，看不见树木，一阵风过后，偶尔会飘来几朵树绒。雨停后，晌午的太阳肯定会把山坡上泥泞的土地晒干，不仅如此，它还会一直钻进我的坟墓里，使我幼小的躯体腐烂，与昆虫壳和草根混杂在一起"。所以，"我曾想飞上祭坛摘下几朵最鲜艳的玫瑰花，但是我失败了"。

对坟墓凄凉、破败、腐烂的描写，既是写实，又是象征。坟墓的破败与日渐腐烂，是因为缺少关爱所致。因此，玫瑰花象征的应该是关爱和理解。关爱建立在理解的基础上，没有理解，哪里来的关爱？因此，鬼魂"我"想在坟墓上插几朵玫瑰花，显然是在呼唤着关爱，因为有了关爱，才能改变凄凉破败的现状；多几分关爱，就少一些孤独！然而，"我"终究没有如愿以偿。

其次，我们惊叹马尔克斯如此奇妙、精准的想象力。奇妙者，是说他怎么会想到这样一个人鬼相处的魔幻世界？精准者，是因为这样的构思，对表现孤独的难以避免极为精当和具有说服力。马尔克斯为什么要创造这样一个人鬼相处的魔幻世界？原因之一，受南美洲民间文学与文化的熏陶，以及南美洲现实生活的神秘和魔幻性的影响。马尔克斯的童年是在外祖父家度过的。外祖母博古通今，有一肚子神话传说和鬼怪故事。马尔克斯七岁开始读《一千零一夜》，又从外祖母那里接受了民间文学奇妙熏染。在童年马尔克斯的心灵世界里，他的故乡是一个人鬼混杂、充满着幽灵的奇异世界。南美洲本身充满了不为外人所理解的神秘性，即所谓魔幻。人们通常认为，用魔幻的手法来揭示现实的真实是魔幻现实主义的特征，马尔克斯被认为是魔幻现实主义的代表人物。但马尔克斯在《番石榴飘香》一书中曾表示，他并不承认自己是什么魔幻主义，坚持自己就是现实主义。马尔克斯当然知道自己的作品既魔幻又现实，但他之所以要强调自己是现实主义，意在强调南美洲不为世人所理解的社会现实。从这个角度说，马尔克斯也是孤独的。原因之二，为了准确地有说服力地表达他对孤独的独特理解：孤独是无法逃离和避免的。

再次，孤独的具体原因是什么？从小说的具体叙述可以看出，鬼魂"我"是孤独的，妹妹同样是孤独的。这就是说，鬼魂和人都是孤独的。马尔克斯在他的许多作品中描写了以死亡为背景的种种生活现象下的孤独，如梦境中的孤独、面临他人死亡时的孤独、不同的人生之道造成的孤独，等等。《有人弄乱了玫瑰花》所描写的孤独，是无法沟通所造成的孤独。不是不想沟通，而是根本就无法沟通。比如，兄妹在年龄上的变与不变所造成的代沟，使得他们虽然在同屋相处却互不了解。哥哥死于童年，他的年龄就定格在了童年；而活着的妹妹，年龄却与日俱增，现在都是一个四十多岁的人了，以致妹妹好像老奶奶，而哥哥反倒像"小孙子"了。妹妹看不见哥哥鬼魂的存在，当然对哥哥无从了解；哥哥的鬼魂虽然能看到妹妹的肉体，却看不到她的灵魂，所以他对妹妹也不了解，更谈不上理解了。

但是，这还不是造成孤独的最主要原因。如前所说，孤独是精神现象，是"灵魂的孤独"，孤独的原因是缺乏沟通。然而，由于灵魂是不可见的，所以就像死去的哥哥和活着的妹妹朝夕相处而不能对话一样，是无法沟通的。不是吗？想拿几朵玫瑰花，这是多么简单的事情啊，可他就是不能如愿以偿。原因很简单，就是他不能告诉妹妹，而妹妹根本就不知道他的存在。其实，马尔克斯设置这样的人物关系，是一种非常贴切、无可辩驳并具有说服力的隐喻：灵魂与灵魂的沟通几乎是不可能的，所以孤独是永远无法逃离的。

还有，人是活在一个变动不居的世界之中，一切都在发生着变化，人的思想、灵魂也必然随着事物的变化而变化。所以，旧的孤独化解了，还会产生新的孤独，就像旧的矛盾解决了，又会产生新的矛盾一样。

因此，读这篇小说给我的启示是，既然孤独是人永远无法逃离的宿命，我们就不应该因为摆脱不了孤独而寂寞、痛苦；相反，我们应该面对孤独、分析孤独、化解孤独，甚至享受孤独。

尽管在马尔克斯笔下灵魂与灵魂的沟通难于上青天，但在现实生活中，我们还是可以找到化解孤独的办法的。这个办法就是要有一颗诚信之心，对人对事要将心比心，与人交往，要力求做到心与心的交流。唯其如此，彼此间才可能心心相印，才能多一点儿相互的理解，少一点儿各自的孤独吧。

2023 年 9 月 22 日草拟

马尔克斯《世界上最美的溺水者》：
镜子·现实·未来

一

《世界上最美的溺水者》写的是一个小村子里的人们，为一个从遥远的海域漂来的溺水者举办隆重葬礼的故事。这个村子很小，很偏僻，位于海岸上的一个角落。在海边玩耍的一群孩子，看到远处漂来一个黑乎乎、悄无声息的东西。他们想象那是一艘战舰，可是上面没有桅杆和旗帜，于是想象它是一条鲸鱼。直到那东西搁浅之后，孩子们将上面附着的海藻、水母触须、臭鱼烂虾等弄掉之后，才发现这是一个溺水者。

于是，孩子们兴致勃勃地把这个溺水者当成了玩物，一会儿埋掉，一会儿又刨出来。后来被成年人发现后，就把身上满是淤泥的尸体抬回了村子里。男人们知道死者不是本村的，就分头到附近的村庄去打听，女人们则清理尸体上的脏东西。她们将尸体清理干净之后，发现死者没有像其他溺水者那样面容发灰；相反，倒是那样高大、沉重、英俊、气度不凡，并且最具男人味。死者的美吸引了女人们的目光并使她们迷恋，也极大地激发了她们的想象力。她们觉得风从来没有像那天夜里那样顽强，加勒比海也从来没那样焦躁不安过。按照她们的猜测，这些征兆一定和这个死者有点儿关系。

死者的英俊、高大、沉重，让女人们想象着他生前一定是一个最具威严的人，只要他一声令下，连水里的鱼儿也会浮出水面听候召唤；他还是最能干的人，他能让贫瘠的土地冒出清泉，让石头里生长出鲜花。而反观自己的丈夫，和死者比起来，简直是世界上最没出息最龌龊的人了。一位较老的女人这时头脑很冷静，她对这个死者少了一些迷恋，多了一些怜悯，他看了看死者的面容，给他起名叫埃斯特班（有的译为埃斯特温），经过争论，女人们都同意把他叫作埃斯特班。女人们欣赏死者的完美，还为他缝制衣服，有的人干脆说："他就是咱们的人！"

到外村去打听消息的男人们回来后，看到女人们如此迷恋死者，觉得她们这是轻浮。男人们已经打问清楚了，这个死者不是本地人，打算把这个外地的身份不明的尸体抛入大海了事。而女人们则是恋恋不舍，想尽一切办法拖延男人们行动，这就激怒了男人们，说这不过是一堆臭肉而已！这下子女人们也被激怒了，一个女人随即掀开了死尸脸上蒙着的布，男人们看到死尸的脸立刻被惊呆了，他们同样认同这就是他们心中的埃斯特班。于是，因为对死者的敬重，整个村庄决定为埃斯特班举办一个隆重盛大的葬礼。为了不让死者孤独地离去，还让他和村里人攀上了各种各样的亲戚。这样一来，死者不再是外人，而成了村里人的亲戚。

在准备将埃斯特班放入大海时，人们发生了争执，不知道谁能胜任这件事；同时，他们突然意识到自己的村子是这样破败，道路是这样狭窄，房屋是这样低矮。最终，在本村和邻村人们的努力下，终于将埃斯特班抛入了大海，不过没有给他拴上沉重的铁锚，希望他什么时候想回来就回来。将埃斯特班落水的时候，人们感觉就像经历了几个世纪似的。

此后，村子里的房屋建得高大起来了，道路修得宽敞了，那些荒芜的地方冒出了清泉，石头上开出了鲜花。

船长在船上就能闻到鲜花的香味，他指着加勒比海海岬上的鲜花用十四种语言说：那里风声温暖，向日葵绽放。这就是埃斯特班的村子！

二

优秀的中短篇小说有一个共同特点，就是既简单又复杂。简单是因为它的故事情节非常简单，往往用一两句话就能说清楚；但它又是复杂的，给人横看成岭侧成峰、远近高低各不同的感觉，不同的读者阅读时可以有不同的感受。小说就像一个圆球，你只能看到它的某一部分，而不能窥见其全貌，因此任何人的解读都有些管中窥豹之意。

《世界上最美的溺水者》就是这样的小说。人们尽可以对小说进行见仁见智的解读，但窃以为，解读必须符合作品的实际，而不能望文生义，把自己的主观臆想强加给作品。我发现对《世界上最美的溺水者》的解读就存在这样的弊端。比如，有一篇文章题为《马尔克斯〈世界上最美的溺水者〉看人的悲哀，平衡美与现实的距离》认为，这篇小说意在批判小镇上的人们为自己的安于现状、不思进取找到了心安理得的理由。文章说："凡人本不完美，人人皆然，所以何必对身边的男人提更高的奢望？何必对生活有更多的否定？""和完美的一次亲密接触似乎可以像捅破窗户纸一样揭示些什么，但因为神性的美好，以及在大家执迷于神性美好不可追逐的信念中，人们更加相信神灵的遥不可及，于是对现实的残缺更加心安理得，人们的精神世界再一次被严密封布，这个小镇将一如既往，什么都改变不了，什么都终将不变。"也有与之相似的说法："他们发现了自己的不堪……女人们立即将溺水者神化。因为只有神化神灵的遥不可及的美好，才会使现实的不堪心安理得。当有人说，这就是埃斯特班的时候，无疑提供了救赎。男人也是如此。所以我认为，这个村子，是永远都不会改变的。是悲剧。"

我之所以详尽地摘录这些说法，是因为它具有迷惑性。如果不看原作，这些说法本身并不错，问题就在于它不符合这篇小说的实际。认真阅读原文，我觉得并不是像上面的引文所说，是女人们故意将死者神化了，而是她们发现了死者本身的"美"。因此，才将他和自己的男人相比较，才觉察到了自己男人的没出息和龌龊；同时对死者生前的勤劳、能干、威严进行了种种猜想，并把他称作希腊神话中手拿皇冠的埃斯特班。难道这是在故意将死者神化吗？现实的不完美本该如此吗？她们因此就为安于现状找到了心安理得的理由了吗？认真阅读小说，我找不到其根据，也找不到某种暗示。尤为重要的是，根据小说的描述，村人们已经意识到了自己村子的破败、房屋的低矮、道路的狭窄，并且用实际行动重建家园并卓有成效。船长用十四种语言向世界宣告"这就是埃斯特班的村子"就是明证，怎么可以红口白牙地硬说这个村子永远都是不会改变呢？这不是主观臆断又是什么？

还有一篇文章，题为《美好的幻想与现实的抗争——马尔克斯〈世界上最美的溺水者〉》，把理想和幻想对立起来，认为理想是可以实现的，而幻想只能使自己迷失而不能实现。基于这样的认识，论者把男人和女人对立起来。认为女人们"迷失在美好的事物之中，无法自拔"，而"男人最终面对溺水者这一美好的事物时，并没有被迷惑"，并"在埃斯特班的这种美好照耀下，最终摆脱了低级、庸俗、愚昧的生活。他们不仅没有陷入幻想之中，反而将自己的家园建设得更加美好"。如果不看作品，这样的说法同样无可挑剔，可是和作品对照起来，我们却找不到论者这样认为的充分依据。这位论者认为女人迷失的依据是什么呢？是他们对死者生前的猜想，但我们要问：猜想就是不切实际的幻想和迷失吗？显然不能这样认为。事实上，女人们并没有所谓的迷失，而是她们对美好事物的渴求与向往，所以她们同样参与了对美好家园的建设。很难想象，一个小小的村庄，只有男人清醒，而女人都陷入到了不能自拔的迷失状态，在这样男女分裂的情况下，一个村庄能够建设得更加美好吗？

所以，论者的看法既不符合作品实际，也有违常理。之所以会如此，原因在于想论述理想和幻想的区别，人为地把女人们当成了幻想的替

世界著名中短篇小说赏析

代者。

文艺评论要实事求是。"实事"就是被评论的作品,"求是"即是通过对作品的具体分析,得出的符合作品实际的认识和结论。

三

《世界上最美的溺水者》究竟表达的是什么呢?可以从多种角度去解读。笔者最初的感受是,村子里的女人们发现了溺水者气度不凡的"美",并且把他叫作埃斯特班,由于她们对溺水者的迷恋,便去猜测他生前的种种业绩,而男人们觉得女人们如此迷恋一个死者是轻浮。女人们被激怒了,一个女人掀开了蒙在死者脸上的布,当男人们看到溺水者的面容,在惊讶的同时改变了对死者的看法,同样认同他就是埃斯特班,于是对这个溺水者心生敬意,并准备为他举办一个隆重的葬礼。因此,我觉得女人们对死者的迷恋是一种对美的渴求与向往,而男人们对死者前后不同的态度,同样说明了他们对美的渴求与向往。他们还从死者近乎神灵般的美,看到了自己村子的封闭和落后,于是,对于美的渴求与向往就变成了他们弃旧图新的精神动力。终于,他们把美好的愿望变成了现实,村子的面貌发生了翻天覆地的变化。因此,我曾认为小说所要表现的是,美是弃旧图新的原动力。

这样的看法虽然也是从小说中得出的结论,也能自圆其说,但我总觉得它并不符合马尔克斯的创作初衷。因为马尔克斯是一个极具社会责任感的作家,他日思夜想的是哥伦比亚以及整个拉丁美洲如何摆脱封闭、落后、保守的现状,找到一条适合于自己的发展道路。从这个角度说,这篇小说所要表达的,应该是异质文明(包括物质与文化)与本土传统的关系。小说中从远海漂过来的溺水者就是异质文明的象征。那么,异质文明如何才能为我所用呢？

首先，异质文明是照亮现实和自己的镜子，借鉴异质文明是自身发展的必由之路。溺水者作为异己者从远海漂来，一下子打破了小村庄的封闭状态，让人们感到还有和自己不一样的近乎神灵一般完美的存在者，从而使他们开了眼界；溺水者就像一面镜子，让他们看人看事有了新的视角和新的参照系。人自己看不见自己，必须借助镜子才能看清自己。在这个溺水者没有漂来之前，女人们没有觉得自己的男人龌龊、没本事，也没有觉察到村庄的破败、房屋的低矮、道路的狭窄，而正是因为这个溺水者的异己性和他的完美，才使得他们在比较中发现了男人和整个村庄所存在的问题。如果没有这个异己者的到来，小村庄的男男女女们，恐怕永远也意识不到自己的残缺和不完美，永远会安于现状，而村庄只能越来越破败。总之，这个外来的溺水者让他们认清了现实和他们自己。

其次，对外来文明不能照搬照抄，而要去粗取精，去伪存真，方能为我所用。这个被村人叫作埃斯特班的溺水者，在刚被发现的时候并不美，他在海上漂着的时候是个"四不像"，到了岸上，虽然孩子们除去了他身上的杂草，但所看到的不过是一个很普通的尸体，毫无特别之处，所以孩子们把他当成了玩物，一会儿埋了，一会儿又刨出来。直到把他抬回村子，女人们把他彻底清洗干净之后，其美貌才呈现在众人的面前。死者身上的污秽之物和女人们的彻底清洗是一种隐喻和象征：异质文明虽然令人神往，但也有其杂质必须予以清除才行，否则就不能为我所用。

死者的完美最先被女人们发现，后来男人们也都表示认同。死者的完美，让人们看到了自己和整个村庄存在的问题，于是他们决心改变现状，面向未来，而对美的向往和追求就变成了他们重建家园的精神动力。经过努力，他们终于让贫瘠的土地冒出了清泉，让山石上开满了鲜花！

最后，有一个细节是不能被忽视的。村里给死者举行葬礼，他们原本决定给死者拴上铁锚然后抛到海里，以免他又会漂回来，但后来他们改变了这个决定。他们将死者抛入大海时，没有给他在脚上拴上铁锚，为的是让他想回来时就回来。这是一个重大的改变，它表明村里的人们在认识上有了新的飞跃，即认识到了"开放"对于本村发展的重要性。小说启示人们：坚持走自己的发展之路和借鉴域外经验并不矛盾。正所谓，他山之石可以攻玉也！

2023 年 9 月 30 日草拟

爱情·婚姻·家庭

蒲宁《林荫幽径》：
破镜难以重圆

　　读俄国作家蒲宁的短篇小说《林荫幽径》，给我留下了两点深刻印象。

　　首先，《林荫幽径》是一篇对爱情有独特理解并富有哲理的小说。这篇小说没有曲折复杂的故事情节，没有揪心的悬念，也没有像欧·亨利的小说一样在结尾突然逆转，只是描写了男主人公尼古拉·阿列克谢耶维奇从军队回家路过一家客栈，意外地遇见了家中的女仆，也就是他昔日的情人娜杰日达。原来，这个叫阿列克谢耶维奇的男人，三十年前狠心地抛弃了这个叫娜杰日达的女人。三十年过去了，娜杰日达四处辗转，流落到此地开了这家客站，她坚守着心中的爱，至今未嫁；而阿列克谢耶维奇却很快娶妻生子，不过，他同样很痛苦，因为妻子与别人私奔了，儿子长大后变得很不争气，很无耻。他听了娜杰日达三十年的遭遇之后，对自己当年抛弃娜杰日达内心感到非常愧疚。按说，此情此景，他们完全有旧情复萌、破镜重圆的可能和机会，但令人想不到的是，两个人似乎都没有这方面的想法，他们只是相互诉说，相互倾听，说完听完之后，阿列克谢耶维奇说要走，娜杰日达也不挽留，就这样分手了。现在的问题是，蒲宁为什么只写一对昔日情人的意外相逢、互述衷肠，而不让他们"破镜重圆"呢？有一段对话，可以帮助我们理解这篇小说：

　　娜杰日达："是我自己不想嫁。"

"什么叫不想嫁，你为什么这样说呢？"

"难道你不明白吗？那时我对您的深情，您应该还有印象吧。"

军官满心愧疚，不由得泪眼迷蒙。他眉头紧蹙，一面踱步，一面嗫嚅道："朋友，没有什么是永恒的。青春与爱情，或是别的什么，都是这样。这种情况随处可见，没有什么能在岁月的剥蚀下永恒不变。"

的确，世界上不存在永恒不变的事物，相反，变化才是事物运动的必然。爱情也是如此，而海枯石烂心不变的爱情只是人们的一种美好愿望。因此，失去了的东西就是失去了，即便是失而复得，所得到的也不再是原来的东西。阿列克谢耶维奇和娜杰日达似乎都明白这个道理，所以他们谁都没有去想什么破镜重圆。但他们同时又认为，夭折了的爱情不等于毁灭，凡是已经发生了的事情，都会成为人们心中的记忆。而二人的区别在于，阿列克谢耶维奇更理性，娜杰日达更重情。所以，二人分手后，前者很快结婚生子，而娜杰日达则坚守心中的爱情而终身不嫁。

其次，是对细节的巧妙处理。小说中有这样一个细节，阿列克谢耶维奇走时，娜杰日达没有出来相送，而是一直站在窗前目送着他。这个细节很普通，没有什么新奇之处，但作者的处理很巧妙，这个细节，不是让阿列克谢耶维奇直接看见，也不是用第三人称描述，而是在上路之后，由车夫告诉阿列克谢耶维奇。作者这样处理，其巧妙处有三：一是不落俗套，变普通为新奇；二是前两种写法都是静态描述，并且限于写一个人，让车夫转告阿列克谢耶维奇，则同时写了车夫、阿列克谢耶维奇和娜杰日达三个人，且是变静态描述为动态呈现，让人物都动了起来；三是由车夫转告，会让阿列克谢耶维奇产生意外的感觉，对他的心理冲击力更大，产生的心理活动和情感状态更为复杂和难以言表。

2023 年 2 月 1 日草拟

安德烈·纪德《田园交响曲》：
呈现人自身灵与肉的内在矛盾

　　对于安德烈·纪德这个作家，一些中国读者可能不太熟悉，但在法国乃至整个欧洲的文学史和思想史上，纪德可以说是一个承上启下的作家，他所开辟的文学创作的新天地，具有划时代的意义。1947 年他获得诺贝尔文学奖，获奖作品就是《田园交响曲》，其获奖理由是："为了他广包性的与有艺术质地的著作。在这些著作中，他以无所畏惧的对真理的热爱，并以敏锐的心理学洞察力，呈现了人性的种种问题与处境。"

　　说纪德是法国和欧洲文学承上启下的桥梁，是因为他既是 19 世纪巴尔扎克、雨果、福楼拜和波德莱尔、马拉美的文学传统的继承者，又是文学创作新时代的开创者。在纪德之前的法国和欧洲文学，探讨的是人与自然、人与人、人与社会的关系，总之，文学描写的是外在于人的事物，是个人与自然、社会、他人的冲突和矛盾，例如 19 世纪的批判现实主义，揭示的就是人与社会的矛盾关系。而纪德的《田园交响曲》所探究的，则是人自身，即人自身的复杂性和矛盾性。他的思想影响了西方整整三代人，后来的萨特、加缪等众多思想家、文学家，都把纪德视为自己的精神导师。

　　《田园交响曲》采取第一人称写法。作品中的"我"有两个，一个是在作品中行动着的"我"，一个是作为旁观者的"我"，这后一个"我"，是对前一个"我"的行动进行审视、反思、解剖。"我"是一个有同情心有责任心的乡村牧师，"我"去处理一个老太太的丧事的时候，看到老太

世界著名中短篇小说赏析

太的侄女是个无依无靠的盲姑娘，就把她带回了自己的家中，妻子对"我"的自作主张非常不满。在"我"的极力劝说下，妻子总算接受了这个满身是虱子的盲姑娘。这个姑娘大约十五岁或更大一点儿，虽然双目失明，但长得却端庄美丽。由于看不见外面的世界，又因为姑姑耳聋，所以常年不说话，面无表情，非常冷漠，这是一个晚熟的智力有待开发的盲姑娘。牧师按照医生朋友的方法，对这个叫热特律德的姑娘进行启蒙教育，开始非常困难，后来，"我"对她的引导和教育逐渐地有了效果，而且进步越来越快，她可以迅速、完整地表达自己的思想了。盲姑娘不仅美丽，而且很聪明，"我"在与她的相处之中渐渐产生了爱慕之情，"我"的儿子雅克也爱上了热特律德，并想娶她为妻，牧师则极力劝说儿子放弃这个想法。而热特律德告诉牧师，她爱的是牧师，而不是雅克。后来，盲姑娘经过手术复明之后，她才发现原来自己爱的是雅克而不是牧师，她在自责和痛苦中选择了落水自杀。

读过这部中篇之后，我产生了这样一些疑问：对于这段婚外情，纪德只是如实地呈现而不加臧否，这是为什么？按说，这是一桩不该发生的婚外情，但它却发生了，并且发生在一个已经有五个孩子的牧师和一个十五岁的盲姑娘之间，有点儿匪夷所思。牧师内心明明爱着盲姑娘热特律德，但他为什么硬是自欺欺人地不敢正视不肯承认呢？

最为重要的原因，我认为，纪德根据自身的体验，认识到了在人性和人格中不是只有单纯的一面，而是有两种对立因素共存的二元对立结构。纪德曾经这样剖析自己："无论说什么或者干什么，我好像总是被分成两半，一半在后面看着另一半在前面犯错误，在看笑话，无动于衷或者扇耳光，喝倒彩。当一个人被这样撕成两半，他是无论如何不能有一颗诚实之心的，甚至无法理解诚实二字为何物。"因此，纪德体会到了在人性和人格中，总是同时存在着两种对立的构成因素，比如善与恶、道德与欲望、人性与动物性、社会性与生物性、情感与理智，就是同时存在的，并在一定条件下发生转化。

《田园交响曲》中的牧师"我",就陷入了爱的欲望与道德禁忌、情感与理智的矛盾之中而不能自拔。应该说,作为一个乡村牧师,他最初收养、教导盲姑娘热特律德,是出于一种职责和同情心,这是他美好人性的表现。但在和盲姑娘的长期相处中,热特律德的俊美和聪慧,诱发出了他作为男人的生理反应,于是,原来的同情心和责任心就渐渐被一种难以言表的男女之爱所取代。这样,他就违背了一个神职人员的道德禁忌。所以在理智上他不敢承认自己对盲姑娘的爱,但欲望和情感又让他对这份爱依恋不舍,于是他采取了自欺欺人的不承认主义,即不承认他与热特律德的爱是男女之爱,即便在热特律德明确地向他示爱之后,他仍然自欺欺人地认为:"我对她的爱正如同对一个身有残疾的孩子的爱,从我的角度来说的确是这样。我将对她的教导视为道德上的责任与义务,就如同照料病号一样照料着她。"

有的论者借此认为他是虚伪,而笔者认为他这样做的真正的目,是让他对她的爱延续下去,并且变得合情合理。他意识到妻子已经觉察到了他和热特律德之间的隐情,于是理智告诉他,热特律德不能再住在家里了,经与妻子商量,决定让热特律德到露易丝小姐家去住,但情感又告诉他,与热特律德的爱不能因此而被隔断。所以,他每天仍然要坚持去探望热特律德,但见面之后,则避免再度谈到那份爱慕之情,并且还让露易丝作为他们谈话的第三方见证人。牧师这样做,一是要保持这份情感的延续,二是自欺欺人,但他怕的不是别人的风言风语,而是他自己的理智。所以,他真正要欺骗的,是自己的理智。

初读时,我曾为盲姑娘复明之后又选择了自杀感到遗憾。细思之,在纪德看来,这似乎是一种必然。眼睛复明之前的热特律德,在遇到牧师之前,多年来一直处于与世隔绝的生活环境中,看不见,不会说,精神浑浑噩噩。后来在牧师的教导下,她虽然智力大开,但牧师带着她去参加音乐会、学弹琴、观赏阿尔卑斯山美景等一系列的活动，她从中所领悟到的，都是让她能够感到美好和快乐的事物。所以，在她的想象中，世界是一个纯净无瑕、田园牧歌般的美好世界，而她在复明之后，才忽然发现，原来自己所爱的人并不是牧师，而是他的儿子雅克。热特律德之所以会产生这种前后相反的错觉说明了什么呢？说明她想象中的世界，与真正的现实世界是大不相同的，这让她难以适应，也让她难以接受，所以她选择了自杀。而热特律德的自杀，则意味着绝对的善和绝对的恶的单面人，在这个现实世界中是无法生存下去的。

安德烈·纪德的作品，让西方文学从关注人与外部世界的联系，转向了对人自身的探究，从而开创了一个文学创作的新时代。我国 20 世纪改革开放之初，文学界提出的所谓“向内转”，即滥觞于此。

2023 年 3 月 16 日草拟

2023 年 3 月 18 日修改

薇拉·凯瑟《瓦格纳作品音乐会》：
"现实自我"与"精神自我"的搏斗

　　《瓦格纳作品音乐会》是薇拉·凯瑟短篇小说的代表作，讲述钢琴教师乔治亚娜的人生经历。她原是波士顿音乐学院的一名钢琴教师，艺术造诣是教师中的佼佼者。然而，她与一个叫霍华德·卡朋特的乡村小伙子一见钟情，为了爱情，她毅然决然地放弃了她所钟爱的音乐，跟随这个乡村青年来到西部大草原的一个乡镇，三十年的辛勤劳作，使她从一个钢琴教师变成了一个弯腰驼背、两手肿胀粗糙的农妇。三十年来，她的活动范围只限于方圆五十里之内。三十年后，因为要接受亲戚转赠给她的一笔为数不多的遗产，回到阔别三十年的波士顿，她的侄女要带她去看"瓦格纳作品音乐会"。侄女克拉克担心她对音乐会不再感兴趣，或是已不适应这种场合，但令克拉克没想到的是，乔治亚娜进入音乐会现场之后，路途的劳累和神情的麻木一扫而光，变得兴奋激动，被乐曲所感染而流泪，以至于音乐会散了，还泪流不止，不愿离去。

　　初读这个短篇，给我的印象是缺乏新意和平淡无奇。因为几乎没有什么故事和情节，简单得无法叙述。但读来读去，我才渐渐地体味到了小说的深意和独特之处。这篇小说究竟在写什么？是写乔治亚娜置身于生活困境中对于爱情的坚守，抑或是写理想被现实所粉碎？但仔细阅读之后，我才感觉到上述两种看法都有道理，但又都有些片面，并不符合小说的原意。表面看来，小说写的是爱情题材，但它的内涵却超越了单纯的爱情而另有深意，写法上也与众不同。

首先，小说触及了乔治亚娜的"现实自我"和"精神自我"之间的对抗和搏斗。小说前半部分明写的是乔治亚娜的"现实自我"暗写的是乔治亚娜的"精神自我"。"现实自我"是指生活中的乔治亚娜，这是看得见的乔治亚娜；还有一个"精神自我"，是指乔治亚娜的理想和愿望，但这个自我是隐匿的看不见的。作品的前半部分着重描述作为农妇的乔治亚娜的辛勤劳作，她虽然是钢琴教师，但她闭口不谈音乐，还劝侄女克拉克不要对音乐着迷。她对侄女说："克拉克，不要对这些着迷，要不然迎接你的便有可能是牺牲。亲爱的，快向上帝祷告，千万不要让音乐沦为你命运的牺牲品。" 乔治亚娜之所以劝侄女不要对音乐着迷，是出于对音乐的爱，怕让音乐沦为命运的牺牲品。在她看来，命运是无法抗拒的，所以她接受命运的安排。尽管住的是山洞，吃的是粗茶淡饭，还有成年累月的劳作，但乔治亚娜并不怨天尤人，对跟随丈夫来到这偏远之地并不后悔。在侄女的印象里，她每天都会把一日三餐准备妥当，晚上她要照顾六个孩子睡觉，孩子们睡了，她还要在灯下缝缝补补到很晚。所以，"她的背早就驼了，眼下，肩膀也塌了下来，跟垂下来的胸部一般高。她没有佩戴文胸，小肚子高高凸起，如同一座山一般"。而她的手呢，"在多年繁重劳作折磨下，已经面目全非。她的手肿胀不堪，关节突出手指蜷曲，伸展不开，她还戴着婚戒，不过那婚戒已经被磨得只剩下了极窄的一环"。这样的手，显然已经和弹钢琴无缘了，其生活的艰难和对爱情的忠贞，也从这双手和所戴的婚戒便可看出。

但乔治亚娜真的忘记音乐了吗？也就是说，她的"精神自我"还存在吗？在意识层面，乔治亚娜的确想把音乐忘掉而服从命运的安排，但她对音乐的爱则是深深地埋藏到了心底，即潜藏到了她的潜意识之中。她为什么喜欢从德国流浪到她所在的农场的小伙子？为什么在他受伤离开农场不知去向后，又经常怀念他？因为这个小伙子会唱歌，她听他唱过《中彩歌》，她对小伙子的喜欢和怀念，实际上是对音乐的喜欢和怀念。

侄女克拉克想带她在波士顿转转、玩玩，但她觉得婶婶似乎不感兴趣，对她阔别三十年的波士顿似乎也没感觉，因此侄女后悔带她来观赏音乐会了，因为她觉得婶婶可能对音乐也早已不感兴趣，对这样的场合可能也不再适应。再者，她不知道婶婶现在对音乐的内涵究竟还能领悟多少。但侄女也希望婶婶把音乐忘掉，这样会减少她精神上的痛苦。然而，来到音乐会之后，她让侄女大出所料：她看到婶婶精神为之一振，之前麻木的神情瞬间抽身而去；看到乐师们出场，婶婶似乎很期待；当序曲响起时，乔治亚娜激动地、紧紧地抓住了侄女的袖子；随后，她边听边用手在自己的衣服上弹拨着，好像在"重温往昔弹钢琴时的情景"；当《中彩歌》演奏时，婶婶开始流泪了，因为她想起了不知去向的在农场唱这首歌的德国小伙子，之后她一直流着泪在观赏；音乐会散了，乔治亚娜坐在那里不肯离去，她哭着央求侄女："克拉克，我不想离开这里，我真的不想离开这里！"

乔治亚娜在音乐会上的上述表现说明了什么呢？说明她对音乐压根就没有忘记，而是被她的"现实自我"所压制，而来到音乐会，她的"精神现实"便迅速地得以复活，并取代了作为农妇时的"现实自我"的主导地位。她最后向侄女说的那句"我真不想离开这里"，是她的"精神自我"的集中表现！也是其"精神自我"与"现实自我"的对抗和搏斗由隐而显的体现！

看来，理想和现实是一对谁也离不开谁的孪生姊妹。没有不隐含着理想的现实，而理想脱离了现实也就不成其为理想了。虽然，理想往往被现实所压制，但被压制的理想也在照耀着现实。

其次，于单纯中见出丰富，是这篇小说的突出特点。单纯不是简单，而是将一切杂质与可有可无的东西去掉后的纯净。

纯净，这几乎是一切优秀短篇小说的共同点。薇拉·凯瑟曾说："一切艺术的提高过程全在于单纯化的过程，砍掉一切俗套和细枝末节而又不影响整个作品的精神。"这让我想起了海明威说他写《老人与海》时，掌握的材料可以写一部上千页的长篇小说，经过他的去粗取精，把大量的可有可无的东西去掉之后，最后写出的是一个中篇小说。这就是现在流行的《老人与海》。

究竟如何达到单纯化，不同的作家有不同的招法。薇拉·凯瑟的办法是只给出暗示，不进行说明。比如这篇小说，乔治亚娜的爱情曾经是狂热的，但小说将他们当年的花前月下和缠缠绵绵都砍掉了，只写她和丈夫私奔到西部大草原的乡镇；他们的生活很艰苦，但舍去了大量的具体描述，只通过侄女的记忆进行简略的暗示，比如重点介绍婶婶让裁缝头疼的体型和她那双变了形的手，就是对其艰苦生活的暗示。

艺术贵在纯净，而欲达纯净，要抓住事物的关键、核心和本质，还要舍得割爱，而割爱的关键是——舍得！

2023 年 4 月 6 日草拟
2023 年 4 月 7 日修改

屠格涅夫《初恋》：
难以忘怀的纯真之情

一

　　屠格涅夫的《初恋》写的是四十岁的弗拉基米尔·彼得罗维奇与几个中年朋友凑在一起，有人提议大家讲一讲自己的初恋。于是，彼得罗维奇将自己十六岁时的初恋，以第一人称写成文字念给了朋友听。

　　主人公"我"是一个情窦初开的十六岁少年，在他对女性和爱情充满幻想的时候，他家新搬来了一户邻居——一位穷公爵夫人和她的女儿齐娜依达。在花园里散步的"我"看到了她——一个亭亭玉立的高个儿姑娘，正和几个男友嬉戏，"我"又惊又喜，几乎要叫出声来了，手里的猎枪也掉在了草地上，两眼目不转睛地望着姑娘一动不动。他这种死死盯住一个陌生姑娘的憨态被人发现并遭到调侃后，"我"羞得跑回家去。"我"对齐娜依达一见钟情，认定她就是自己心目中所要追求的姑娘。但如何才能与齐娜依达相识呢？"我"正在发愁的时候，公爵夫人给"我"的母亲寄来一封信，说她有一桩官司希望得到"我"母亲的帮助，母亲派"我"到公爵夫人家回话，这真是天赐良机。就这样，"我"去了公爵夫人家，并见到了心爱的姑娘齐娜依达。齐娜依达也很喜欢"我"，还让"我"帮着她缠毛线。从此，"我"常常到她家，并参加她和她的几个追求者玩的各种游戏。

"我"多次向齐娜依达表明对她的真爱，但齐娜依达说"我"才十六岁，她已经二十一岁了，她只是喜欢"我"而已。但"我"对她的说法不以为然，对她的爱有增无减。后来，"我"发现一向乐观的齐娜依达好像病了，好像也很苦恼，"我"猜想她可能是有了意中人的缘故，后来在一次玩游戏的时候，"我"从齐娜依达的话语中断定了这件事。这对"我"是一种沉重的打击，但"我"不死心，并不因此而放弃对齐娜依达的追求。为此，"我"猜想、跟踪、暗中观察她究竟和谁约会。"我"终于发现了齐娜依达的意中人，但不是我所猜想到的一些人，而竟然是"我"的父亲彼得·瓦西里耶维奇。这一发现完全出乎"我"的所料，"我"极度痛苦，不，是让"我"彻底地绝望，然而又有苦难言，既不能和父亲说，更不能对外人言。

"我"的初恋，就这样夭折了。

"我"的父亲年轻漂亮，一表人才。母亲比父亲大十岁，只是因为经济的原因，父亲才和母亲结婚。父亲对家里的事漠不关心，对"我"和蔼，但又冷漠。父亲与齐娜依达的婚外恋由于母亲接到一封匿名信而败露，为此，父母进行了激烈的争吵，最后是父亲屈服并和母亲达成协议：全家搬到彼得堡，远离齐娜依达。父母为什么能达成这样的协议，小说没有明确交代。"我"家移居彼得堡之后，父亲因中风而死，年仅四十二岁。齐娜依达和"我"父亲分手之后，好不容易结了婚，却因难产而丧命。"我"本来有机会到旅馆去看望待产的齐娜依达，却因事耽搁了几天，当"我"到旅馆去看望她时，她已经因难产离开了人世。这让"我"渴望再见到她的愿望化为了泡影。

二

《初恋》是具有世界影响和永恒艺术魅力的作品。法国作家莫洛亚认为，《初恋》即使不是屠格涅夫最伟大的一部作品，也称得上一部绝妙的佳作。再有，许多人欣赏《初恋》，是认为它所富有诗意，而诗意只能意会，不能言传，一说出来，一进行分析，就破坏了它的诗意。屠格涅夫本人对这部作品更是情有独钟，多次表示这是他最喜爱的作品——因为它真实，没有虚假的编造。

的确，这是一部自传性很强的作品，屠格涅夫写的就是他自己的"初恋"，其中的父亲，就是他的父亲谢尔盖·尼古拉耶维奇。原始素材是这样的，1833 年，十五岁的伊万·屠格涅夫考入莫斯科大学，并在那里爱上了十九岁的叶卡捷琳娜·沙霍夫斯卡娅公爵小姐。公爵小姐虽然与小屠格涅夫通信，但其实她所爱的是老屠格涅夫。老屠格涅夫与公爵小姐分手后不久去世，传闻说是为情所困而自杀。公爵小姐一年后出嫁，并在产下一子后去世。这就是《初恋》的素材。小说与原始素材基本相同，但不同处有二：一是人物的名字变了一下，年龄也略有出入；二是父亲、公爵小姐的死因与小说不同。屠格涅夫曾多次讲过："我主要是一个现实主义者，最感兴趣的是人的面貌的生动活泼与真实。准确而有力地表现生活的真实，才是作者的最高幸福，即使这真实同他个人的喜爱并不符合。"因此他说："《初恋》也许是我最爱的作品，其他作品或多或少有编造的成分，《初恋》却根据真事写成，不加一点儿修饰，每当我反复阅读时，人物形象就在我眼前鲜明地现出来了。"

笔者同样认为《初恋》具有永恒的艺术魅力。然而，究其原因，它之所以具有永恒的艺术魅力，并不仅仅因为它的真实和诗意。因为，具有真实和诗意的作品未必就一定会具有恒久的艺术魅力。就《初恋》来说，真实和诗意的确是它具有艺术魅力的原因，但不是根本原因。那么，根本的原因是什么呢？

三

《初恋》具有永恒的艺术魅力，除了它的真实和富有诗意之外，最根本的原因是揭示了初恋的本质特征，描述了初恋者微妙的心理活动以及情感的起伏和变化。这种特征和情感、心理变化既是个性化的，又带有普遍性。

这篇小说所写的初恋，屠格涅夫设置了两条线索：一条是正面写的明线，即"我"与齐娜依达的初恋；另一条是齐娜依达与"我"父亲在暗中所发生的恋情（对她来说也是初恋），即"暗线"。然而，尽管"我"和齐娜依达初恋的对象和方式不同，但最终都是以失败而告终。

《初恋》描写了两种类型的初恋，但其本质是一样的，是否可以这样概括：初恋的本质是个人对真善美的追求，也可以说是把个人心目中的真善美对象化。《初恋》中的少年"我"，之所以对齐娜依达一见钟情，原因无他，就是因为"我"觉得她"美"，她成为了"我"心中真善美的对象化；齐娜依达的初恋是一个有妇之夫的中年人，因为这个年轻漂亮、一表人才的中年男人，也是她心目中的真善美的对象化。需要说明的是，初恋者对真善美的追求，完全是私密化的、不带任何功利色彩的个人标准，而选择结婚伴侣，则要考虑方方面面的利害关系，诸如家庭条件、社会地位、风俗习惯等，不仅要让个人和家庭满意，还要让亲朋好友满意。初恋建立在一己之情的基础上，是一个人的事，而结婚不仅是个人的事，也是一个家庭或家族的事，因此需要在方方面面达到某种平衡。也正因为如此，婚姻的选择标准不是个人化的而是公众化的、功利性的标准，而初恋的感情，可以说是不带任何功利色彩的个人化的纯真之情，这正是初恋者感情的本质及其特征。

正是这种纯真之情，让初恋具有了两大特点：其一，爱而无果，结局往往是劳燕分飞；其二，难以忘怀。为什么初恋爱而无果却又难以忘怀？原因无他，就因为初恋之情是非功利、非理性的纯真之情！比如，少年"我"爱齐娜依达，就是觉得她符合自己的审美观，而没有考虑年龄的差距，也不管对方是不是也爱自己，因此这种爱是纯个人的喜爱；同样，齐娜依达爱"我"的父亲也是如此。如果说初恋的纯真之情是非功利、非理性、理想化的个人的私密之情，那么，婚姻则是现实的、理性的、功利性的考量和选择。而非理性、非现实的个人之情，在与现实的、理性的、功利性的择偶标准进行较量的时候，往往是不堪一击的。初恋的爱而无果，具体原因是多种多样的。比如，"我"与齐娜依达的分手，不是她不爱"我"了，而是她对"我"的爱从一开始就不是男女之爱，因此"我"和齐娜依达爱而无果的原因可以说是各自审美观的不同所造成的；齐娜依达和"我"父亲的分手，不是因为彼此的爱并没有消失或移情别恋，而是因为父亲非理性的爱情理想被功利性的现实所击败。

初恋的纯真之情，多半是被现实功利性的婚姻观所击败，所以多半以爱而无果告终。虽然如此，但彼此之间那份纯真之情并没有因此消失，它仍然深深地埋藏在心底，故而难忘。

因为，所谓初恋难忘，实乃真情难忘！

2023 年 6 月 28 日草拟

世界著名中短篇小说赏析

屠格涅夫《阿霞》：
机不可失，时不再来

一

　　小说以第一人称讲述了"我"二十五岁时，在德国的一个小城与阿霞萍水相逢并一见钟情的恋爱故事。"我"名叫尼·尼（有的译为恩·恩），是个贵族青年，在国外漫无目的地旅行，在德国的一个小城和哈金（有的译为加京）还有他的妹妹阿霞相遇。用哈金的话说，阿霞一见到"我"，就产生了依恋感，而"我"也被阿霞的美丽所吸引。但"我"心存疑惑，阿霞究竟是哈金的妹妹还是他的恋人？后来，哈金向"我"讲述了阿霞的身世。原来，阿霞是哈金的父亲和家奴塔季亚娜的私生女，父亲死时把她托付给哈金，为了照顾阿霞，哈金从军队退役，现在又带她出国旅游。心中的疑惑解开之后，"我"和阿霞互表心意，"我"甚至对阿霞说，感情可以生出翅膀高飞。阿霞对"我"一往情深，她大胆地向"我"表白，但"我"总是不置可否，于是她把和"我"的关系告诉了哥哥哈金，哈金断定"我"不会娶阿霞。在阿霞的要求下，兄妹二人决定离开这里。临走之前，阿霞送信请求和"我"幽会，然而她对"我"的爱，既使"我"高兴，又让"我"不安。但为了防止发生不幸，"我"答应了她的要求。在会面时，阿霞依偎着"我"，"我"也拥抱着她，但理智使"我"清醒过来，于是"我"突然站起来把她推开了，阿霞的自尊心因此受到打击，她夺门而出。在寻找阿霞的过程中，"我"突然意识到了这就是"我"的爱情，在呼喊阿霞的时候，"我"不断地呼喊着"我爱你"三个字。"我"想第二天见到阿霞时就向她求婚，但为时已晚。因为，第二天 "我"去找他们的时候，他们已经离开了这里。不过，她给"我"留下了一封短信，上面说："当时，您只要说出一个字，我就会留下来，而您没说。""我"于是启程去寻找他们。在科隆，"我"得知他们去了伦敦，便尾随到伦敦，但四处寻找，最终也没能再见到阿霞。

二

优秀的文学作品由于它的丰富性，总是让人见仁见智，一些看法甚至截然相反。屠格涅夫的《阿霞》也是如此。读者和评论者均从不同的角度来解释造成阿霞爱情悲剧的原因，就我看到的有限的资料，主要有三种看法。

第一种看法：《阿霞》是屠格涅夫自身经历和人物原型的真实写照。1857 年，屠格涅夫疾病缠身，与那位他终身眷恋、出生于西班牙、后居法国的歌唱家维亚尔多夫人的私人关系也发生了危机。为了摆脱痛苦的心境，在这一年夏天，他孑然一身来到莱茵河东岸、离波恩不远的小城——津齐格矿泉疗养地。在这里，他结识了一些俄国人，其中有著名画家尼基京以及来自莫斯科的萨布洛夫兄妹，并开始创作《阿霞》。小说于 1857 年 7 月 12 日在津齐格动笔，当年 11 月 27 日在罗马完稿，1858 年在俄国发表。尼基京和萨布洛夫兄妹，在一定程度上就是《阿霞》中主要人物的原型。小说的女主人公阿霞的身世与屠格涅夫女儿的身世几乎完全相同。作者似乎把对于女儿的爱、对她的未来命运的思考和忧虑写进这部小说里去了。他曾在给列夫·托尔斯泰的信中说过："我写《阿霞》时非常激动，我差不多是含着眼泪写的。"这种看法以西欧学者为代表。

第二种看法：命运的安排。屠格涅夫的创作强调表现生活的真实，并认为恋爱是一种难以控制并且是突然爆发的"自然力"。因此认为《阿霞》的爱情悲剧是难以掌控的神秘力量对人的命运的左右所致，"故事散发着命运无法抗拒的淡淡哀愁，反映了屠格涅夫悲观的宿命论。作者主观上力图使人相信，造成男主人公永失真爱的原因不是关键时候的怯懦，而是由于不可知的命运以及人无法掌控爱情这一'自然力'决定的。"

第三种看法：以车尔尼雪夫斯基为代表的论者和读者认为，阿霞的爱情悲剧是沙俄社会现实的写照和"聚焦镜"。比如，有人说："19世纪50年代到60年代，是俄国解放运动从贵族革命时期过渡到平民知识分子时期的转折点。《阿霞》写于1857年，反映的正是这段社会现实。"有人说："《阿霞》是将社会问题以一种爱情的抉择的方式拷问主人公，他清楚地意识到逐渐没落的贵族阶级不能给出完美的答卷，这是时代的悲剧。所以，他的爱情故事大多以悲剧收尾，这也是社会现实的体现。"有人说："通过爱情悲剧来描写贵族知识分子的命运。这些作品所创作的年代正是俄国解放运动从贵族时期转向平民知识分子时期，贵族由于自身的局限，在社会发展中所起的作用已经逐渐衰退。"有人说："在《阿霞》里，依旧是用一个具有普遍意义的爱情故事，包裹当时那个充满变革的颠覆性时代的思考。"

车尔尼雪夫斯基对第一种看法明确地予以否定。他认为尼·尼在爱情方面的犹豫和退缩，并不是像后来的西欧学者所认为的那样只是屠格涅夫个人经历的写照（尽管在部分小说里确实能够读到屠格涅夫的影子）。他说尼·尼是"软弱的贵族罗密欧"。他在《幽会中的俄罗斯人》一文中这样分析尼·尼的性格："一个人生活在除了渺小的生活盘算以外，别无任何向往的社会里，他的思想不能不浸透渺小卑微的东西。"又说，"凡遇到需要巨大决心和高尚的冒险精神的事情，他便胆怯心虚，他便软弱无力地退缩，其原因同样是生活训练他在各方面去应付那些渺小的事物。"

上述三种看法，其实都是小说所包含的内涵之一，所以都有一定的道理，但因为他们强调的都是其中之一，所以又都有片面性。综合起来看，这些看法从不同的角度对这部小说的社会意义和美学价值进行了剖析。然而，时过境迁，在一百多年后的今天，《阿霞》还有现实意义吗？换言之，它是否具有永恒的艺术价值呢？

回答是肯定的。

三

优秀的作品都具有永恒的意义和价值，故能世代流传。一部作品，只有同时具备社会性和人类性（含哲理性），才会具有永恒的艺术魅力和价值。所谓社会性，是说一部作品要真实深刻地反映他所处于的那个特定时代的社会生活；所谓人类性，就是让读者感受到人类的某些共有的特征；而哲理性，则指作品所体现的思想，超越了具象而达到了形而上的抽象。比如阿Q的精神胜利法，不仅中国人有，外国人同样有；不仅过去有，而且现在和将来都会存在。这就是人类共有的一种弱点。《水浒传》所描写的"三打祝家庄"，它所体现的思想已经达到了哲理的高度，即只有知己知彼，才能百战不殆。

《阿霞》之所以具有永恒的艺术魅力和审美价值，我以为主要有这样两点：其一，屠格涅夫通过阿霞的爱情悲剧，深刻地揭示出恋爱的过程，就是理性和非理性交互作用的博弈过程。那么，理性与非理性的区别是什么呢？所谓理性，是指人所明确意识到的思想和情感，这种思想和情感是社会意识和个人情感的有机结合，比如他的世界观、人生观、价值观、审美观等价值取向，是他比较明确和清晰的思想和意识，因此成为他待人处世的行为准则。而所谓非理性，它往往表现为一个人在特定情境中所获得的"直感"。这种"直感"与理性相比，一是缺乏明确的社会意识；二是它的易变性，所谓此一时彼一时；三是它的从属性。当理性意识恢复和觉醒之后，非理性情感就会被理性意识所管辖而处于从属地位。拿尼·尼来说，他喜欢阿霞，是因为他觉得阿霞具有一种野性美，还有一颗纯净的心灵，然而这是他非社会意识的直观感觉。但作为一个贵族青年，他的身份意识、他从小受到的贵族教育以及受他的成长环境潜移默化的熏陶和影响，都使他无法接受阿霞这种出身并且性格多变而古怪的女孩子，更别说和她结婚了。这就是说，生理感官的"直感"，让他喜欢和爱阿霞；而他的贵族身份和贵族意识，又让他排斥阿霞。当他和阿霞幽会并揽着阿霞的腰时，他一时间被异性的爱所吸引而沉浸在非理性的快感之中；当他想到自己的身份，还有和哈金的约定时，他社会性的理性意识马上复苏并觉醒了，于是他突然站起来，推开了依偎着他的阿霞。阿霞同样处在理性意识和非理性的矛盾之中，非理性的"直感"让她和尼·尼一见就对他产生了依恋感，所以她做出种种怪异的动作来吸引尼·尼对她的注意，并且大胆地向尼·尼表白；虽然尼·尼告诉她，爱的情感可以让彼此生长出远走高飞的翅膀，然而理性告诉她，尼·尼是不会让自己长出爱的翅膀和她一起高飞的，故而又痛苦不堪，于是和哥哥商定离开尼·尼。但是，非理性的爱又让她不死心，所以又请求和尼·尼幽会，结果尼·尼无情地推开了她。由此看来，阿霞的爱情悲剧，就是理性的社会意识在和非理性的情感的博弈中战而胜之的结果。理性与非理性的博弈不仅存在于尼·尼和阿霞的恋爱之中，也存在于所有人的恋爱过程之中。

其二，爱情和其他事情一样，机不可失，时不再来。尼·尼在寻找阿霞的时候，在痛苦、悔恨和担心发生意外的恐惧中，突然意识到他对阿霞的爱是真爱，而且这就是他要寻找的爱情，他在呼喊阿霞的时候一遍遍地重复着"我爱你"三个字，当他第二天去向阿霞求婚时，却为时已晚。他当时没说"我爱你"，是因为他当时还没意识到这就是他要寻找的爱情，当他意识到的时候，机会消失了，而稍纵即逝的机会一旦失去，就永远没有这样的时机了。

"机不可失，时不再来"，不仅爱情是这样，其他任何事情也都是这样。我们在追求理想的过程中，要努力创造机会，还要不失时机地抓住机会，才是成功之道。屠格涅夫让我们看到了包含在爱情故事中的一条极具启示意义的人生哲理！

2023 年 7 月 17 日草拟

世界著名中短篇小说赏析

欧·亨利《麦琪的礼物》：
纯真之爱与哲理的内涵

一

　　《麦琪的礼物》（有的译为《贤人的礼物》）写一对年轻夫妇在圣诞节时互送礼物的故事。麦琪是指《圣经》里的三位圣人，耶稣出生时，他们送来了礼物，从此，便有了圣诞节互送礼物的风尚。

　　德拉（有的译为黛拉）计划过圣诞节时给丈夫吉姆（本名詹姆斯·迪林厄姆·杨）买一件像样的礼物，但她辛辛苦苦攒了几个月，和各种商贩们讨价还价，到了圣诞节的前一天，仍才攒下了一元八角七分美元。原因是丈夫从过去每周挣三十美元，缩减到了二十美元，生活拮据，入不敷出，他们租住的房子每周只用付八美元的房租，看上去简直就是"叫花子窝"。手里只有一元八角七分钱什么礼物也买不了呀，可是不给吉姆买一件礼物，她简直就没心情过圣诞节。无奈之下，她想卖掉自己的一头秀发给吉姆去买礼物，但她又实在舍不得连巴士女王都会嫉妒的、好似瀑布般的过膝秀发。尽管她心疼得掉下了眼泪，还是忍痛割爱将秀发卖了二十美元，然后花二十一美元为吉姆卖了一条白银表链。买到这条表链后德拉欣喜若狂，因为吉姆有一块金表，是吉姆的爷爷传给他父亲，他父亲又传给他的传家宝，它的金贵让所罗门王都会心生羡慕，但他的皮带表链却寒酸得羞于见人。

不过，德拉回到家里冷静下来之后，她有点儿担心了，担心吉姆看到自己没有了秀发会生气，甚至不再爱她。当她听到吉姆上楼的脚步声时，"紧张得脸色失去了一会儿血色"，她默默地向上帝祷告："让他觉得我还是漂亮的吧。"而当吉姆看到德拉之后，他的神情让德拉无法理解，令她毛骨悚然："既不是愤怒，也不是惊讶，又不是不满，更不是嫌恶，根本不是她所预料的任何一种表情。"此时莫名其妙的德拉，赶紧向吉姆表白："我是为了你呀，也许我的头发数得清，可谁也数不清我对你的恩爱啊。"写到这里，作者插入了一段议论："房租每周八美元，或者一百万美元——那有什么差别呢？数学家或才子会给你错误的答案。麦琪带来了宝贵的礼物，但是缺少了那件东西。"

这时候，吉姆把一个小包扔到桌子上，对德拉说："别对我产生误会，德尔（德拉的昵称）……无论剪发、修面，还是洗头，我以为世上没有什么东西能减低一点点对我妻子的爱情。不过，你只消打开那包东西，就会明白刚才为什么我愣头愣脑了。"

德拉打开小包，看到里面装着的竟然是非常漂亮昂贵的全套发梳。这套发梳，德拉曾经在橱窗里看到过，不过她仅仅是渴望，根本不敢奢望真的会拥有。看着这套发梳，她感动得泪流满面。于是，她也拿出了给丈夫所买的礼物——白银表链。当吉姆看到这个表链的时候，不是惊喜，而是倒在躺椅上微微发笑。为什么呢？他告诉德拉，这套发梳是自己把金表卖掉后买的。看着二人各自给对方买的礼物，吉姆对德拉说，这两份礼物实在太好了，但现在用不上，就让我们保存着吧！

结尾时作者又插入一段议论："他们极不明智地为了对方而牺牲了他们家最最宝贵的东西。不过，让我们对现今的聪明人说最后一句话，在一切馈赠礼品的人当中，那两个人是最聪明的。在一切馈赠又接受礼品的人当中，像他们两个这样的人也是最聪明的。无论在任何地方，他们都是最聪明的人。他们就是麦琪。"

二

《麦琪的礼物》和欧·亨利的其他小说一样，在看似平淡无奇的故事中，小说结尾却发生了突然的逆转，给人意想不到的惊奇感。这篇小说给我印象最深的有三个方面。

首先，独辟蹊径的爱情描写。爱情，是一个常写常新的永恒主题。古今中外描写爱情的作品可谓汗牛充栋，即便是描写战争、人性、职场为主的作品，其中也不乏爱情故事。古今中外的爱情故事，写的大多是对爱情的忠贞、坚定和专一，即所谓"海枯石烂不变心"。这些爱情故事，写的是变化中的"不变"，即是说，虽然男女双方的生存环境发生了巨大变故，但彼此间的爱情仍然坚如磐石。总的来看，这类爱情故事，写的是人对爱情所持的态度。

《麦琪的礼物》则另辟蹊径，它不是写生存现实发生巨变后的爱情，而是写一对年轻的贫困夫妻日常生活中的爱情；它不是写双方对待爱情的态度，而是侧重揭示爱情本身的质地和特点，说具体点儿，他们的爱，是一种纯真之爱。一谓无私之爱，二谓舍己之爱。

所谓无私之爱，是说他们彼此之间的爱都是发自内心的，没有丝毫的功利目的。因此，他们彼此都不把自己对对方的爱说出来，甚至不想让对方知道。比如，这对夫妇都准备在圣诞节时送给对方一件可心的礼物，但事先都互不相告。互不相告的结果是，德拉有了发梳却失去了秀发，吉姆有了漂亮的表链而失去了金表。所以，作者发出了"他们极不明智地为了对方而牺牲了他们家最最宝贵的东西"的慨叹。从实用性的角度来看，他们的互赠礼物的确是极不明智的。而他们彼此间那种无私之爱，却在这极不明智之中得到了鲜明的体现。反过来说，如果他们预先都互相告知对方，那就难免有了故意讨好、表白之嫌，这样的互赠礼物，或多或少带有功利目的，虽然这也是爱，但已经不能说是纯真之爱了。就像做了好事想让人知道是有私心的表现，而甘愿做无名英雄，才是真正的英雄一样。

这对夫妇的纯真之爱建立在舍己忘我的基础之上。德拉和吉姆都想给对方买一件珍奇的礼物，可是他们手里都没钱，他们都不约而同地把自己唯一的最宝贵的心爱之物卖掉给对方买了礼物。虽然德拉在决定卖秀发时心疼得掉下了眼泪，但她还是忍痛割爱，而当她给吉姆买到了可心的白银表链时，又是那样欣喜若狂，回到家冷静下来之后，才担心和紧张起来。但这不是因为后悔卖掉了秀发，而是担心因失去秀发丈夫不再爱自己，所以才紧张，以至于紧张得脸"失去了一会儿血色"。德拉为什么先是狂喜，而后紧张呢？究其原因，无论是狂喜还是紧张，其实都是一种舍己忘我之爱所引发的情绪变化。

其次，在这对夫妇的纯真之爱中，包含着关于得与失、精神与物质方面的哲理内涵。这对夫妇在互赠礼物中，都是有失有得。德拉失去了自己的秀发，得到了吉姆赠送给她的一套心向往之的发梳；吉姆失去了自己的传家金表，得到了德拉赠送给他的一条昂贵漂亮的白银表链。遗憾的是，由于德拉失去了秀发，吉姆失去了金表，他们的发梳和表链就派不上用场了。也就是说，用有用的秀发和金表，换来的是无用的发梳和表链。从这个角度说，他们的互赠礼物的结果是得不偿失，但欧·亨利却由衷地赞赏他们说："在一切馈赠礼品的人当中，那两个人是最聪明的。在一切馈赠又接受礼品的人当中，像他们两个这样的人也是最聪明的。无论在任何地方，他们都是最聪明的人。"甚至干脆说："他们就是麦琪。"

欧·亨利为什么把他们看作麦琪呢？为什么说在互赠礼物的人中，他们是最聪明的呢？这是因为他们懂得，真正的爱情，个应该建立在物质的基础上，而是双方在精神上的"心心相印"。德拉和吉姆虽然失去了有实用价值的秀发和金表，得到的是派不上用场的发梳和表链，然而这无用的发梳和表链体现的则是他们舍己忘我的纯真之爱！在这里，秀发和金表属于物质层面的有用之物，而发梳和表链则是爱情升华到精神境界的象征。

因此，欧·亨利在《麦琪的礼物》中，既有对这对贫民夫妇纯真之爱具体的形而下的描写，同时也达到了形而上的精神高度。这就是得与失、物质与精神的相互依存且相互转化的辩证关系。

再次，真切细腻的心理描写和突然而至的结尾。《麦琪的礼物》篇幅很短，但对德拉在卖秀发和买表链过程中复杂多变的心理活动进行了真切细腻的描写。或者可以这样说，这篇简短的小说，写的就是德拉复杂的心理变化过程。在这个过程中，德拉心理的变化、情绪的起伏，前后大约有如下六次：一是"强烈的愿望"。几个月来一直想给丈夫买一件圣诞礼物，这愿望是如此执着，以至于觉得买不到礼物就没心情过圣诞节了。二是"焦躁不安"。想买礼物而手中无钱，而又绝不想放弃这愿望，故而使她焦躁不安。三是"忍痛割爱"。在无可奈何的情况下，德拉仍然不放弃，她急中生智想卖掉秀发，但作为女人最为心爱并令人羡慕的秀发又让她实在舍不得卖掉，虽然心疼得掉了眼泪，还是忍痛割爱，而她的心疼不过是一个短暂的、一闪而过的瞬间而已。四是"欣喜若狂"。卖掉秀发为丈夫买到称心如意的礼物后而欣喜若狂。五是"担心和紧张"。欣喜若狂的德拉回到家冷静下来之后，开始担心了，她担心失去了秀发的自己不再漂亮，丈夫因此不再爱自己了，因此而紧张得脸上一度失去了血色。六是"泪流满面的感动"。让她没有想到的是，丈夫和自己一样，是卖掉了自己的最宝贵的心爱之物为自己买了一套漂亮的发梳，这让她体味到了丈夫深藏在心底的对自己的爱，而原来自己的担心是多余的，于是她被丈夫的真情感动得泪流满面。

德拉起伏不定的情绪和心理变化，虽然具体表现各异，但根源只有一点，就是因为她处处想到的都是丈夫，从而忘掉了自己。后来她想到了自己，因此而担心，但她担心的不是别的，是担心失去丈夫的爱，说来说去，她想的还是丈夫吉姆。德拉上述的情绪变化生动地体现出她对丈夫那份舍己忘我之爱。

欧·亨利的小说结尾往往具有突然性，虽然出乎意料，却又在情理之中，以至于被誉为"欧·亨利式结尾"。欧·亨利小说结尾的突然性，并非千篇一律，而是有各种各样的突然。比如《警察与赞美诗》是突然的逆转，流浪汉梭比想犯罪时警察不予理睬，而当他被教堂里传出的琴声所感动，决心弃旧图新的时候，却莫名其妙地被警察抓走，第二天法庭就公布了宣判结果。而《麦琪的礼物》可谓突然而至的结尾。夫妇二人给对方所买的礼物，都是在将要结尾时突然亮出来的。

《麦琪的礼物》虽然是写夫妇二人互赠礼物，但欧·亨利只写妻子德拉购买礼物的详细过程，而丈夫吉姆是如何卖表和买发梳的，则略而不提，即不交代过程，只在最后亮出结果：德拉因失去秀发而向他表白深藏着的爱的时候，为了消除德拉的误解，吉姆才突然将他用金表换来的发梳拿了出来。

欧·亨利在《麦琪的礼物》中，为什么要采取这种一详一略的结构方式呢？其一，增加了作品的突然性，从而给读者留下深刻的印象；其二，这对夫妻的爱是纯真无私之爱，虽然互不表白，但心有灵犀，故能不约而同。小说采取这样的结构方式，凸显出他们的爱是不约而同的纯真之爱。

对"欧·亨利式结尾"我曾一度产生过怀疑，怀疑它是不是形成了一种故意为之的固定模式。经过认真阅读和思考，这种怀疑被打消了。虽然他的小说的结尾一般都带有突然性，然而这突然性不是故意为之，而是对事物的本质和要害之处的深刻洞察与揭示，在这样那样的突然性之中，包含着事物最关键最本质的东西。比如《警察与赞美诗》突然逆转的结尾，正是对当时美国是非颠倒、善恶不分的社会现实本质特征的深刻反映。《麦琪的礼物》突然而至的结尾，则是这对夫妇不约而同的纯真之爱所导致的结果，正是这对夫妇爱情的本质特征。欧·亨利小说结尾的突然性，应该说是寻找到了符合事物自身特征的表现形式，既真实可信，又能让读者产生突如其来的新奇感，从而对事物的本质特征留下难以磨灭的深刻印象和记忆。

这就是"欧·亨利式结尾"的审美价值和特征!

2023 年 11 月 15 日草拟

艾丽丝·门罗《空间》：
自我救赎与异度空间

　　对于艾丽丝·门罗的小说，人们谈论最多的是《逃离》《机缘》《亲爱的生活》等作品，而《空间》这篇小说，似乎有些被忽视而鲜有评介。实际上，这是一篇颇能体现艾丽丝·门罗创作特点并且有深意的作品。

　　这篇小说写的是因夫妻二人在生养和教育孩子的问题上产生矛盾所酿成的家庭悲剧。七年前，劳埃德和多丽在一家医院相识相爱。那时，劳埃德在这家医院做护工，而多丽的母亲在这里住院。多丽的母亲因血栓突然去世后，十六岁的多丽孤苦无依，她本可以住在母亲的朋友家里，但多丽选择了和劳埃德住在一起，后来两人便结了婚，连续生了三个孩子。劳埃德曾经是个嬉皮士，他只比多丽的母亲小几岁，以前不曾结过婚，但有两个孩子，孩子现在都长大了，但不知下落。随着年龄的增长，他的人生哲学发生了变化，"他现在向往婚姻和稳定的生活，反对节育"，为此二人产生了矛盾。因为在生了三个孩子之后，多丽也奇怪自己为什么不再怀孕了，而劳埃德认为多丽是不想生，怀疑她暗地里吃了避孕药。另外，劳埃德主张母乳喂养，而多丽因奶水不够只能让孩子用奶瓶，这让劳埃德相当生气；大孩子要上学了，劳埃德不想让孩子过早地进入社会，主张家教。于是，多丽需要每周到学校取作业，但她不会开车，恰好邻居玛吉也要到学校为孩子取作业，多丽便坐玛吉的车一同到学校去，而劳埃德对两个女人越来越密切的交往心生疑虑。他怀疑多丽会向玛吉诉苦，说他是个浑蛋，担心玛吉会拆散他们的婚姻，因此他要求多丽断绝和玛吉的来往。为此，两人发生争吵，当晚多丽去找玛吉并在她家过夜而多疑的劳埃德认为多丽是离家出走了。第二天，当玛吉开车把多丽送回家的时候，多丽发现三个孩子都被劳埃德亲手杀害了。此情此景，让多丽如五雷轰顶，痛不欲生。玛吉报了警，经鉴定，劳埃德属于犯罪型精神失常，免除刑事责任，但要交由安全机构来看管。三个孩子死了，劳埃德住了看管所，多丽病倒住院。

上述种种，只是悲剧的发生之因，小说侧重描述的是悲剧所造成的恶果。这个恶果就是让劳埃德和多丽都陷入了相互仇恨、难以摆脱的精神痛苦之中而不能自拔。

多丽出院后，虽然有关部门给她找了住处，又安排她到一家汽车公司做清洁工，但多丽却不能从失去孩子的痛苦中解脱出来，她在极度的痛苦中失去了自我。她不想和别人交流，她排解痛苦的唯一方法就是整天忙忙碌碌地埋头干活。对丈夫劳埃德，她心中只有恨，而原谅二字，她觉得自己是说不出口的。她开始去探望丈夫，目的是让他承认错误，承认自己是疯子。然而，多丽内心对丈夫又是非常矛盾的，她恨他，不想原谅他，但她又不愿像教徒那样用意念去诅咒他。所以她去探望丈夫，还是希望在看到现在他那副颓废的、又黑又瘦的模样后，就不好再去责备他了。第五次探望之后，多丽收到丈夫寄给她的一封信，信中谈到他找到了解脱痛苦、让灵魂得以安宁的方法，就是"认识自我"。"我认识了自我，我认识了穷凶极恶的自我，我认识到我作恶多端……我在自我认识中认识到了自己的恶……我得到了安宁……"后来，他又写信告诉多丽，说他见到孩子们了，他们在"异度空间"生活得很好很快乐。显然劳埃德是想孩子想疯了，他看到孩子们所生活的"异度空间"，毫无疑问是一种幻觉，是因为他爱孩子、恨自己，悔恨交加中所产生的幻觉。但多丽则从这个虚幻的"异度空间"得到了启示，知道在自我空间之外还存在着"异己"的空间，这一想法像一股暖流涌遍她的全身，唤醒了她"自发地感受幸福的能力"。更奇怪的是，当她想到长期以来总是回避的孩子们的时候，竟然第一次没有感到痛苦。她知道这个"异度空间"是丈夫对孩子们的爱的产物。她由此找到了和丈夫的共同点，她觉得丈夫终究还是她在这个世界上的一个不能失去的依靠。

于是，她又乘大巴车去看望丈夫劳埃德。途中，她目睹了一场车祸，看到一名卡车司机从车内被抛到空中又摔在高速公路上。多丽看到，这个年轻的卡车司机还是个未成年的孩子。多丽当初为确保孩子们的安全，曾跟丈夫学过一些急救方法，这时候派上了用场，她给伤者做人工呼吸，让伤者恢复了一丝气息。当大巴司机要继续赶路时，多丽决定留下来守护伤者，等着救护车的到来。她对大巴司机说："你们走吧，等他们来了，我就搭车到镇上，晚上再坐你的车回去。"司机问她："你肯定？"她回答："肯定。"司机问："你不去伦敦了（不是英国的伦敦，而是劳埃德所在看管所的地名）？"她回答："不去。"小说到此结束。

初读这篇小说，我曾对小说取名《空间》困惑不解。这篇小说虽然鲜有评论，然而这是一篇有深意的不应该被忽视的作品。

首先，小说写法独特。劳埃德因对妻子多丽的误解亲手杀死自己的三个孩子，是造成这一家庭悲剧的原因。但就其结构方式而言，小说的描写重点并不在这里，而是悲剧发生之后给两个人带来的精神痛苦，以及他们自我救赎的过程。具体来说，小说详细描述的是多丽几次到看管所看望丈夫时复杂微妙的心理活动，充分体现了艾丽丝·门罗心理现实主义的写作特点。再从叙述方式来看，无论叙述悲剧的发生之因，还是多丽几次去看望丈夫，都不是从头到尾——写来，而是采取了"切割式"的叙述方式。所谓"切割式"的叙述方式，就是对事件的发生经过不是从头至尾进行连续性的描述，而是以描写人物的现在时为主线，将过去发生的事件进行切割，择机零零碎碎地多次进行叙述和交代，其叙事动机则与人物现在的心境、想法、情绪、心态密切相关。比如，写多丽前三次去看望丈夫的情况，包括丈夫现在的模样和状态，以及她当时的感受，就不是和盘托出的直接描写，而是通过她与桑兹太太一问一答的对话中说出来的。再如，劳埃德是怎样杀死自己的三个孩子的，小说并没有直接描写，而是只让多丽和玛吉第二天回到家时看到三个孩子的死亡现场，小说的侧重点是写多丽看到这一死亡现场后所受到的沉重打击。艾丽丝·门罗这种避实就虚、切割式的叙述方式有两大特点：一是省略了许多可有可无的过程描写，二是让客观事件打上了主观烙印。就是说，小说所叙述的事件本身是客观的，而对客观事件的具体感受则是主观化的。

其次，揭示出个别、偶然事件中所包含着的必然性和普遍性。由于悲剧的制造者属于犯罪型的精神病患者，所以这个悲剧的发生是极个别、极偶然的。但是，丈夫劳埃德为什么会精神失常呢？一是劳埃德和周围的人关系不好。二是怀疑妻子多丽会在邻居的挑唆下离家出走。三是据劳埃德的说法，是出于对孩子们的爱（怕孩子们陷入失去母亲的痛苦之中），所以亲手杀死了自己的三个孩子。劳埃德的精神失常，说到底，根源就在于"矛盾"二字，因为他和妻子、同事、邻居都有矛盾，却又都没处理好所造成的。而矛盾无处不在，家家都有一本难念的经，清官难断家务事，人人都置身于矛盾之中，人人都有程度不同的精神苦痛。一般说来，家庭矛盾最初都是小矛盾小摩擦，然而，如果忽视这些不起眼的小矛盾，那么，小矛盾就有可能演化为大矛盾。

再次，化恨为爱是寻找"异度空间"的精神动力。如前所说，这篇小说描写的侧重点不是悲剧之因，而是悲剧发生之后，多丽和劳埃德夫妻二人如何摆脱精神苦痛、浴火重生、自我救赎，即寻找"异度空间"的过程。

何谓"异度空间"？按艾丽丝·门罗给出的解释，就是"异己"的生存空间。我们每个人都有自己的生存空间，而自己之外的另外的空间，就是"异度空间"。按我的想法，人的自我生存空间有两个，即"物理空间"

和"心理空间"。这两个空间既有区别又有联系。然而,当人们的生活出现重大挫折和变故之后,在自我迷失的同时,原来的两个空间也随之坍塌。物质方面的损失可以得到他人的帮助,而摆脱精神的苦痛只能靠自己,即只能靠自我救赎。所以,自我救赎的过程,就是浴火重生,是重建自我生存空间的过程,而这个新建的自我空间,特别是心理空间与原来的空间相比,会发生质的变化,故称"异度空间"。

多丽的自我救赎经历表明,化恨为爱是摆脱精神痛苦、重建或寻找"异度空间"的原动力。悲剧发生之后,多丽在遭受沉重的精神打击之后被一个"恨"字所主宰而失去了自我,失去了感受幸福和爱的能力,她深深地思念三个孩子,却又极力避免去想,因为那样会让她更痛苦。因此,对于丈夫劳埃德,她觉得自己说不出原谅这两个字,然而在她的潜意识层面,还潜藏着爱的愿望。正是这连她自己都觉察不到的爱的愿望,导致了她对丈夫既恨又爱的矛盾心理。后来她接到丈夫那封谈论"异度空间"的信,说孩子们现在就生活在他看到的"异度空间"里,并且生活得很快乐很幸福。多丽知道这是他想孩子们想疯了,他看到的"异度空间",纯粹是他的一种幻觉。奇怪的是,丈夫这封信在她心里却总是挥之不去,"劳埃德说孩子们生活在他们的异度空间,这念头带来一股暖意,涌遍她的全身。想到孩子们,好久以来第一次没有让她感到痛苦"。

这封信似乎有一种神秘的力量,把多丽从恨的泥淖中解脱出来,唤醒了她自觉地感受幸福的能力。这种神秘的力量,源自她心中潜存着的爱。正是在爱的驱动下,劳埃德和多丽都在重新建立各自的"异度空间"。但此"异度空间"不同于彼"异度空间"。劳埃德看到的"异度空间",是对自己孩子的一己之爱所产生的幻觉,也就是说,他并没有建立起属于自己的新的"异度空间"。多丽则不同,她在救治那个年轻的货车司机的时候,已经把对自己孩子的爱投射到了这个素不相识的年轻司机身上,从而超越了一己之爱,而达到了热爱一切生命的精神境界。如果说这是多丽重新建立的"异度空间"，那么我们可以这样说：对于人来说，"异度空间"并不是"异己的"，而是精神境界得到升华后的"心理空间"。所谓"异度"或"异己"，只是说新、旧自我的不同罢了。

2024 年 5 月 18 日草拟

关于战争

都德《最后一课》：
重大主题凝聚于日常小事

　　《最后一课》以 1870 年普法战争为背景，法国战败，普鲁士取胜，并统一了德意志，由此取代了法国在欧洲的霸主地位。作为战败国，法国不得不与普鲁士签订了丧权辱国的和约。法国不仅要付出巨额战争赔款，还被迫将整个阿尔萨斯省和部分洛林省的割让给普鲁士。普鲁士在占领区推行奴化教育，下令废除法语，学校改教德语。《最后一课》所集中描写的，就是阿尔萨斯省的一所乡村小学上最后一堂法语课的情景，由此表现出法国底层民众真挚的爱国热情和不屈的意志，塑造了学生小弗朗士（有的译为弗朗茨）和教师韩麦尔（有的译为哈默尔）具有典型意义的人物形象。

　　《最后一课》于 1912 年翻译到我国，曾多年入选我国的中学课本，可见其影响之大。纵观古今中外文坛，歌颂爱国主义的长、中、短篇小说可谓琳琅满目、汗牛充栋，而《最后一课》为什么没有被海量的同类作品所淹没？为什么能以如此短的篇幅独树一帜，蜚声世界文坛？

　　首先是核心事件的新异性和特殊性。一般表现爱国主义的作品，多以描写英雄人物的壮举为主，或写英雄人物不怕牺牲的献身精神，或写他们深入敌营和强敌斗智斗勇，或写他们忍辱负重的大局观，总之，多是通过具有重大意义的重大事件来表现英雄人物的爱国热情和英雄壮举。而都德的《最后一课》却独辟蹊径，将这一重大的主题凝聚于日常生活中一件寻常的小事之中——一所乡村小学最后一堂法语课，而重大的爱国主义主题就在这日常生活的小事中得到了生动的表现，且感人肺腑。

新颖独特，小中见大，是《最后一课》的魅力所在。

但是，并不是所有的小事都能做到小中见大，做到这一点并非易事，它是作家的观察能力、认识能力和艺术概括能力的综合体现。小中见大是"大"与"小"的统一，也就是常说的大处着眼，小处落墨；如果写的是没有"大"的"小"，这样的"小"就是纯粹的"小"了。都德把"一堂法语课"这样普通的生活场景放在了法国在普法战争中惨败，这所小学所在地的人民沦为亡国奴，以及侵略者强迫学德语的大背景之下，从而使这堂法语课成为了最后一课，把当地的民众和祖国的前途联系在了一起，将普通的一堂课，演化成了和祖国语言告别的庄严又悲痛的仪式。

其次是爱国之情自然流露的本真性。小说通过小弗朗士这个小学生的所见所闻所想生动地描述了最后一课的过程和具体情景。小弗朗士今天所看到的，可以用反常来概括。反常一：往日上课之前，教室里拉动课桌和大声背书的声音非常嘈杂混乱，迟到的小弗朗士想借混乱之机溜进教室以避免老师训斥，但出乎他意料的是，今天教室里特别安静，安静得像星期日没人来上课一样。反常二：对迟到的小弗朗士，韩麦尔老师并没有大发雷霆，虽然手里还拿着戒尺，但态度温和地对他说："你要还不来，我们就准备上课了。"反常三：韩麦尔老师今天的穿戴和往常大不相同，他今天穿的这套衣服，是督学来视察或学校颁奖的日子才会穿这套衣服、戴这顶帽子，小弗朗士从而感觉到整个教室里"充斥着一种不同以往的严肃气氛"。反常四：更让小弗朗士感到奇怪的是，他看到"后面几排一向空着的长凳上坐着一些镇上的人，并且他们也像学生一样安静"。其中有老奥赛，有从前的镇长，有以前的邮递员，还有一些其他的乡民，这些人都是愁容满面的样子。"老奥赛还拿着一本破旧不堪的识字课本，他将打开的书平放在膝盖上，他那副大大的眼镜横放在书上。"这些对教育毫不上心的乡民平时是不来学校的，今天却不约而同地来到学校，显然也是来听韩麦尔老师的最后一课的。反常五：平常不爱学习的小弗朗士，听到韩麦尔老师说这是他上的最后一堂法语课时，突然渴望要学好法语了，并且为自己还不会作文感到焦急。韩麦尔老师告诉大家："一定要好好学习法语，永远都不要忘掉它……当一个民族沦为奴隶时，只要还能牢牢记住自己的语言，就等于拥有了打开自己牢房的钥匙。"反常六：小弗朗士因为自己背书时的错误百出心里感到难受，韩麦尔老师不仅没有责怪他，反而进行了批评与自我批评，他说："可悲的小弗朗士啊，这并不是由于你一个人的过错造成的，我们每个人都需要扪心自问一下。你们的父母大多对你们的教育毫不上心。他们宁愿将你们送到纱厂或田地去劳作，因为这样还能够帮助他们赚钱。"接着，他进行了自我批评："我呢，难道就没有什么可以被指责的地方吗？我不是也时常让你们停止学习，在花园里帮我为花草树木浇水吗？当我想去钓鱼的时候，不也不假思索地给你们放假吗？……"

上述的种种反常，其实是深埋在这些乡民、学生、老师心底的，是血液中的爱国之情的自然流露，而这种没有任何粉饰成分的本真性，就更加真实感人。特别是韩麦尔老师讲课的最后，在他依依不舍但又必须离开这所学校之际，他用尽全身的力气，在黑板上写出的"法兰西万岁"五个大字，表达出了大家的共同心声，也让一个胸怀祖国的乡村知识分子的高大形象展现在人们面前，令人难以忘怀。

再次是叙述者的恰当选择。叙述者的选择是否恰当，关系到一部作品的成败得失。福克纳在写《喧哗与骚动》时，先从一个白痴孩子的角度讲这个故事，写完后不满意；于是从另外一个兄弟的角度去讲，还是不满意；又从第三个兄弟的角度来写，仍然不理想；于是他把三部分串在一起，而欠缺之处索性用自己的口吻来补充，成书后仍然不满意。该书出版十五年之后，福克纳又把这个故事重写了一遍，作为附录附在另一本书的后边，他说："这样才算了却了一件心事，不再搁在心上。"但他仍然觉得不好。可见，找到恰当的叙述者并非轻而易举。

《最后一课》选择小弗朗士作为叙述者是经过深思熟虑的恰当选择。其一，从一个不谙世事的小学生的所见所闻所想来写，更加客观、真实、本真；其二，小弗朗士平时是个不爱学习的学生，受到老师的惩罚较多，因此他在最后一课的所见所想和平时的感受能形成鲜明的反差和对比，同时，他熟悉老师和学校的一切，让他作为叙述者，既可以写他自己的所见所感，还便于刻画其他人物，有利于通过他对韩麦尔老师的印象和看法来完成对这一人物的塑造；其三，小弗朗士在最后一课上的觉醒和对祖国语言的渴望和热爱，预示着沦陷区未来的人民不会甘当奴隶，因为他们不会丢掉能够"打开牢房的钥匙"，一定会重新回到祖国的怀抱！

2023 年 4 月 11 日草拟

2023 年 4 月 12 日修改

都德《柏林之围》：
爱国主义之辨

  都德的短篇小说《柏林之围》，写了法国一个老上校"死"的过程。1870 年爆发普法战争，当上校看到拿破仑的名字出现在战败公报上时，对他来说犹如晴天霹雳，他突然就倒下去了，患的是典型的偏瘫症。后来又传来了法军取胜的消息，一直昏迷不醒的上校竟然苏醒了过来，眼睛里闪现出明亮的光芒，舌头也不像之前那样僵硬了，还断断续续地连续说了两遍："胜——利——了！"但这是一个虚假的战报，真实的情况是麦克马洪元帅望风而逃，被普鲁士军队打得丢盔弃甲。上校的孙女和医生怕上校再发生意外，就不断地编造法军取胜的谎言来哄骗他，而他深信不疑，并且为他们编造善意的谎言提供线索（上校曾是拿破仑帝国时期的重骑兵，多次参加战斗，熟悉双方的战略部署）。上校的儿子在麦克马洪元帅的参谋部，现在也成了普鲁士的俘虏，孙女强忍悲痛，还得为爷爷编造她父亲的来信。经常接到儿子的来信，使得上校心情愉快，病情大有好转，在他的预想和计划中，法军再有八天就可以攻占柏林了，而实际是普军距离巴黎的路程只有八天了。普军要进驻巴黎了，上校还以为要庆祝法军凯旋，也不知哪里来的力量，上校居然站立在了阳台上，并且穿上了自己的旧军服，肩挎军刀，等待观看庆典。然而，当他看到从凯旋门走进来的不是法军而是普军的时候，他恍然大悟，绝望地——死了！

  《柏林之围》与《最后一课》都被公认为是都德爱国主义的名篇佳作，

对上校的爱国主义精神大加肯定和赞赏。上校的确非常爱他的法国，这种爱甚至与他的生命休戚与共，但对爱国主义要进行辨析，不能只要是爱国，就不分青红皂白地加以肯定和赞扬。在笔者看来，对这个上校的爱国主义，应该持否定和批判的态度。为什么呢？

首先，战争的性质决定爱国主义的性质。爱国主义表现在多种方面和领域，就战争中表现出的爱国主义而言，应该建立在人道主义的自卫的反侵略的基础之上，这样的爱国主义才是值得肯定和赞扬的，反之，渴望侵略战争取胜的爱国主义，是非正义的、罪恶的和反人性的。

那么，普法战争是什么性质的战争呢？马克思关于普法战争曾经起草过两篇宣言。第一篇宣言指出，这次战争对法国来说是侵略性的，对德国来说则是防御性的。这是因为，普法战争是法国为了阻止德意志的统一和维护法国在欧洲大陆的霸主地位借故向德国宣战的，所以马克思说这次战争法国是侵略性的。但战争开始之后，法军大败。于是，马克思在第二篇宣言中指出，在色当战役之后，普法战争性质起了变化，普鲁士由自卫的民族战争转变为对法国的侵略战争，法国则变成了反对普鲁士侵略的防御战争。但在我国学术界也有学者认为，普法战争具有连续性和整体性，它自始至终就表现为对两方来说都属于一场非正义的掠夺战争。这就是说，普法战争也是"春秋无义战"。

《柏林之围》中上校的病倒和对法军胜利所表现出的渴望和喜出望外，发生在战争的开始阶段，也就是法国属于侵略方的时候。因此，此时上校所表现出的对法军胜利的渴望，只能说是对侵略战争取胜的渴望，因此，上校的所谓爱国主义，是非正义的、罪恶的和反人性的。

其次，上校对"善意的谎言"深信不疑说明了什么？上校对孙女和医生为他编造的法军不断胜利的"善意谎言"之所以深信不疑，因为这正是他内心的渴望。对他来说，根深蒂固的侵略和征服意识，使他朝思暮想的是胜利，而不是失败，这就是他被虚假的胜利所哄骗的根本原因。表面上，是孙女和医生在为他编造胜利的谎言，实际上是他在想象中指挥着法军向柏林进攻，而他设想的"柏林之围"，说穿了就是不折不扣的侵略，或者说，是侵略和征服意识的体现。

再次，上校把侵略战争的获胜视为一生的荣耀。上校在拿破仑帝国时期，曾参加过与德国的征战，参加过北方的战役，目睹过雪花飞舞中"俄国大撤退"……这些都是侵略战争，但上校却不厌其烦地多次向亲友们讲述，以此为荣。"他的房间里，满是拿破仑帝国时期的纪念品；除了这些，上面还摆着一些勋章和青铜器……所有的一切——元帅、小罗马王、大条桌以及穿黄袍的夫人……这些使房间里洋溢着胜利和征服的气氛。对于神勇无比的上校来说，眼前的这些东西可比我们所说的话更有说服力，更能使他相信柏林被围困这个善意的谎言。"

最后，侵略和征服意识是上校的精神动力。对于上校来说，这种"意识"所焕发出来的巨大力量是令人震惊的。当普鲁士军队进入巴黎时，上校还以为是法军凯旋，于是他让我们看到了难以置信的一幕：当普鲁士军队"从马约门往杜伊勒里宫的长街上行走时，老人房间的窗户被轻轻打开了，头戴头盔、身上挎着军刀，身穿在米罗手下当重骑兵时所穿的一身旧军服的上校出现在阳台上"。一个瘫痪了的老人，在这一时刻，居然能够突然站立起来并且穿戴整齐，这简直是奇迹。所以，连叙述者"我"都百思不得其解："直到今天我仍然很好奇，到底是怎样的意志力，才能足以支撑着他，让他能够一下子站了起来，并且为自己穿戴得如此干净整齐。不过不容置疑的是，他的的确确就是站在那里。"

这就充分说明，侵略和征服意识是他的精神动力，而精神动力的巨大能量可以创造奇迹。不过，这样的精神动力，是应该排除在真正的爱国主义之外的。

再来讲讲小说的题目。明明是"巴黎之围"，而小说为何偏偏取名"柏林之围"？这究竟是对上校爱国主义的肯定，还是否定和嘲讽？结合本文上述分析和其中的引文来看，窃以为是后者。如果这个看法能够成立的话，那么长久以来对上校爱国主义的高度评价，应该是对这篇小说和都德本意的误读吧。

2023 年 4 月 15 日草拟

2023 年 4 月 16 日修改

肖洛霍夫《一个人的遭遇》：
藏在心底的爱

一

　　《一个人的遭遇》以第一人称讲述了安德烈·索科洛夫在第二次世界大战中的不幸遭遇与悲惨命运。索科洛夫出身农民家庭，生于 1900 年，在 1922 年的大饥荒中，父母和两个妹妹都被饿死，只有他一个人因在外地做工而活了下来。孤身一人的他进城当了工人，与善良温柔的伊琳娜结婚，先后生了一男二女。后来他又当上了运货的卡车司机，还盖了属于自己的房子，从此衣食无忧，家庭温馨而幸福。

　　1939 年，索科洛夫应征入伍，与家人分别时，妻子伊琳娜哭得像泪人，搂着他不肯松手，火车就要开了，他只好狠着心推开她登车而去。1942 年他在运送炮弹时，卡车被炸翻，他也受伤被俘。小说详细地讲述了索科洛夫在战俘营被百般折磨、侮辱、鞭打的生活经历和他对祖国深切的爱。从被俘的那一刻起，他就想逃跑，但在被押送到战俘营的路上，没能找到机会。他对祖国深深的爱，使他特别痛恨叛徒，在被押送到战俘营的路上，一天夜里，他听到一个战俘为自保想出卖自己的排长时，他虽然不认识这个排长和想当叛徒的战俘，却激起了他的怒火，于是，他和那个排长一起掐死了这个可耻的叛徒。

　　索科洛夫被送到战俘营之后，终于找到了逃跑的机会。某天，他被派到树林里去给死去的战俘挖墓，他趁着两个卫兵不注意跑出了树林，一夜间竟跑出了 40 公里。到了第四天，他藏在燕麦地里，却被警犬循着他的脚印找到了他。他被抓回战俘营后，被打得皮开肉绽，血肉模糊，还被关了一个月的禁闭。

在被俘的两年里，他被赶来赶去，到各地服劳役，走遍了半个德国。他看到这里各地风景不同，但是枪杀和鞭打我们的兄弟，却是到处相同；再就是不管在哪里，干一天重活儿，晚上都不给饭吃。索科洛夫的体重从战前的 86 公斤，降到了不足 50 公斤，在干土方工程时还折了腰，而被俘的战友从入战俘营时的 142 人，过了两个月就只剩下 57 人了。索科洛夫只因说了一句每天采 4 立方石头太多，就要被枪毙。战俘营营长在枪毙索科洛夫之前，端起一杯酒说："临死前喝杯酒吧，为德军的胜利干杯！"但索科洛夫拒绝与德军的胜利干杯，却愿意为自己的死而干杯。索科洛夫这种视死如归的勇敢和骨气赢得了对方的尊敬而免他一死。他思念自己的妻子和儿女，每天夜间在梦中总是梦见他们，并和他们说：我一定会回去的！

后来，他被派去给一个修筑防御工事的工程师军官开车，他终于绑架着这位工程师，开着开汽车逃回到了自己的祖国和部队。在部队疗养期间，他接到邻居一封信，告诉他，1942 年，他的妻子和两个女儿都被炸死了，房子炸平了，院子里只留下了一个深深的坑；儿子也上了前线，指挥着一个炮兵连，但是很不幸，就在战争最后胜利的那一天，他的儿子牺牲了。索科洛夫在远离故乡的德国的土地上，埋葬了他最后的希望和欢乐。

退役后，家破人亡的索科洛夫离开了家乡，住在一个战友家里，并且又当上了运货司机。劳累一天之后的索科洛夫，孤独和痛苦使得他成了小茶馆的常客。他在小茶馆里看到一个叫万尼亚的孩子，当得知他是个孤儿时，立即决定认他为自己的干儿子。

不是亲生，胜似亲生。从此，两个孤苦无依的人，一老一小，相依为命。对于索科洛夫来说，照顾万尼亚，虽然辛苦和费心，但也让他从彼此的相互依赖中得到了爱和欢乐，给了他生活下去的信心和希望。

二

围绕着肖洛霍夫的作品，在俄罗斯乃至在世界许多国家，一直颇多争议。尽管他曾因《静静的顿河》获得了诺贝尔文学奖，但事前事后这些争议始终没有平息。而肖洛霍夫作为一个历史人物，大家也对他评价不一，有人指责说，他在各重要历史阶段，曾经为许多错误政策张目；有人则维护说，他先知先觉，大智大勇，从 20 世纪二三十年代起就是反对错误路线的英雄。而西方许多评论者也都认为，肖洛霍夫是一个"共产主义的忠实信徒"。正如 1965 年肖洛霍夫荣获诺贝尔文学奖时，瑞典皇家学院院士安德斯·奥斯特林在授奖词中对他的评价一样："肖洛霍夫无疑是一个坚定的共产主义者。"

总体看来，肖洛霍夫也算是同时得到了东、西方两个世界的共同认可，特别是对他所取得的艺术成就，东、西方两个世界的学者都给予了高度评价。他也是唯一既获斯大林文学奖，又获诺贝尔文学奖的作家，这在苏俄文学史上绝无仅有。

著名的文学家高尔基在看完《静静的顿河》第三部手稿后，认为肖洛霍夫非常有才能，他可以成为一个优秀的苏联作家。法捷耶夫这样说："肖洛霍夫有着怎样巨大神奇的吸引人的力量啊。可以直率坦白地说，当你读他的作品的时候，会体验到一种真正的创作上的嫉妒心情，真想偷走许多东西。"康·米·西蒙诺夫则认为："有这样一些作家，如果不读他们的作品，就不可能对某一国家的当代文学得出明确的概念。我们就有几位这样的作家。肖洛霍夫便是其中之一。" 苏联批评家尤·鲁金说："肖洛霍夫永远充满着对人的爱……他的心灵是向人的一切痛苦和所有能够把人变成大写字母的'人'的美好东西敞开着的。所以求善是肖洛霍夫艺术活动的目的和理想，他的美学思想就是用美的方式、艺术的方式去表现真和善，实现真善美的统一。"

法国著名文学家罗曼·罗兰说过："苏联作家新的优秀作品，例如肖洛霍夫的作品，是同上一世纪伟大的现实主义传统相联系的，这个传统体现了俄国艺术的实质，而以肖洛霍夫为代表的苏维埃文学使这个伟大传统的特点为之一新。"美国著名作家海明威说："我非常喜欢俄国文学。当代作家中，我喜欢肖洛霍夫。"日本作家小林多喜二说肖洛霍夫的书"一旦读起来，就会爱不释手"。鲁迅也曾盛赞肖洛霍夫的作品。

像肖洛霍夫这样能够得到东、西方共同认可的获奖者实属罕见。因为一年一度的诺贝尔文学奖获得者一经公布，总会在世界范围内引起这样那样的争议。

那么，肖洛霍夫为什么能够同时得到东、西方的共同认可呢？有人说是因为"肖洛霍夫的小说对顿河流域的史诗般的描写，揉进了东西方文化的特质，对人性的张扬与文学艺术的创新"。但笔者要问，什么叫"揉进了东西方文化特质"？是两种文化特质的一半对一半吗？或者说是你中有我，我中有你吗？如果真是这样的话，肖洛霍夫的作品所表现的思想就是分裂的而不是统一的；有"两张皮"的作品，怎么能因此而获奖，并得到东、西方的共同认可呢？

"揉进说"可以休矣！

在笔者看来，肖洛霍夫之所以能够得到东、西方不同文化和意识形态的共同认可，根本的原因是肖洛霍夫的作品做到了"民族性与人类性的统一"，这和"揉进说"完全不同。"揉进说"是将两种不同文化特质糅合在一起，实际上是二者相加形成的"拼盘"，是"两张皮"。而笔者所说的"民族性与人类性的统一"，其中的民族性，指的是民族的、地域的、个别的局限性，而人类性则是指人性中的普遍性和共同性，而二者的统一，则是指在民族性、个别性之中，包含着人性的共同性，二者是难以截然分开的，是一体两面，而不是"两张皮"。肖洛霍夫的中篇小说《一个人的遭遇》就是二者能够统一的作品。

三

《一个人的遭遇》究竟表现的是什么？这部小说的中文译者草婴认为："《一个人的遭遇》发表时，曾引起苏联国内外文艺界的强烈注意。小说通过普通劳动者索科洛夫和他一家人在卫国战争中的遭遇，反映出这场战争给苏联人民带来的严重灾难和他们反抗法西斯侵略的勇敢精神；同时，由于作者对战争持一概否定的态度，过分地渲染了死亡和恐怖，因而产生了比较明显的资产阶级和平主义的倾向。"

在提到小说中表现战争给人类带来的灾难时，有评价说："以人道主义的思想关照了人在战争中的悲剧性命运及其因果关系。"这也是绝大多数人的看法，但具体说法略有不同。一是开辟了战争文学的新纪元。肖洛霍夫研究专家刘亚丁教授说："《一个人的遭遇》在苏联文学中的过渡性意义由此而凸显，这里既有英雄主义的风流余韵，又开启了非宏大叙事的先河……现在索科洛夫这样的普通人成了小说的主人公，他的身上既有普通人的凡俗又有英雄的辉光，这就为后来的苏联战争文学的非英雄的书写提供了启示和范本。"二是《一个人的遭遇》是对世人的警告。它在警告我们："战争就是生与死的挣扎，战争就是血与泪的流淌，战争就是家与国的破碎，战争往往是仇与恨的萦绕。成千上万个人的经历要铭记，正在发生的要阻止，祈求将来不再发生。这是血的警示，泪的呼唤，痛的顿悟。可惜……民族主义自信心高涨的民众们早已将肖洛霍夫的警告抛之脑后了。"

的确，以普通人作为描写的主要对象、非宏大叙事、揭示战争给广大的人民带来的灾难和精神创伤，使得索科洛夫的一生几乎就是苦难的化身：卫国战争中被俘的屈辱与折磨，和战友的生死离别，多次死里逃生，两次越狱逃跑，特别是妻子和女儿的惨死，失去儿子的痛苦，生存的艰辛……这些苦难都连续地狠狠地打压着这个普通的男人，连喘口气的机会也没有。

上述这些，确乎是作品所展现所表达的东西，但小说更为重要的内核却被人们忽略了。这内核是什么呢？就是藏在以索科洛夫为代表的普通人心底的爱。这种爱包含着对祖国的爱、对亲人的爱、对弱者的同情和爱。藏在索科洛夫心底的爱，就是人类共有的美德。但是共有性不是抽象的存在，它总是以具体的、个别的形态存在着。比如，藏在索科洛夫心底的爱，具有人类的共同性；而他反侵略的勇敢精神和行为，则是民族性的。这就是说，其人类性，是通过民族性而表现出来的。所以在肖洛霍夫笔下，民族性与人类性是统一的一体两面，而不是分裂的"两张皮"。无论是西方人还是东方人，他们都爱自己的祖国、爱自己的亲人，东方人和西方人都认可并具有这样的爱，都向往真善美，痛恨假恶丑。为什么《一个人的遭遇》能够得到东、西方的共同认可？秘密就在于作品的内核所表现的是人类共有的、他们同样认可的东西。

让我们具体分析一下二者的统一性。

对祖国的爱，使得索科洛夫从被俘的那一刻起，就时时刻刻想找机会逃跑；对祖国的爱，使他痛恨出卖战友的叛徒；对祖国的爱，使他在魔窟般的战俘营，一次次地经受住了非人的折磨和生死考验；对祖国的爱使他在被枪毙的时候表现出大义凛然、视死如归的铮铮骨气，拒绝为德军的胜利干杯，却斩钉截铁地宣告：愿为自己的死而干杯！对祖国的爱，使他虽然第一次逃跑失败被毒打、被关禁闭，但他毫无畏惧，丝毫不能动摇他逃走的愿望。正是这样坚定的意志，使他终于找到了成功逃脱的机会。

对于索科洛夫来说，对祖国的爱和对亲人的爱是相互渗透、互为因果的。索科洛夫深知家与国的关系，所以在入伍与家人分别时，虽然依依不舍，但他还是狠心地把妻子推开，登上了开往前线的列车，而他却为自己的这一推悔恨不已。

在战俘营，一到夜间他就思念起自己的亲人，总是在梦中与他们相见，非常坚定地告诉他们：我一定会回去的！由此可知，索科洛夫一心想逃出魔窟，一方面是对祖国的爱和忠诚，一方面又饱含着对亲人的思念以及与亲人团聚的强烈愿望。索科洛夫对亲人和对祖国的爱，就是这样相互缠绕在一起而难以分割。

索科洛夫虽然逃出魔窟回到了祖国，但他却经历了家破人亡的沉重打击，特别是儿子在胜利前夕的牺牲，用索科洛夫的话说，是在远离故乡的异国他乡，"埋葬了我最后的欢乐和希望"！

然而，虽然索科洛夫的内心极度痛苦，他的房屋没有了，妻子、儿女没有了，但他的爱心并没有消失。所以尽管痛苦难耐，但他依然精神不倒，寻找着新的生活之路。而且，这种藏在心底的爱，在经历了种种磨难之后在不知不觉中发酵、升华，让他同情和爱一切在战争中失去亲人的人，这是一种更为博大的爱。所以，当他在小茶馆遇到讨饭的孩子万尼亚，并得知他的父亲牺牲、母亲被炸死成为孤儿时，他立即决定认万尼亚为干儿子，而万尼亚一下子扑到他怀里喊他"爸爸"，并且说："你就是我的亲爸爸！"这也是让笔者初读《一个人的遭遇》时最为感动的一幕。

从此，索科洛夫承担起了对万尼亚照顾、抚养的责任和义务。心中的痛苦，使他不能在一个地方长久地住下去，所以他要带着万尼亚四处流浪，白天干活，晚上与万尼亚相拥而眠。熟睡的万尼亚，小脚丫经常伸出来横在索科洛夫的身上，有时候还压住他的喉咙让他觉得憋闷，但这种不是亲生，胜似亲生的相互依赖，却缓解了索科洛夫难以排解的痛苦。索科洛夫的痛苦源于对失去的亲人的思念和爱，但对万尼亚的爱，又给了他一剂抵御痛苦的良药。爱产生痛苦，爱也能疗救痛苦。索科洛夫就是在痛苦和爱的相互依存中生活着。索科洛夫对万尼亚的爱，以及要把他抚养成人的愿望、责任感，让索科洛夫开始了新的生活，这既给了他新的希望，也让他有了好好活下去的精神动力！

2023 年 8 月 28 日草拟

肖洛霍夫《粮食委员》：
超越亲情的爱

一

　　这篇带有自传性质的小说简单而纯净。小说的主人公伊格拿特·波嘉庚被任命为区粮食委员。六年前，只有十四岁的波嘉庚被父亲痛打一顿之后赶出了家门——因为父亲打了一个长工，他为此骂父亲是浑蛋。

　　六年之后的一天，作为区粮食委员的波嘉庚，带着征粮队来到一个村庄巡查，这个村子正是他的故乡。他路过自己的家门时百感交集，晚上还向房东打问父亲的情况。第二天早餐时，革命法庭的主席告诉他，昨天有两个富农煽动哥萨克不要缴粮食，在搜查时进行对抗并打死了两名红军，今天要开公审大会枪毙他们。

　　被枪毙的两个人之中，有一个就是波嘉庚的父亲。他想和父亲谈谈，但父亲听说他跟共产党在一起，眼里闪过愤怒的火花，呸地吐了一口，就把眼光移到了一边，说咱们走的是两条路，没什么可谈的。波嘉庚看到他如此顽固，便指出他是榨取雇农最厉害的人，所以要枪毙他。老头子听了更加愤怒，声言哥萨克会"推翻你们的政权，老子死不了的话，要亲手挖出你的心肝……"

　　霍普河一带的哥萨克发生了暴动，执行委员会被烧毁，干部有的被杀，有的逃跑，征粮队也回到了区里。波嘉庚和革命法庭警卫队长吉斯连科又在村子里留了一昼夜，为的是把最后几车粮食送到收集站去，夜里遇到了骑马飞奔而来的暴动者，波嘉庚和吉斯连科连忙骑马跑出村子，暴动的哥萨克在后面拼命追赶。

在一个峡谷里，波嘉庚发现了一个小男孩，是个孤儿，靠要饭过日子，波嘉庚就把他抱在自己的马上，并用自己的短大衣把冻坏了的小孩裹起来。马吃力地跑着，已经听到追赶者的马蹄声了，吉斯连科让波嘉庚抛弃小孩，波嘉庚说不能让孩子冻死。眼看就要被追上了，波嘉庚把小孩用绳子捆牢在马鞍上，嘱咐他抓紧马鬃，两匹马向前奔跑而去，而波嘉庚和吉斯连科却献出了自己的生命……

二

这篇小说很短，但读后让我难以忘怀。究其原因，是肖洛霍夫以极精炼的笔墨，成功地塑造了波嘉庚这个年轻的粮食委员的动人形象。

这篇小说的突出特点主要有两点：

首先，核心事件的典型性。进入 20 世纪的苏俄社会，先后爆发了 1904 年的日俄战争，接着是 1905 年的革命，1917 年的十月革命，1918 年爆发的第一次世界大战，德国对苏联的入侵，以及 1920 年的国内战争。连年的战乱造成了社会的动荡不安，贫困、饥饿、粮食短缺，成了新生的苏维埃政权面临的重大问题。军队、政府都需要粮食。因此，需要征粮，但各种敌对势力同样需要粮食。因此，对于粮食的争夺，就成了双方斗争的焦点之一。

肖洛霍夫的《粮食委员》让我们看到了征集粮食的艰巨性和斗争的惨烈性。征粮，在当时的战乱时期，绝非像和平时期征粮那样只是一项普通的工作，而是一种你死我活的斗争。这里有哥萨克富农的煽动、抗拒、破坏更有哥萨克们的暴动。所以，需要在革命法庭的配合下进行"武装征粮"。尽管如此，粮食委员波嘉庚和革命法庭警卫队长吉斯连科还是因暴动分子的追杀而壮烈牺牲。粮食征集的艰巨性和斗争的尖锐性、惨烈性于此可见！

现实主义文学要求再现典型环境中的典型人物。因为，典型人物是在典型环境中生长的；环境的典型性，要求作品的核心事件具有典型性；而小说所选择的核心事件"粮食问题"，就具有能够反映那个特定时代的时代特征的典型性。

其次，通过波嘉庚对父亲和陌生孩子不同的情感态度探究其精神世界，是这篇小说的突出特点。小说的新颖别致之处在于，虽然小说的题目取名《粮食委员》，按说一定会写他在粮食征集工作中，是如何克服种种困难和阻力而出色完成征粮任务的，但小说对这些没有具体去写，而是进行了"暗处理"。肖洛霍夫别出心裁地选择了两个能够揭示波嘉庚情感状态的特写镜头来重点描写。

镜头之一：在刑场上波嘉庚与父亲的相遇和对话。波嘉庚现为区粮食委员，负责粮食征集工作，而父亲则是破坏、抗拒粮食征集工作要被枪毙的罪犯。两个人既是有血缘关系的亲生父子，又是革命与反革命的敌对关系。而这种矛盾的人物关系，也是那个时代敌我双方你中有我、我中有你、犬牙交错的复杂性所特有的社会现象。虽然波嘉庚六年前因为父亲打长工而骂父亲浑蛋被赶出家门，但波嘉庚六年后带着征粮队回到自己的村子，路过自家门前时，一种亲切和怀念之情还是油然而生："波嘉庚望了望父亲园子里的那几棵白杨树，和那只张开翅膀、尤声地啼叫着的铁皮公鸡，感到喉咙里有样东西塞住，塞得喘不过气来了。"晚上，他还向房东打问父亲的情况。法庭庭长告诉波嘉庚，说今天要开公审大会，枪毙两个破坏征粮还打死两个红军的富农。波嘉庚没想到其中一个竟是自己的父亲。波嘉庚没有装作不认识，而是主动找到父亲，想和他说说心里话："六年不见了，爸爸，也没有什么话要说的吗？"但当听到父亲污蔑苏维埃政权是"抢粮"时，他立即反驳道："我们不抢穷人，可是对那些靠别人血汗发财的家伙，要铲除个干净。你就是一辈子榨取雇农最厉害的人！"所以，"应该枪毙你！"到了即将行刑的时候，有这样的描述——

> 波嘉庚看了看那辆把路旁白紫色雪地割成一块块的雪橇，窒息地说："别生气，爸爸……"
> 他等着回答。
> 一片寂静。

此处无声胜有声。波嘉庚复杂的内心活动，就蕴含在这"一片寂静"之中了。这个特写镜头，让我们看到了作为革命者的波嘉庚，既有坚定的革命信仰与原则性，又不乏人情味。

镜头之二：在被追赶的途中，波嘉庚救护了一个素不相识的孤儿。在一个雪堆上，波嘉庚发现了一个快要冻死的小男孩，这是个孤儿，靠要饭过日子。波嘉庚立即把他抱到自己的马上，并脱下自己的短大衣将孩子裹起来让他取暖。追赶他们的哥萨克越来越近了，吉斯连科高喊着让波嘉庚抛下这个孩子，并说这个孩子是"魔鬼的儿子"，看到波嘉庚充耳不闻，吉斯连科用皮鞭把波嘉庚的手抽得皮破血流，但波嘉庚对他说的是："我不能让孩子冻死！"

当听到追赶他们的马蹄声越来越近的时候，在意识到无法逃脱的情况下，波嘉庚急中生智，将孩子用缰绳捆牢在马鞍上，嘱咐孩子抓紧马鬃继续向前跑，而他和吉斯连科跳下马躺在地上……

孩子骑着马跑走了，而波嘉庚和吉斯连科却死在了暴动者的刀下！

在生命攸关的紧要关头，波嘉庚为什么不顾个人的安危，双手被吉斯连科抽得皮破血流也不肯抛下一个素不相识的孤儿？回答只能是，他心中有爱，而这种爱是超越了亲情的博大之爱，是对一切生命的热爱、尊重与呵护。

《粮食委员》就是通过这样两个特写镜头，揭示出一个革命者的精神世界和博大胸怀！

这篇小说很单纯，但不简单。单纯，是说它很干净、简练，没有多余的东西，但它并没有因此而失之于简单化，没有把复杂的斗争简单化，没有把人物的复杂性简单化。

2023 年 9 月 15 日草拟

卡尔维诺《良心》《敌人的眼睛》：
非正义的战争与难以愈合的心灵创伤

一

卡尔维诺的短篇小说《良心》和《敌人的眼睛》涉及的都是战争，而且有其共同性，所以放在一起谈论。

《良心》写一个叫吕基的小伙子，为杀死自己的一个仇人自愿报名参军。他在战场上杀死了很多人，获得了很多奖章，却没有找到自己真正想杀的阿尔伯托。战争结束后他在敌国意外地遇到了阿尔伯托并把他杀死了，自己因此被判绞刑。在审判时，他不停地说他这样做是为了自己的良心，但没有人听他的辩解。

这个小伙子大概不知道战争是怎么回事，他报名参军并领到枪之后，就要去杀自己的仇人，人家告诉他，参军要上战场，要杀死在战场的敌人，而不是杀你自己的仇人。吕基听后想退伍，但被拒绝，接着就把他送上了战场。在战场上，他可以随便杀人，但他没有见到他想杀的阿尔伯托，所以很不开心。但他想："今天杀一点儿，明天杀一点儿，他们就会越来越少，然后就会轮到那个恶棍了。"他每杀一个人，就会获得一枚奖章。战争结束了，他还是没有见到他想要杀的阿尔伯托。他感到对不起自己的良心，觉得糟透了。于是，他带着这些奖章，到敌国转悠，把这些奖章发给那些死者的妻子和孩子。他在这样转悠的时候，遇到了阿尔伯托并杀死了他。最后，吕基因犯了杀人罪而被判处死刑。

《敌人的眼睛》写人们突然而至的紧张、不安和焦虑感。彼得罗早晨走在路上，突然感觉到有一种什么东西在烦扰他，就好像有人在后面盯他的梢，可他看不见。这种感觉越来越拽住了他，就像他永远躲不开的目光，如同某种充满敌意的东西在慢慢逼近他。开始，他以为只是自己感到紧张和不安，后来他在繁华的街上，发现很多人和他一样，都因为紧张让自己的举动变得神经兮兮，十分可笑。在电车站，等车的人们同样紧张不安，他们踢踏着双脚看车站上的告示牌，想从上面寻找没有写上去的东西。后来在电车上，他遇见了自己的朋友考拉多，他看到这个朋友和自己同样紧张和不安。他告诉考拉多，说自己好像被一双冷冷的、敌意的眼睛在背后盯着，而这双眼睛好像是德国人的眼睛。考拉多听彼得罗这么一说，忽然明白了让他们紧张的原因。于是他掏出一张报纸，指着上面的标题对彼得罗说："凯瑟琳被特赦……SS 重整旗鼓……美国资助新纳粹……"

这就是让他们以及许多人紧张不安的原因。凯瑟琳是战犯，是德国空军元帅，战后被英国判了死刑，现在却被特赦了；而 SS 是党卫军，现在又要"重整旗鼓"；美国却要资助新纳粹……

彼得罗和考拉多明白了，那双在背后盯着人们的眼睛，就是德国人的眼睛，不是他们现在的眼睛，而是过去在战争中的那种"眼睛"！

彼得罗和考拉多都有对战争的记忆。彼得罗的哥哥就是死在纳粹的一个集中营里。彼得罗晚上在回家的路上，他踩在石子路面上发出的声响，仿佛让他听到了当年德国人走在这条小路上的脚步声；他回到家里后，看到母亲同样紧张，她说自己的心一大都在嗓子眼儿里。原来，她也知道了报纸上的新闻。彼得罗这晚又出去了，天下着雨，彼得罗的母亲想到带走他儿子的正是 SS 的士兵，那天同样下着雨。她揣想着那个带走她儿子的士兵，现在可能是一个普通人的打扮，但他可能又在蠢蠢欲动了，又恢复了战争中德国人那种盯着人的眼睛。她想，我能看见他们的眼睛，他们也该看到我们的眼睛。"她于是牢牢站住，紧紧地盯住黑暗。"

二

古今中外，描写战争的作品实在太多了，然而卡尔维诺的这两个描写战争的短篇小说，却有自己的独到和深刻之处。一般的长、中、短篇小说，多是从看得见的物质的层面来揭露战争的残酷性、破坏性，让人们看到的多是"外伤"；而卡尔维诺的这两个精短小说，却从看不见的精神层面来揭示战争的残酷及其危害，揭示的是其"内伤"。

《良心》是带有寓言性质的小说。小说只有一个人物，就是参加这场战争的吕基。从寓言的角度看，可以认为吕基不是一个人，他代表的是所有的参战者和普通民众。吕基不知道这场战争要杀什么人，他报名参战是为了杀自己的仇人。当他得知参军要在战场上杀人，而不能去杀自己的仇人时，他不想参军了，但报了名就由不得他了。他是被逼上战场的。吕基作为民众和参战者对这场战争所持的态度，说明这场战争是与民众无关的、不被人们理解、被民众所反对的非正义的战争。

吕基是有良心的，他想杀的仅仅是自己的仇人阿尔伯托，但他在战场上却杀了许多其他的人，他因此受到自己良心的谴责，为此感到内疚和糟透了。但这时他还没有看清这场战争的实质，他还相信他要杀的坏人阿尔伯托就在敌军之中。他天真地认为："今天杀一点儿，明天杀一点儿，他们就会越来越少，然后就会轮到那个恶棍了。"然而，直到战争结束，他也没有在敌军中发现他要杀的恶棍阿尔伯托。铁的事实让他认识到，他在战场上杀了那么多的人，原来自己是在滥杀无辜。因此，他受到自己良心的谴责。于是，他带着他所获得的奖章，去发给死者的妻子或孩子，以此来谢罪。吕基的自我谴责，就是对战争发动者的谴责和批判。

如果小说在这里结束，也不失为一篇具有讽刺意味的小说，但卡尔维诺没有在这里止步。他让吕基在战争结束后，在把他以杀害无辜换来的奖章发给死者亲属的时候，意外地遇到了阿尔伯托并把他杀了，由此让他成为杀人犯而被判处死刑。对于吕基来说，他是带着对不起自己良心的内疚和自我谴责离开了这个世界，是精神和肉体的双重死亡。那么试问，是谁让吕基在战场上杀死了那么多的无辜者？这是不是更大的罪恶？这样的罪恶又应当由谁来承担？

　　显然，卡尔维诺这样结尾更加耐人寻味，对非正义战争的罪恶批判得更加犀利、更加深刻。

　　战争给人造成的心灵创伤难以愈合，读《敌人的眼睛》，让我想到了杯弓蛇影的典故，还有俗话说的：一朝被蛇咬，十年怕井绳。这篇小说的高妙之处在于，它没有具体描写战争的惨烈和恐怖场景，却给人一种阴森森的挥之不去的恐怖感。

　　那么，这样的艺术效果缘何而来呢？是不是可以归纳为这样两点：

　　第一点，卡尔维诺写的是战争中无数恐怖景象给人们留下的综合性记忆，而不是具体的恐怖场景。而这种对恐怖的记忆已经刻在了人们的血液之中，变成了一种下意识或潜意识，乃至形成了一种"集体无意识"。而这种"集体无意识"，就是战争给人们造成的心灵创伤，具体表现为"战争恐惧症"。所以，人们对战争相当敏感，稍有风吹草动，就立即会让这种"战争恐惧症"在瞬间复发。

　　这一天，全城的人之所以都感到紧张和不安，就是战犯凯瑟琳被特赦的新闻所引起的，由"集体无意识"引发出的"群体恐惧感"。

　　潜意识虽然深藏在意识的深处，但它又非常敏感，对事物的感知往往先于意识，这就是我们常说的直觉。彼得罗这天早晨走在路上，他还没有看到战犯凯瑟琳被特赦的新闻，为什么突然感觉到有人在背后盯梢而感到紧张不安呢？就是潜意识在发挥作用，表现为一种说不清道不明的直觉。

第二点：卡尔维诺把德国法西斯的种种恶行浓缩为一双冷冷的、敌意的眼睛。显然，这里的"眼睛"就是恶和恐怖的象征。俗话说，明枪易躲，暗箭难防。这双眼睛就是难防的暗箭。试想，一双冷冷的、敌意的眼睛在后面盯着你，而你却全然不知，定然会让你浑身发冷，毛骨悚然。全城老少都害怕这样的眼睛，就是害怕战争的发生。

眼睛是心灵的镜子，一个人的喜怒哀乐乃至善与恶都能从眼睛中看出来。因此，卡尔维诺把德国纳粹的千万种罪恶之举浓缩为一双在背后冷冷盯梢的"眼睛"，构思实在巧妙。这一构思，不仅省略了大量的笔墨，而且这双眼睛就像激光那样具有穿透力，强化了它带给人们的恐惧感，从而给读者留下了深刻的印象。

2023 年 12 月 28 日草拟

底层民众与小人物

普希金《驿站长》：
开描写小人物之先河

　　普希金的小说《驿站长》，写的是 19 世纪俄国一个驿站的站长，为寻找被帝俄青年军官骗走的心爱女儿，从乡下一直追到城中，却被青年军官无情逐出门外，回到家中伤心而死的悲惨故事。普希金以满腔同情和细腻的笔触，叙述了驿站长心酸悲惨的一生，塑造了一个善良温顺、逆来顺受、委曲求全的小人物形象，控诉了帝俄时代森严的等级制度和残酷的社会现状，反映了当时社会的黑暗。驿站长之死，正是一个社会的悲剧，一个时代的悲剧。

　　说实话，读《驿站长》时我并没有被它的叙述和描述所感动，也没有看出它的高超巧妙之处，还很纳闷儿，这个小说为什么在俄国文学史上会有很高的地位和评价。毕竟就其驿站长的悲惨遭遇和作恶者的残酷程度而言，远远不如中国许多作品，如《白毛女》等描写得那样令人发指。就其艺术表现来说，《驿站长》采取第一人称写法，叙述者"我"多次到过这个驿站并与他互有好感。驿站长的女儿被青年军官骗走，以及他到彼得堡寻找女儿的经过是他对"我"讲述的，驿站长的死和他女儿杜尼娅给驿站长上坟的事，是在他死后，"我"到这个被取消了的驿站打听他的消息时，听当地人给"我"讲的。

　　普希金为什么要采取这样的叙述方式？因为这个故事并不复杂曲折，如果采用第三人称来叙述，就更加平淡无奇；如果叙述者是驿站长本人，那么他死后的事情就无法叙述。普希金让驿站长的朋友作为叙述者，可以通过这个"我"来表达作者对小人物的同情，同时在叙述上也会有所变化，以此营造某些悬念。

这个故事大体上可以分为三段。

第一段：由"我"叙述驿站长经常被来客作为出气筒，而驿站长却总是忍气吞声。

第二段："我"改变了对小人物的偏见，对驿站长产生了好感和同情，因此得到了他的信任。后来"我"来到驿站，三四年不见，看到驿站长衰老得这样快，感到纳闷儿。问及原因，驿站长向"我"讲述了女儿如何被骗走，他如何追到彼得堡寻找，并被青年军官逐出门外的经过。

第三段：又过了几年，"我"不放心驿站长，便到驿站去找他，当地人却告诉"我"，驿站长已经死了，并告诉"我"曾有一个贵夫人来过驿站，还到墓地祭奠了他。显然，这个贵夫人就是驿站长的女儿杜尼娅，她来时还带着两个孩子，说明她的生活很优裕，大概也没有被丈夫抛弃。

该如何看待青年骠骑兵军官呢？青年军官爱上了杜尼娅，他通过装病得到她的照顾，杜尼娅因此也爱上了他，并且瞒着驿站长跟他私奔。私奔虽然让驿站长伤心、痛苦，但二人私奔，虽然不妥，但无大错。至于青年军官不让驿站长和女儿相见，并把他逐出门外，这的确有些冷酷和不近人情，但在此前，军官向驿站长道了歉，并给了驿站长一些钱，然后才把他逐出门外的。可见，就其个人来说，青年军官并不是一个很坏的人。那么，既然他又道歉又给钱，为什么又狠心地把老丈人逐出门外呢？应该是因为彼此的地位悬殊，如果他接纳这个老丈人，就会受到上流社会的耻笑。想到这里，我突然明白普希金为什么不把骗走杜尼娅的青年写成十足的坏人了。原来，普希金所要批判的，不是某个个人，而是整个封建的不合理的、壁垒森严的等级制度。

《驿站长》是普希金小说中最具文学价值的，是俄国文学史上第一次表现小人物主题的小说，描写了处于社会底层的小人物的遭遇。俄国文学描写小人物的传统即滥觞于此。

2023 年 1 月 19 日草拟

2023 年 1 月 27 日修改

契诃夫《小公务员之死》：
揭示极特殊现象中的普遍性

契诃夫以短篇小说著称于世，小说以短小精炼见长，比如《小公务员之死》就是其中颇有代表性的一篇。读这篇小说，给我印象最深的是这样两点：

首先是"短小"。所谓"短"，是指篇幅短小，这篇小说的篇幅近乎我们现在所说的"小小说"；所谓"小"，是说这篇小说所写的是微不足道的小事，或者说是根本就算不上事的小事。小公务员切尔维亚科夫在剧院兴致勃勃地观看歌剧，突然之间，他打了一个喷嚏，不料唾沫星子溅到了前排一个小老头儿的光头上。小公务员认识这个小老头儿，但这个叫珀瑞茨扎罗夫的文职将军，虽然不是小公务员的上司，但小公务员还是有些恐慌，赶紧凑上去道歉，虽然将军说"不打紧，不打紧"，但小公务员已经没有了看戏的兴致，心里感到惶恐不安起来。幕间休息时，小公务员克服内心的胆怯，嗫嚅着又去给将军道歉，将军说刚才的事他已经忘了，让他不要再提了。但小公务员不相信将军真的忘了，于是第二天亲自到将军的办公室道歉，请求宽恕。将军认为他的道歉简直是胡闹。小公务员觉得自己根本没有胡闹，认为将军是不明事理，是爱摆架子，便决定不再亲自来道歉，回去给他写封信就算了。但他不知道这封信应该怎么写，于是第二天又去找将军解释，说明自己是诚心道歉，不是胡闹："我绝对没有胡闹，再说了，我也不敢跟您胡闹呀。如果我是在胡闹的话，就表示我对将军您不够尊重……"没等他说完，将军气得浑身颤抖，连连大叫着："快滚！"

听到将军大叫着让自己"快滚"，小公务员彻底绝望了。小说的结尾这样写道："切尔维亚科夫感到肚子里好像有东西在往下掉。他对周围的一切既不看也不听，一步步退到门口，然后步履维艰地走在大街上……他回到家里之后，连制服都没脱就躺在了长沙发上，就这样……死在了长沙发上。"

这就是小说所写的不算事的事。但这个只是打了一个喷嚏的事，却酿成了人命关天的大事——小公务员之死。

其次是契诃夫善于从极为特殊极为偶然的现象中，发现包含在其中的必然性和普遍性。初读这篇小说时，往往会觉得小说太过夸张，太过特殊和偶然，太过小题大做，太过荒唐可笑，总之，似乎不太真实。但细思之，你就会体味到小说的高妙，体味到契诃夫不愧为短篇小说大师，他能从极为个别和特殊的现象中，发现包含在其中的必然性和普遍性，而且是高度的概括和凝练，因此能够小中见大。

所谓高度概括和凝练，是契诃夫舍去了许多可写可不写的内容，并对同类现象进行提炼。他只写小公务员因惶恐给将军道歉的经过，至于他为什么惶恐，为什么会惶恐致死的原因，则被舍弃了；再有，将军明明告诉小公务员这不算事，让他不要再提了，可小公务员硬是不相信，这是为什么？舍弃不写；还有，契诃夫写将军生气叫他快滚，说他是胡闹，因为将军的确认为这不算个事，他是因为小公务员的小题大做而生气。这就是说，这个将军还不错，不是在摆架子，那么，契诃夫为什么没有把他写成盛气凌人的官僚？小公务员又为什么不相信将军的真心话呢？

作为小公务员，切尔维亚科夫对官场等级森严的官僚体制，对于上司们的高高在上和神圣不可冒犯，对冒犯过自己的下级进行明里暗里的打击报复，甚至将其置于死地，还有他们心口不一的伪君子面目，肯定是有所见、有所闻和深有体会的，所以他不相信这个将军能"出于污泥而不染"，

世界著名中短篇小说赏析

甚至是嘴上越说没事，就越会有事。所以，他担心将军对他进行惩治，特别是不知道将军会给他怎样的惩治而感到惶恐，以至于被吓死。虽然小公务员不相信将军，但契诃夫没有把将军写成一般的官僚，这表明契诃夫所批判的，不是某个具体的官僚，而是帝俄时代等级森严的官僚体制；况且，小公务员被不是自己直接上司的将军所吓死，可见这个官僚体制是多么等级森严，多么冷酷无情，多么恐怖。

显然，喷嚏事件是极为偶然、极为特殊、极为个别的不值一提的小事，但官僚体制的冷酷以及下层民众的恐惧心理，却是一种到处存在着的普遍现象。高度概括，小中见大，在个别中显现一般，这正是《小公务员之死》的魅力所在。

2023 年 3 月 2 日草拟

2023 年 3 月 3 日修改

托尔斯泰《暴风雪》：
响彻在暴风雪中的车铃声

一

托尔斯泰的短篇小说《暴风雪》，写的是三辆雪橇邮车运送邮件和一辆转送乘客的雪橇车，在暴风雪的夜晚艰难行驶的过程。

叙述者"我"没有具体姓名，也没有明确地说他从这个驿站要到哪个驿站，他是干什么的也没交代，但从他的回忆可知，他的家里有农民、听差、管家、家仆等，再加上车夫们都称呼他"老爷"来推测，他很可能是一个出身于贵族家庭的年轻人。而邮车的车夫们，大多是农奴或庄稼汉。尽管暴风雪异常凶猛，狂风大作，大雪飞舞，白茫茫一片无路可走，里程标被大雪覆盖，方向难以辨别，路上也找不到可以避寒的草垛等停歇的地方，为了不被冻死，他们只能硬着头皮往前走。

俗话说，在家怕鬼，出门怕水。所以，在没有路标，辨不清方向的暴风雪中行驶，随时都可能发生危险，然而始终都是有惊无险，所以平淡得除了行驶就是行驶，除了担心还是担心。但我们可以把这整整一夜的行驶分为三个阶段来略加叙述。

第一阶段写"我"和车夫。车夫是个生手，以前没赶过雪橇车，为补贴家用才来到驿站当车夫；而"我"觉得在暴风雪中赶路实在太危险，所以"我"和车夫不约而同地都同意返回驿站。但在返回的途中，听到背后传来清脆、悦耳的车铃声，接着三辆雪橇邮车从背后把"我们"超过去，这时"我"的车夫又建议再掉头前行，沿着三辆邮车刚轧出的车辙行驶，"我"也欣然同意，但往前没有行驶多长时间，暴风雪又把邮车走过的车辙覆盖得看不清了，于是"我们"又第二次调转车头往回返；这时候，邮车卸下邮件后又向"我们"迎面而来。听到那悦耳的车铃声，看到他们有说有笑的样子，"我"为刚才自己的不敢往前走感到羞惭，于是"我"和车夫决定"跟在他们后面"和他们一起走。

第二阶段，有三件事。一是"我"的车夫在调转车头时撞到了一辆邮车的马，结果马挣断缰绳跑了，两个车夫去追马。二是第二辆邮车的车夫爱给别人出点子，在怎么走、怎么找路的问题上和领头的车夫经常发生口角。三是"我"从这个好给别人出主意的车夫想到了"我"家的老听差也有这个毛病。不过，这个老听差有一次在救一个被淹死的农民时，却表现得非常果断和奋不顾身；而"我"当时为得到赞赏也想跳到水里，但终究没敢跳下去……在"我"从睡梦中醒来的时候，听到"我"的车夫在向领头的车夫求助，因为他的马实在跑不动了，恳求其让"我"换乘到他的雪橇车上。这个领头的车夫叫伊格纳什卡，当时他没有马上答应，过了一会儿，他却突然停车，答应让"我"换乘到他的雪橇车上，"我"的车夫为此感激不尽。

第三阶段，写"我"坐在伊格纳什卡的车上后，心里不再那么担心和恐惧了，所以总是时睡时醒。每当"我"醒来的时候，不是看见伊格纳什卡停下车前去找路，就是看见他一边赶车，一边两脚冻得相互拍打着，有一次"我"看见他换下了一双湿透的靴子。当"我"最后醒来的时候，已是第二天的清晨，车子在暴风雪中整整跑了十二个小时之后，终于来到了"我们"要到达的驿站。伊格纳什卡停下车后，"便转过他那落满雪花的、散发出一阵寒气的愉快的脸，向我说道：'总算把您送到了，老爷！'"

二

读《暴风雪》，我的突出感受是这样两点：第一点，身临其境的现场感；第二点，纳闷儿。读一些优秀的作品，常常给人一种身临其境的感觉，托尔斯泰的这篇《暴风雪》让我感觉到的，就是和作家所描写的人物、场景、雪橇车、车夫、马匹、狂风、漫天飞舞的大雪融为一体的"现场感"。我好像不是在读作品，仿佛就是在暴风雪中看不清道路，辨不清行驶方向的雪橇车队中的一员。暴风雪不是吹在车夫、马匹、乘客的身上，而是直接吹在我的身上，风从袖口、脖领的缝隙里钻进去，让我觉得冷得几乎要冻死了。

我举目四望，仿佛看见"一切都是洁白、明亮、白雪皑皑，除了一片迷茫的光和雪以外，什么也没有，我觉得这太可怕了"。我仿佛看见那个领头的车夫伊格纳什卡始终坐在赶车人的位置上驱车前行；我似乎也和车夫、乘客一样躺在雪橇里昏昏欲睡，醒来时听到那给人希望、信心的悦耳车铃声；我仿佛看见，路旁的积雪中有一座挂着招牌的小酒屋，屋顶和窗户都被雪埋住了，而车夫们因为马上就要到达目的地了，高兴地去喝几口酒暖暖被冻僵的身子，也算是一种为平安到达所举行的庆贺仪式吧！

这里需要特别指出的是，许多作品让我感觉到的身临其境是局部性的，即作品的某一片段把人带入了那个境况之中，而读《暴风雪》，自始至终都让我觉得我生活在托尔斯泰笔下的暴风雪世界里，和其中的车夫、乘客同呼吸共命运。能够做到这一点很不容易，不愧为大师手笔。

让我纳闷儿的是，雪橇车队在没有道路、辨不清方向的暴风雪中飞奔，是极容易发生意想不到的危险的。但是，托尔斯泰只是写"我"一路上的恐惧、担心、怕冻死的心理活动，让你感到危险随时会发生，但又没有发生。写险情是非常合乎情理和实际情况的，但托尔斯泰为什么不写险情？小说里，托尔斯泰对生活在社会底层的车夫们进行了热情的讴歌，无论是被称为小老头儿的车夫，还是爱给别人出点子的车夫，以及"我"家的老听差费奥多尔·费利佩奇，都各有特点，尤其是那个领头的车夫伊格纳什卡的形象，尤为鲜明突出，让人感动并心生敬仰之情。但是，伊格纳什卡一没有豪言壮语，二没有救人于水火的超常举动，三没有写他的心理活动，而只是写他在暴风雪中如何停下来找路，和从他车上发出的悦耳车铃声，写他被冻得两脚不停地相互拍打，还换掉一双湿了的靴子，写他和爱出点子的车夫发生口角，总之，都是一些不值一提的琐碎之事。可为什么托尔斯泰笔下的伊格纳什卡却能让人产生敬仰之情呢？

细思之，这正是托尔斯泰的高明之处。托尔斯泰所要表现的，不是伊格纳什卡的外在行动，而是他冷静、镇定、自信、坚韧不拔、乐于助人的精神境界。如果把描写重点放在他的外在行动上，比如排除险情、舍己救人等，则会落入俗套，作品便失去了自己的特色。托尔斯泰虽然通过平淡之事来塑造人物，但同时又让读者和其中的人物意识到危险随时都有可能发生，以此造成心理上的悬念和精神上紧张感，就像一把刀在头顶上高举着而不下落一样，故能达到无险情而令人紧张的艺术效果。

那么，托尔斯泰是如何来具体塑造伊格纳什卡这一人物的呢？

三

托尔斯泰塑造伊格纳什卡这一形象，是通过多种艺术手法的综合运用所形成的合力，从不同角度来凸显伊格纳什卡的精神品格。

一是对比反衬。比如"我"和"我"的车夫与伊格纳什卡等车夫的对比。"我"的车夫是个新手，没有经验，遇上这样的暴风雪之夜，他和"我"一样感到紧张和恐惧，既想向前走，又不敢走，所以一会儿返回，一会儿又调转车头向前走，就在他们这样来回折返拿不定主意的时候，"我"听见了邮车那悦耳的铃声，看见"那辆套着高头大马、系有悦耳铃铛的三套马特快雪橇，正快步跑在最前头。雪橇上的一名车夫坐在赶车人的位置上，时而精神抖擞地吆喝几声。后面两辆空雪橇的中座上各坐着两名车夫，可以听到他们在高高兴兴地大声说话"。"我"望着他们，两相对比，对于自己的不敢前进，不由得感到惭愧，"我"的车夫大概与"我"也有同感，因为"我们"都不约而同地说："咱们跟在他们后头走吧！"显然，"我"和车夫能够做出"跟在他们后头走"的决定，是伊格纳什卡带领的车队无所畏惧的乐观精神给了他们继续前进的勇气和力量。

再如，伊格纳什卡与其他车夫的对比。伊格纳什卡驾驭的是第一辆特快车，承担着带路的责任，而其他车夫作为跟随者就轻松多了。比如"我"的车夫在单独行驶时，紧张得不和"我"说一句话，而跟在人家后头走之后，他一下子就放松下来，话也多了。所以其他的车夫在行车时可以把脸蒙在衣领里边走边睡，而伊格纳什卡作为领路者却不敢闭一闭眼，不敢有丝毫的疏忽和大意，所以，每当"我"醒来的时候看到的总是这样的画面："我看得最清楚的是我的那辆雪橇、马匹、车夫和跑在前面的另外三辆雪橇：第一辆是特快车，车上的车夫仍旧坐在赶车人的位子上，驱车疾步前进……"或者是看到伊格纳什卡停车找路的情景："不过当我醒过来以后，领头的那个车夫有时也勒住马下来寻找道路……在铺天盖地的暴风雪下，我看到那车夫的不高的身影，他手执马鞭，试探着身前的积雪，在明亮的雪雾中忽前忽后地走动着，然后又回到雪橇旁，侧身跃上前座，于是在风单调的呼啸声中又传来他那利落、响亮的吆喝声和铃铛声。"

还有那个爱给别人出点子的车夫，当伊格纳什卡下车探路的时候，他总是指点着让伊格纳什卡这么走，那么走，伊格纳什卡则回击道，既然你知道怎么走，你来领路吧！这个车夫则推脱说他的马不是能领路的马。有一段时间，"我"的车夫也认为伊格纳什卡迷了路，但"他非但不去找路，反而愉快地一路吆喝着，继续大步流星地疾驶而去，这虽然使我觉得奇怪，可是我也就不想离开他们了"。而最终的结果是，他们到达了目的地，这就充分证明了伊格纳什卡的判断是正确无误的。托尔斯泰就是通过这样多层次的对比和反衬，将伊格纳什卡那种坚定、乐观、胆大、心细、自信的精神气质凸显了出来。

二是联想和回忆。"我"从爱出点子的车夫，联想到家里的老听差。"我"家的老听差在别人干活的时候也是爱在一边指指点点，让人这么干那么干。后来"我"想到了他下水救人的情景：河里淹死了一个过路的农民，围观的人、喊救人的人很多，但却没有人往水里跳，有一个农民跳下去了，走到水齐肩深的时候，他又返回来了，原来他忘记了自己不会游泳。这时候，老听差赶到了，他一边喊着为什么没人下水救人，一边立马脱衣入水，在水里游来游去，指挥着人们用渔网把死者打捞上来。当时，"我"也在场，也想做点让人另眼看待的大事，也想跳到水里去救人，但试了几试，终究没有敢跳到水里。

后来，"我"迷迷糊糊睡着了。当"我"醒来的时候，听到了车夫和伊格纳什卡的对话，原来"我"的车夫的马累得走不动了，车夫恳求伊格纳什卡把"我"换乘到他的雪橇上："把乘客捎带上吧，你反正要去，何必让我白跑一趟呢！你给捎个脚得了！"伊格纳什卡说："让我担待一位乘客有啥好处？……你给一瓶白酒吗？"而"我"的车夫讨价还价说给半瓶，其他车夫也说不给一瓶白酒就不答应他的恳求。

伊格纳什卡当时没有答应，但走了一会儿后，他突然停下车来，答应让"我"换乘到他的雪橇上。"我"的车夫连连表示感谢，并对"我"说："真的谢天谢地！不然就难办了，主啊，老天爷！咱们走了半夜，自个儿都不知道在往哪儿走。他会把您送到的，老爷，可是我的马根本走不动了。"

那么，伊格纳什卡为什么一开始没有痛快地答应"我"的车夫的恳求？为什么后来又突然答应了？

伊格纳什卡没有爽快答应，绝不是因为一瓶还是半瓶白酒的酬谢问题。因为，在这样恶劣的环境中，这不是一个简单的"捎脚"，这是关系到乘客的安危。他起码要考虑两个问题：现在车队走的路和前进的方向是否正确无误？即使道路、方向都对，还要考虑马的体力是否能坚持下去。但作为一个有经验的车夫，他深知在这样极为寒冷、无处安身的暴风雪之夜，如果他怕担待风险而拒绝"捎脚"，乘客连同车夫还有马都会被冻死。所以他不能袖手旁观，无论如何，救人才是最要紧的，这是自己必须要做的事！这就是伊格纳什卡突然答应"捎脚"的根本原因。

"我"从联想到回忆，再到醒来，听到车夫向伊格纳什卡提出"捎脚"的请求，衔接极为自然，没有"两张皮"的感觉，于是将不同时空所发生的两件救人的事联系在一起，同时写了"我"、老听差、不会水却下水救人的农民、伊格纳什卡等人物。在"我"和老听差的对比中，表现了下层劳动人民的高尚品德，"我"想下水救人是为名，即"为我"，老听差的救人则是"忘我"，而伊格纳什卡答应"捎脚"，同样是在义无反顾地救人。伊格纳什卡从不答应到突然答应"捎脚"，让读者体味到他从有我到忘我的精神升华的心理过程。因此，这段一石三鸟的描述，真是神来之笔。

三是象征。小说反复地描写了从伊格纳什卡的雪橇车上传来的车铃声和他的吆喝声。当马匹被累得打"前失"，行驶越来越艰难的时候，特别是当"我"感到迷路、恐惧、担心、怕冻死的时候都会听到这铃声，它总能让"我"的精神为之一振，不再害怕和恐惧，看到了希望，增强了信心。"马也越走越没劲，已经要掌鞭子抽了，那匹辕马……连它也打了两次前失……而且我们完全不知道我们现在在哪儿，该往哪儿去，别说找驿站了，就是找一个安身之地也无处可寻——看到这种情景的确是可怕的。可是听到铃声叮当，响得那么从容愉快，又听到伊格纳什卡吆喝得那么带劲和潇洒——仿佛我们欣逢佳节，在寒冬腊月阳光明媚的中午，在乡村的大街上乘车出游似的……"

因此，这车铃声具有了象征意义，它象征着行驶和前进，象征着希望和信心，象征着无所畏惧的坚定、乐观，象征着必胜的信念。同时，它也是伊格纳什卡——一个车夫的精神品格的象征！

2023 年 6 月 15 日草拟

果戈理《外套》：
官僚体制与人的异化

一

果戈理的中篇小说《外套》是一部既现实又不无荒诞的故事。它讲述一个九品文官阿卡基·阿卡基耶维奇因缝制外套、丢失外套、寻找外套而被吓死而又复活、复仇的经过，让原本的悲剧变成了带有荒诞色彩的喜剧结局。

阿卡基·阿卡基耶维奇是某部一个抄写公文的九品文官，他身材矮小，其貌不扬，衣着寒酸，因此经常被同事欺负、嘲笑。他们总会往他头上撒碎纸片，他一边抄写，一边说："让找安静一会儿吧，你们为什么老欺负我？"他不注意吃穿，他的全部乐趣就是抄写公文，没有公文抄写时，他就抄写一个副本自娱自乐。彼得堡严寒的冬季迫使阿卡基·阿卡基耶维奇必须缝制一件御寒的外套了，因为身上穿着的外套已经糟透了，实在没有办法再缝补了。阿卡基·阿卡基耶维奇为此而节衣缩食，才好不容易凑够了做一件外套的钱。外套做好之后，他高兴异常，穿着它去参加了一个副股长做东的聚会。副股长家里的阔气排场是他想都不敢想的，比如，单看墙上，挂的都是各种不同质量和样式的外套……

阿卡基·阿卡基耶维奇在回家的路上，被几个强盗抢走了外套。第二天他先去找警察局长，警察局长不问外套被抢的来龙去脉，反倒怀疑他去

世界著名中短篇小说赏析

了不干净的地方，后来他听从别人的建议，去求助一位"要人（将军）"的帮助。而这位"要人"对待下级坚持的是"严厉，严厉，第三还是严厉"，他派头大、脾气大，一见面就训斥阿卡基·阿卡基耶维奇办事不按"手续"一级一级上报而直接来见他，阿卡基·阿卡基耶维奇说怕秘书不可靠，"要人"便大发雷霆："你好大的胆，你知道你站在谁面前，你知道你在和谁说话吗？"可怜的九品文官，早已被吓得站不住脚被人抬出去了。阿卡基·阿卡基耶维奇就这样晃晃悠悠回到家里，不久便病死了。但匪夷所思的是，有人晚上看到死去的九品文官又复活了，并且专门在夜间将一些官员身上的外套扒下来。那位吓死他的"要人"也与他狭路相逢，"要人"吓得自己把外套脱了下来，也不敢再去会情人，惊慌失措地回到了自己的家里。

二

一说到异化这个词，我们立刻就会想到弗兰兹·卡夫卡和他的小说《变形记》，因为一般认为卡夫卡是揭示异化现象的鼻祖。近来，细读果戈理的中篇小说《外套》，我感到这篇小说的主旨是揭示沙俄的官僚体制对人的异化。或者说，《外套》是从异化的角度，来批判沙俄官僚体制对人的灵魂的摧残与扭曲。所不同的是，卡夫卡《变形记》中的格里高尔的异化，只是形体上的异化，即变成了甲壳虫，而他的所思所想，还是人的思想感情，每时每刻还在为家庭考虑。而《外套》恰恰相反，阿卡基·阿卡基耶维奇的异化不是形体，而是精神、灵魂的异化，即虽然他看上去还是一个正常的人，但他已经失去了人之为人的七情六欲。从写作年代来说，卡夫卡的《变形记》创作于1912年，而果戈理的《外套》则发表于1842年，比《变形记》整整早了六十年。因此，我有理由认为，果戈理是早于卡夫卡揭示异化现象的先驱。

果戈理通过九品文官阿卡基·阿卡基耶维奇因缝制外套、丢失外套、寻找外套而死的过程，对沙俄的官僚体制的特征进行了深刻的揭露与批判。等级森严的上下级关系，官僚作风和形式主义，贫富悬殊、弱肉强食和毫无公平正义可言的社会现实，尤其是人的被异化，是这个官僚体制的突出特征。

这种异化现象，主要表现为两种情况。第一种情况，是以阿卡基·阿卡基耶维奇为代表的底层小官员生活的贫困与精神异化。阿卡基·阿卡基耶维奇的吃穿住行与那位副股长相比，真是天壤之别。先看看阿卡基·阿卡基耶维奇吃什么："一回到家里，他立刻在桌子边坐下来，吃一块夹葱牛肉，食而不知其味，连着苍蝇和这时老天爷送到他嘴边的不管什么东西一股脑儿吞到肚里……"再看看他的穿戴："他压根没有注意过自己的衣着；他的制服不是绿的，而是一种红褐带灰色的。他的领子又窄又矮，因此他的脖颈儿虽然不长，却从领子里耸出来，显得特别颀长……并且，总有些什么东西粘在他的制服上；不是一根稻草就是一个线头……他的帽子上永远挂着西瓜皮、香瓜皮之类乱七八糟的东西。他一辈子没有注意过每天大街上发生的事情，大家知道，他的同事年轻的官员，却是留心这些的。"这种贫困拮据的生活，让他为了缝制一件新外套，不得不节衣缩食，外套好不容易做成了，第一天穿上就被抢走了，他为寻找外套，先后去找警察局长和那位"要人"，却被"要人"的严厉训斥吓得病死了。

正是因为等级森严的官僚体制，造成了他和副股长之间的贫富悬殊（何况还有更高的官员呢）；正是因为他的贫困，使得他不被同事尊重，常常被同事挖苦、取笑，往他头上撒碎纸片；正因为他的贫困，使得他每天除了抄写公文，没有任何的消遣和娱乐，也不和任何人交往；因为他不被尊重而没有朋友，所以他每天只能以抄写公文为乐事。渐渐地，阿卡基·阿卡基耶维奇就变成了一个失去了人的思想感情的抄写公文的

"机器"。所以，面对同事的嘲笑、挖苦，他一味地忍耐，不是因为他的胆小、怕事懦弱，而是他已经没有了人应有的愤怒、仇恨和荣辱之情；因为他已经异化成了抄写公文的"机器"，吃什么和穿什么对他来说已经是无关紧要了。情感的消失意味着人之为人的各种欲望的消失，甚至可以说是灵魂的死亡。

阿卡基·阿卡基耶维奇被吓死之后，有这样一段话："于是，彼得堡就没有了阿卡基·阿卡基耶维奇，仿佛彼得堡从来就不曾有过他这个人似的。一个谁都不保护、不被任何人所宝贵、任何人都不觉得有趣，甚至连不放过把普通苍蝇用钉子穿起来放在显微镜下面仔细查看的自然观察家都不屑的生物，消失了，隐没了；这个生物顺从地忍受公务员们的嘲笑，没有做过任何非凡的事业就进了坟墓。"这就是说，阿卡基·阿卡基耶维奇的死，不是人的死，而是一个丧失了灵魂的"生物"的消失。

异化的第二种情况，是以"要人"为代表的"人性异化"。这位要人的异化，突出地表现为他自身的一种矛盾性，就是他在面对下级官员和面对与自己同级的官员时的判若两人。对待自己的下级，哪怕只比他低一级的官员时，简直冷酷得没有人性；而和自己的同级的人在一起，"倒还像个人，还是一个很正派的、在许多方面甚至并不愚蠢的人"，"他的内心是个善良的人，待同事很好，肯帮忙"。

这位"要人"是新近才成为"要人"的，而他的重要性也不像人们传说的那么重要，然而他却竭力用别的许多办法来加强自己的重要性："例如，当他来办公的时候，规定下级官员们得站在楼梯间来接他；不准任何人直接见他，一切都得经过严格的手续：十四品文官报告十二级文官，十二品文官报告九品文官，逐级报告上去，必须这样事情才能送达到他面前。"他的制度就是"严厉，严厉，第三个还是严厉"，他和下级谈话声色俱厉，几乎不外这样三句话："你怎么敢？你知道你在和谁说话吗？你知道谁站在你面前吗？"阿卡基·阿卡基耶维奇被他的训斥吓昏了，他没有任何的同情心，反而为自己的话能产生这样的效果而感到满意。

为什么"要人"善良的人性在下级面前顿然消失，变得这样冷酷无情呢？原因是："将军头衔完全把他弄糊涂了。有了将军头衔之后，他就神魂颠倒起来，迷失了道路，不知道该怎么办才好……"他也有和人好好相处的想法和愿望，但总是觉得那样太随便了，会降低自己的身份，所以他始终因为自己的将军身份无法和人好好相处。那么，将军善良的人性为何会异化？答曰：根深蒂固的"官本位"意识使然。

三

《外套》在艺术表现上有两大突出特色。其一，现实性与荒诞性的融合，亦即两种"真实"的融合。一种是外在的、现象的、看得见的真实；一种是内在的、精神性的、看不见的真实，诸如思想、情感、社会心理、社会愿望，等等。在专制体制下，社会心理和社会愿望一般不会直接表现出来，多半是通过一些荒诞的、匪夷所思的传说表现出来。阿卡基·阿卡基耶维奇添置外套、丢失外套、寻找外套的经过属于外在的、现象的、看得见的真实；而阿卡基·阿卡基耶维奇死后的"灵魂复活"则属于内在的、精神性的真实。虽然，"灵魂复活"是荒诞的、根本不可能发生的，但复活了的灵魂不再忍气吞声、逆来顺受，开始对作恶多端的达官贵人进行惩治、夺回属于自己的东西，则是广大下层小官员包括民众的迫切愿望，这个看不见的愿望却是一种普遍的存在，所以，《外套》中"灵魂复活"看似荒诞不经，实则具有真实性。

两种真实的相互融合，在之前的俄罗斯文学中尚无前例，这是果戈理的首创。两种真实的融合，二者既对立，又可以相互诠释，起到深化主题的作用。在官僚体制中求生存的阿卡基·阿卡基耶维奇，虽然活着，但已被异化成了"生物",灵魂已经死去;而死去的阿卡基·阿卡基耶维奇不再受官僚体制的管辖时,他获得了自由,所以他的灵魂又重新得以复活,由此深化了对官僚体制的揭露与批判。

其二,将生活原型典型化。多年前,笔者曾买到一个小册子,题目是《论情节的典型化与提炼》,作者是苏联的多宾。这个小册子以大量的实例,论述托尔斯泰、果戈理等一些著名作家在创作中是如何对原始素材加以提炼、概括而使之典型化的。这个小册子告诉我们,《外套》的题材源于一个真实的故事:有个酷爱打猎的穷公务员,节衣缩食买了一支猎枪。当第一次外出打猎时,不小心把猎枪掉入水中。他费了很大的劲,还是没有把猎枪捞上来。这个意外的打击使他得了一场重病,卧床不起。多亏几个朋友同情他,凑钱为他买了一支猎枪,他的病才好了起来。

《外套》对这一原始素材进行了改造,把丢失猎枪变为丢失外套,外套的丢失不是因为疏忽和意外,而是被强盗抢走;把失而复得的喜剧,变成了因外套丢失所酿成的悲剧结局,并增加了一段"灵魂复活"的传闻。

把猎枪置换为外套是一个关键性的改变,即把个人的嗜好品猎枪,改为生活必需品的外套;猎枪是不小心掉入水中的,这完全是一时的疏忽,因此是个意外;而外套被强人抢夺,则可见出社会的混乱和黑暗。

这个小公务员渺小的希望和可悲的命运,深深地打动了果戈理的心,因为他也曾千方百计谋到一个替人抄抄写写的小公务员的工作,但薪金微薄,连一件保暖的衣服也买不起。果戈理以上述故事为素材,结合自己的经历,进行了上述的重要改动。果戈理通过这样的改动,使得一个纯属个人的、意外的事件,具有了社会的普遍性和典型性,从而真实、深刻地反映了下层小公务员的贫困状况和悲惨命运,深刻地揭露和批判了官僚体制对人的精神的扭曲和灵魂的异化,以及腐朽、落后和祸国殃民的本质。

2023 年 7 月 28 日草拟

川端康成《伊豆的舞女》：
展现卑贱者的心灵之美

一

《伊豆的舞女》（有的译本为《伊豆的歌女》），讲述一个二十岁的高中生，为排遣内心的抑郁情绪，独自前往伊豆市旅行，途中与四处流浪的巡回艺人团相遇、相识、结伴同行的故事。

小说以第一人称展开叙述，"我"在伊豆半岛和汤岛停留时两次偶遇巡回团的舞女。舞女的美和她那一双忽闪忽闪的大黑眼睛令"我"神往，因此"我"冒雨登山赶路，终于在天城山的茶馆赶上了他们，"我"向男艺人荣吉提出和他们结伴同行的请求，他们爽快地答应了。

这个艺人团只有五个人，除了一个叫百合子的十七岁姑娘是雇来的，其余四人是一家人。最年长的阿妈四十岁左右，她是小舞女的师傅，十九岁的千代子是她女儿，二十四岁的男艺人荣吉与千代子是夫妻关系，十四岁的舞女熏子是荣吉的亲妹妹。舞女在演出时，负责打鼓和跳舞。

"我"与这个家庭艺人团从天城山沿着河津川的溪谷一路下行，抵达汤野。在汤野的两天两夜，在群山迭起、细雨绵绵的景色中，"我"常常循着咚咚的鼓声、女人的呼喊声和众人的笑声，去确定艺人团的演出地，甚至产生了"今夜舞女会不会被糟蹋"的思虑。"我"与舞女发生了一些互动，她谦卑地体贴和照顾"我"，"我"与她下五子棋，"我"给她读通俗故事《水户黄门漫游记》，她央求"我"带她去看电影。她在与"我"单独相处时，常常会突然脸红……舞女认为"我"是个好人，而"我"则珍惜这种亲密的关系。

一路上，"我"不断感受到世人对艺人的不屑与歧视，但"我"却在与他们的相处中感到平等、融洽。他们的巡回演出生活"并不像我最初想象的那么艰难困苦，而是带有田野气息的悠闲自得。由于他们是老小一家人，我更感到有一种骨肉之情维系着他们"。

后来，"我"因旅费不足要返回东京，而他们苦苦挽留，"我"则以返校为由说必须得回东京，他们则希望"我"冬天一定去他们的家乡做客。

"我"就是带着这种惆怅而寂寞、甜蜜而眷恋的复杂感情，在舞女和荣吉的送别下，离开了伊豆。

《伊豆的舞女》是川端康成的成名作，1926年连载于新感觉派的机关刊物《文艺时代》，1927年收入同名短篇小说集。这篇小说带有自传性质，是根据川端康成高中时代在伊豆旅行时的经历创作而成，作品中的"我"就是高中时代的川端康成。据年谱记载，川端康成在1918年10月30日出发，至11月7日止，在伊豆半岛旅行一周，其旅行路线、途中遭遇与小说的叙述基本一致。川端康成曾在《伊豆舞女的作者》中表示过：伊豆舞女的形象完全依照事实描写的，只是进行了省略和人物美化。

《伊豆的舞女》出版后，反响热烈，日本文学界给予了高度评价，被誉为"昭和时代的青春之歌"，并被公认为川端康成文学历程中的里程碑。

《伊豆的舞女》问世不久就入选了中学语文课本，掀起一股《伊豆的舞女》热。小说每过一段时间就被拍成影视作品，从1933年到1991年，已有六个版本的电影、六个版本的电视剧，三部舞台剧作品。

由此可见，《伊豆的舞女》在日本不仅仅是轰动一时，而具有恒久的艺术魅力。

二

在日本，川端康成被誉为"美的猎手"，而他的作品最具"日本美"或"日本性"。著名画家东山魁夷认为："谈论川端先生，势必触及美的问题。谁都说先生是美的不懈追求者、'美的猎手'。能够承受先生那锐利目光凝视的美，实际不可能存在。但先生不仅捕捉美，而且热爱美。我想，美是先生的憩园，是其喜悦、安康的源泉，是其生命的映射。"1975 年，东山魁夷在一次演讲中高度赞扬川端的文学："日本独特的美，由川端先生作为当代罕见的文学作品的结晶并且展示给世界上的人们。"《伊豆的舞女》被认为是日本文学中出色体现抒情之美的"青春物语"，著名作家村上春树虽然说对川端康成的作品喜欢不来，但他称赞《伊豆的舞女》是"清新的青春小说"。

至于《伊豆的舞女》表现的是什么，几乎众口一词地认为是对初恋微妙感情的细腻描写，以及由此而产生的美感。故有"日本式爱情经典"之誉，认为它在爱情表达上具有经典的日本审美元素或"日本性"。《伊豆的舞女》是否只具有"日本性"？对此，也有不同看法。《伊豆的舞女》在中国有多种译本、多位译者，其中一位译者就认为，这篇小说引起他共鸣的不是它的"日本性"，恰恰是它的"非日本性"，即普世性。但是，这位译者同样认为这篇小说所描写和表现的是初恋。他在论述这篇小说的"非日本性"时的第三条理由是："最后一点'非日本性'，是这段朦胧恋情的戛然而止。原因固然种种样样，但无果而终几乎是所有初恋的共同特征。也就是说，大部分初恋都是'未完成形'，都是对美的向往、思念，而不是拥有。或者莫如说，初恋因其不能拥有而得以完成，美因其不能拥有而得以完美。这正是初恋作为一种审美体验和生命历程的价值和意义。《伊豆的舞女》也是如此……分别即永别，旅途萍水相逢，从此天各一方，这点两人都很清楚。于是，少女的不舍与无奈、"我"的怅惘与眷恋、初

世界著名中短篇小说赏析

恋的苦涩与伤感，无不物化为远处挥动的白手帕。诗性、隽永、温馨，这方普通的白手帕永远留在了读者的心中，堪称古典式爱情的经典镜头。《伊豆的舞女》因之超越了'日本性'，而拥有了普遍性，至少拥有了东方性。"

网上也有许多对《伊豆的舞女》的评论，几乎也都认为这篇小说表现的是爱情或初恋之美。比如这些标题：《最说不清的爱情，才让人一生念念不忘》《充满遗憾和淡淡忧伤的爱情》《纯美易逝的日式经典初恋，如樱花盛开已凋零》《川端康成笔下的世间唯美初恋》《那些我们不知道的初恋真相》……

对于这种初恋或爱情说，笔者存有异议。原因之一，《伊豆的舞女》具有丰富性和多义性，如果单从爱情或初恋的层面来解读它，就忽视了它的丰富性和多义性。"我"与小舞女之间的互有好感算不算"初恋"或"爱情"？对此，笔者持否定态度。

其一，如何理解爱情和初恋？什么是爱情，什么是初恋？我想很难给它下个准确的定义。爱情也好，初恋也好，都是一种情感和心理活动。就其情感而言，从时间上说有长有短；从深度上说，有深有浅，那么达到什么程度才算得上爱情和初恋？当然也有一见钟情的，但其情也有深和浅之分。从最终的结果来看，有的步入了婚姻殿堂，而有的因种种缘由而劳燕分飞。

其二，什么是爱情和初恋虽然没有确切的标准，但有一点是必须具备的，那就是所谓的爱与情不是单方面的，而是相互的。有时候彼此虽然没有明言，但又心照不宣。如果用这样的标准来衡量，我觉得"我"与舞女之间的感情是缺乏这种"相互性"的，因此说不上是男女间的恋情，而是一种友情罢了。

的确，小舞女对"我"很好，"我"坐下，她赶紧拉出自己的坐垫；"我"要吸烟，她把烟灰缸拉到"我"跟前；"我"要在山路旁的小凳上休息，她蹲下来给"我"拍打裤脚上的灰；"我"下楼出门，她马上摆好木屐。有时候和"我"单独相处，她显得有些紧张、羞涩和脸红。须知，舞女只有十四岁，还是个情窦未开的孩子，她对"我"好，因为她觉得"我"是个好人，又因为"我"从东京来，有知识，因而对我充满了孩子式的好奇心，所以她缠着"我"让"我"给她读《水户黄门漫游记》，让"我"带着她去看电影，和"我"下五子棋等，她在和"我"这样相处的时候，开始的时候还保持着一定的距离，因为十四岁的她虽然情窦未开，但已经有了男女有别的意识，然而玩着玩着，她的孩子本性就让她忘掉了"男女有别"，注意力完全放在了棋盘上，以至于她的头发都扫住了"我"的脸，她和鸟店商人下棋时也是如此。所以，"我"曾好几次发出感叹：她还是个孩子啊！

由此看来，舞女对"我"的好，主要原因并非性意识使然，而更多的是一个女孩子对她心目中的好人所表现出的信赖和友好之情。"我"是一个二十岁的青年，他对舞女的感情比较复杂和微妙。最初，他被舞女的美所吸引，进而去追逐并与之结伴同行，应该说是一种男女之情，或者说恋情，但在与舞女以及艺人团的相识、相交、结伴同行的过程中，"我"的感情逐渐由恋情转化为友情了。最后分别时，荣吉和舞女来为"我"送行时的依依不舍，我以为是其友情使然。虽然初恋的共同点是有始无终，但不能反过来认定只要是有始无终的感情，就是初恋。

三

如前所说，《伊豆的舞女》具有多义性和丰富性，我们不能把它的艺术价值仅仅局限在描写少男少女的所谓初恋。这篇小说发表于1926年，距今已经九十八年了。那么，今天看来，它是否还具有独到的艺术价值呢？回答是肯定的，但不是意识流、新感觉等艺术手法，也不是写初恋男女说不清道不明的微妙思绪与心理活动。

　　首先，这篇小说的价值和意义，体现在川端康成的人道主义情怀，即对底层小人物的关怀，而且在具体描写方面独出机杼。同样是描写底层小人物，但《伊豆的舞女》与普希金的《驿站长》、契诃夫的《小公务员之死》、果戈理的《外套》、陀思妥耶夫斯基《诚实的小偷》、左拉的《陪衬女》、莫泊桑的《项链》等有所不同，即是说，《伊豆的舞女》依然有自己不可取代的独特性。川端康成所描写的舞女和流浪艺人团，比契诃夫等人描写的小公务员、驿站长等小人物的社会地位还要低下，前者只是官小而已，但毕竟还是个官，他们的困顿和不受尊重，是与位高权重的大人物相比较而言的。而在日本，德川幕府时期以法律明文将全国民众划分为士、农、工、商四个等级，而艺人则属于四民之外的"非人"，被列为"贱民"，遭受着世人的歧视。与小官员相比，川端康成所描写的流浪艺人，才是真正生活在社会最底层的群体。契诃夫、果戈理等作家对小人物的态度是同情和怜悯，是哀其不幸，怒其不争；而川端康成对属于"非人"和"贱民"的艺人，则是发自内心的赞扬和歌颂。

　　其次，作品所赞扬的，是卑贱艺人的心灵之美。一是赞扬他们内外统一的心灵美。许多作品描写人物外貌丑而心灵美，如雨果的《巴黎圣母院》中的敲钟人卡西莫多，而川端康成的《伊豆的舞女》描写的卑贱者的心灵之美则是外在美与内在美的统一，或者说，外在美是内在美的外化。主人公熏子就是这种心灵美的代表。"我"之所以要与艺人团结伴同行，主要是被舞女熏子的外貌美所吸引："这对忽闪忽闪的漂亮的大黑眼睛是小舞女最为动人之处，双眼皮线条也漂亮得无法形容。还有她笑起来像花儿一样。……不仅漂亮，而且乖巧。"而"我"在和小舞女越来越多的接触当中，逐渐地感受到了她的内心美。比如在颠沛流离的生活中她的乐观，她用自己的梳子给她们所养的小狗梳理狗毛；她对"我"的好奇和接近，缠着"我"给他读故事话本，让"我"带她去看电影，她在热气腾腾的公共浴池裸体跳入池水之中，她一路上对"我"无微不至的关照，都是那样自然而然，毫无邪念。这让"我"深深地感到，小舞女的内心美，是天真无邪的纯真之美。

二是赞扬她们的心灵是"善良之美"，是"与人为善"之美。对于这个家庭艺人团来说，"我"是一个外来者，当"我"提出和他们结伴同行时，他们大概觉得"我"是个学生，不会是坏人，于是便爽快地答应了，并且在一路同行的过程中，让"我"感到了他们不仅关心"我"，而且尊重"我"，说"我"是个好人。这让具有孤儿情结、郁郁寡欢的"我"，感到了一种精神上的慰藉。比如在山路上行走，"我"感到渴了，小舞女马上就去给"我"找水源，当发现了泉水之后，女人们站在泉水的四周，等着"我"先喝。其实大家都渴了，为什么让"我"先喝呢？阿妈是这样说的："快点，请您先喝吧。我怕一伸手进去会把水弄浑了，跟在女人后面喝，水就脏啦。"而当"我"想返回东京时，他们苦苦挽留，看到"我"执意要走，他们诚心诚意地邀请"我"冬天时一定要到他们的家乡做客。离开的那天清早，荣吉和小舞女赶到港口为"我"送行，相互间又是那样依依不舍，船就要开了，"我"还看见熏子在远处挥动着她手中的白手帕。

三是赞扬他们在艰难的生活和世人的歧视中并没有弯下腰来，而是活出了一个自由自在、不卑不亢的"自我"。这一点，与契诃夫等所描写的被扭曲的灵魂截然不同。毫无疑问，作为一个颠沛流离、居无定所的小小的艺人团，生活是极为艰辛的，他们几乎每天都要背着行囊和演出的乐器跋山涉水地赶路，而每到一地，只要有人观看，他们不管如何劳累，就立马进行演出。有一次，风雨交加，"我"心想今晚他们可能不会演出了，可是还是让"我"听到了从远处传来的咚咚的敲鼓声……荣吉和千代子先后生了两个孩子，都是因马不停蹄的劳累，使得孩子出生不久便都夭折了，他们的痛苦和伤心可想而知。一路上，"我"看到路边竖立着这样的牌子，上面写着："乞讨的江湖艺人不得入村！"

然而，在和他们的相处中让"我"看的是他们的乐观和率真，"并不像我最初想象的那么艰难困苦，而是带有田野气息的悠闲自得。由于他们是老小一家人，我更感到有一种骨肉之情维系着他们"。而面对世人的白眼和歧视，他们不卑不亢，保持着自己的尊严。比如，鸡肉火锅店老板请艺人们去吃剩下的火锅，吃完后老板拍了小舞女的肩膀。此时，阿妈板起可怕的面孔："喂，别碰那孩子！人家还是个姑娘呢。"阿妈就这样呵护着小舞女不受侵害。所以，"我"想只带着小舞女一个人去看电影，被阿妈严厉拒绝，小舞女再三请求，阿妈就是坚决不答应。虽然他们属于当时日本社会的"贱民"，然则他们的灵魂是高贵而不容被鄙视的，他们要维护自己做人的尊严和灵魂的纯净。

　　再次，小说让我们感受到了心灵之美的巨大感召力。《伊豆的舞女》有两条线索：一条线索写一个家庭艺人团颠沛流离的生存状况和他们的心灵之美，另一条线索是写"我"的灵魂净化的过程。这两条线索本来是互不相关的，小说构思的巧妙就在于让"我"这个心情抑郁的高中生作为叙述者，并且让"我"与艺人团结伴同行，这样就把原本互不相干的线索紧密地联系在了一起，起到了一箭双雕的作用。

　　"我"是一个孤儿，也是一个在校高中生，为了排遣心中的郁闷才来到伊豆半岛旅行。"我"之所以提出和艺人团结伴同行，起初完全是被小舞女的"美貌"所吸引，"我"甚至还有过让她陪睡的想法。然而在和小舞女的接触当中，"我"逐渐地感受到了她的天真无邪、纯真无瑕。让"我"感触最深的，是"我"站在小旅馆的窗前，看到在热气腾腾的温泉公共浴场里，一个女子裸体跳入浴池中的画面："她赤条条的，一丝不挂，伸展双臂，喊叫声什么。她就是那舞女。洁白的裸体修长的双腿，站在那里宛如一株小梧桐。"

　　看到这样的画面，确乎让"我"大感意外，同时也让"我"真切地感到：她真的还是一个孩子！她的这一举动，完全是一种孩子式的天真无邪。

于是，此时此刻的"我"，"仿佛有一股清泉荡涤着我的心。我深深地嘘了一口气，扑哧一声笑了，她还是个孩子呢。我更是快活兴奋，又嘻嘻地笑了起来。脑子清晰得好像被冲刷了一样。脸上始终漾着一丝丝微笑"。

正是她这种孩子气的天真无邪，荡除着"我"心中的俗念，净化着"我"的灵魂。这也让"我"对小舞女的爱，从男女之情转化为一种纯真的友情。我在和小舞女分别时，接受了几个矿工的委托，即答应照顾一位老婆婆并把她和她带着的三个孩子送回家乡，因为孩子的父母在流感中都死掉了，老小无依，只好把他们送回老家谋生。"我"之所以爽快地接受这样的委托，也是想把"我"与艺人团结伴同行中得到的温暖和精神慰藉传递出去，因为与舞女一行人相处后，"我"觉得自己不能不这样做，接受这样的委托是义不容辞的。

这就是心灵之美的巨大感召力！

小舞女等人的美好心灵因为是"我"的眼之所见，心之所感，因而能够深深地触动"我"的灵魂。如果没有这样的所见和所感，大概就不会有"我"的灵魂的净化。让"我"作为观察者和叙述者，其构思看似平常，实则颇具匠心。

2024 年 1 月 16 日草拟

世界著名中短篇小说赏析

川端康成《雪国》：
一个具有"西西弗精神"的艺伎形象

一

　　《雪国》讲述一个叫岛村的男人和两个美女的情感纠葛，最终以悲剧告终的故事。岛村是个有家室的舞蹈评论家，靠祖上留下的遗产过着悠闲自得的生活。他出生在东京平民区，小时候经常观赏歌舞伎表演，对演艺界也颇为熟悉。他三次到雪国游玩，都住在温泉旅馆。第一次来时，岛村让旅馆主人叫艺伎来服侍他，由于当天旅馆客人多，艺伎人手不够，跟随三弦师傅学琴并时常表演的驹子被叫来帮忙。驹子来到岛村的房间，她的美丽和洁净立刻吸引了岛村并让他产生了爱慕之情。驹子的洁净使得岛村不忍心玷污她。于是，他让驹子给他找一个艺伎来，驹子说这里没有那种人，岛村不信。没办法，驹子让女佣给他找来一个艺伎，而这个瘦骨嶙峋的艺伎让岛村十分扫兴，便以外出登山为由走出旅馆。其实，驹子对岛村是一见钟情，只是不好明言相告而已。

　　岛村登山回来，驹子特意来到他的房间。因为二人都对舞蹈、乐器、歌舞伎演员十分熟悉，驹子侃侃而谈，在激动和兴奋之中主动投怀送抱，委身于岛村。但岛村是个耽于幻想的虚无主义者，认为一切都是徒劳，所以尽管与驹子有了肌肤之亲，但他并不重视驹子对他的爱，于是他很快就返回了东京。

这是岛村第一次来雪国温泉旅馆。但《雪国》的开篇，却是从岛村第二次来雪国时在火车上遇见一名少女写起，描写了她美丽的脸庞和车窗外不断变化移动着的景致相互叠加的情景，以及岛村倾听她那动听得让人感动而悲伤的声音；还偷看少女照顾一个病男子时，那种既像母亲又像妻子般的温柔和体贴入微。少女的美，让岛村顿时心生爱意。由此，便想到了他现在要到雪国去见的驹子。但岛村对驹子的印象已经淡忘了，唯有左手的食指还留有驹子的印记。

　　岛村第二次入住温泉旅馆，在和驹子的频繁往来期间，与火车上相遇的少女再次相遇，并得知她叫叶子，和驹子都师从三弦师傅。叶子在火车上照顾的病男子二十六岁，叫行男，是三弦师傅的儿子。三弦师傅生前想让驹子和行男结婚，但并没有明着说出来，而驹子心里根本就不同意。相反，叶子却非常喜欢行男，是行男事实上的情人。但不知何故，在人们的传言中，驹子一直被认为是行男的未婚妻。后来三弦师傅死后，儿子行男病重，驹子虽然不喜欢行男，但为了报答师傅的恩情而为行男筹集治疗费用，驹子不得已去做出卖色相的艺伎，而叶子则守护在行男身旁，一刻不离地精心护理他。岛村要返回东京，驹子到车站送行，这时叶子慌慌张张地跑来，说行男将要病逝，希望驹子回去能见他最后一面，说这是行男的请求。岛村也劝驹子回去，并说驹子被卖到东京的时候，是行男为她送行，驹子开始记日记写的就是这一内容。但驹子先是说自己正在送人，继而又以"我不愿意看人死"为由，拒绝回去与行男见最后一面。

　　岛村第三次来到雪国，驹子和岛村来往更加频繁，她把心都掏给了岛村，只要一有时间就来到岛村的房间。有宴会的时候，她总是提前一小时到岛村房间来嬉闹，宴会散了也来，还请岛村到她的住处参观。相反，这时岛村想的却是脱离驹子的纠缠，打算以后不再到雪国来了。此间，岛村也和叶子见过几面。岛村发现叶子每天都去给行男上坟，加之听到叶子说话时那好听的声音，在精神上更加迷恋叶子，甚至对驹子的肉体产生了厌

世界著名中短篇小说赏析

恶感。有一次，驹子让叶子去给岛村送自己的折叠信，叶子趁这个机会，表示自己也想回东京，并希望岛村带她一起走。但说到驹子，叶子的话很是矛盾，先说驹子姐够可怜的，希望岛村要好好待阿驹，又说驹子可恨，所以自己想回东京的事并不会告诉她。

在离开雪国的前夕，村子里的蚕茧库发生了一次大火，叶子丧生在大火之中。驹子奋不顾身地扑到火场中抱起叶子痛哭流涕、伤心不已。小说到此结束。不用说，岛村也和驹子彻底分手回到了东京，驹子终究没有得到她理想男人的爱。

《雪国》的成书过程出人意料。这部中篇小说从 1935 年动笔，到 1948 年 12 月定名《雪国》出版，竟然历时十四年之久。1935 年 1 月至 1947 年 10 月间，川端康成以不同标题的短篇小说的形式，在《文艺春秋》《改造》《日本评论》《晓钟》《中央公论》《新小说潮》等杂志陆续发表。这些短篇小说的标题计有：《暮景的镜》《白昼的镜》《故事》《徒劳》《芭毛草》《火枕》《拍球歌》等。

川端康成起初计划围绕同一主题创作若干短篇小说，写完前四篇时，还没有形成统一的结构，直到完成后三篇时，才产生了现在看到的故事情节。1937 年 6 月，创元社汇集已发表的短篇小说出版了单行本，第一次以书名《雪国》出版。但《雪国》初次出版后，川端康成认为故事的开头和结尾没有做好呼应，于 1940 年至 1941 年补充创作了《雪中火场》《银河》两章。但他认为这两章仍然没有写好，经过较大的修改后，又于 1946 年 5 月至 1947 年 10 月间，在《晓钟》《小说新潮》杂志重新发表，其标题为《雪国抄》《续雪国》。此后，川端康成又进行修改、补充，并取消各章标题，由创元社于 1948 年 12 月出版新版本，最终形成如今的《雪国》定稿本。

从《雪国》上述的成书过程可知，中篇小说《雪国》是由若干短篇小说演变而来，之前所写的不同标题的短篇小说，实际上是《雪国》的若干片段，或说是主要内容。这由分散、各自独立的短篇小说到形成统一的中篇小说的过程，是作家深入思考，反复修改的过程，而且是在作品发表、结集出版之后，仍然觉得没有写好，从而不厌其烦地修改和补充，其精益求精的创作态度由此可见。许多作家都强调过对作品进行反复修改的重要性，而不是只满足于发表和出版和一挥而就。

二

对于《雪国》的评价，存在着截然不同的看法。一种看法认为《雪国》是表现"日本美"和"日本性"的典范之作，它也因为表现了"日本人的心之精髓"而获得诺贝尔文学奖。而有些出版社曾认为《雪国》内容有黄色之嫌而拒绝出版。对于名著的这种截然相反的看法一点儿都不奇怪，这是由这些作品的丰富性和多义性所决定的。

《雪国》所表现的究竟是什么？笔者对以下两种看法存有疑义：

第一，《雪国》表现的是"虚无之美"。一位译者在其"译序"中说："《雪国》表现洁净之美、悲哀之美、虚无之美。"至于什么是"虚无之美"，他是这样说的："如夜行火车窗玻璃上的镜中图像，是不确定的、流移的、瞬间的，随时可能归于寂灭，任何使之复原的努力都是徒劳的。反言之，美因其虚无，因其归于'无'而永恒，而成为永恒的存在，永恒的'有'。"并且认定这就是川端康成的美学见解："在川端看来，美的前提是洁净，美的极致是慈悲，美的保持是徒劳，美的归宿是虚无。"

这种说法值得商榷，并且不符合川端康成的美学观。这位译者的逻辑是，"虚无"等于"无"，"无"是永恒的存在，所以"无"就是永恒的"有"，即"无"等于"有"。在笔者看来，"无"可以生"有"，但"无"不等于"有"。"有"与"无"是相互转化的关系，而不能混为一谈。因此，所谓"虚无之美"，就是说美是消亡了的不再存在的美。而事实上，宇宙间既没有永恒的"无"，也没有永恒的"有"。世间万物都是因一定的条件而生，又因一定的机缘而灭，有无相生，循环往复、永无止境。而美的"有"与"无"，亦不例外。纵观川端康成的美学思想，上述的所谓"虚无之美"， 亦即"美之寂灭"的看法，其实是对川端康成美学思想的误读。

川端康成在许多文章中都论述了他的美学见解。其中有一篇题目就叫《不灭的美》。这篇文章开头就说："美一旦出现于这个世界，绝不会灭亡。诗人高村光太郎这样写道：'美，虽然连续不断地演变，但以前的美不会死去。'民族的命运，兴亡乃无常，其兴亡之后所保留下来的，就是这个民族所具有的美。其他的东西，只留存于传承与记录之中。崇尚美的民族，就是崇尚灵魂与生命的民族。"显然，川端康成并不认为"美的归宿是虚无"，而是一旦产生就"绝不会灭亡"。在川端康成的散文集《花未眠》中，除了《不灭的美》之外，带有"美"字的文章还有这样几篇：《日本文学的美》、《日本美的展开》、《关于美》、《我在美丽的日本》（获得诺贝尔文学奖时的演说）、《美的存在与发现》，还有一篇写《东山魁夷》的文章，谈及画家东山魁夷的画作与北欧自然美的关系，不妨摘引如下："东山魁夷君的北欧之旅就是与自然的邂逅。……但东山魁夷不到北欧旅行，不画北欧之景，北欧的自然依旧不变，东山君这位日本画家依旧卓然而立，二者各自俨然存在。但是，东山君一旦去北欧，描写北欧，二者相遇、结缘产生了东山君的北欧绘画（同时还有游记散文）这样的艺术品。这些作品不用说是北欧的，也是东山君的，是东山君的，也是北欧的。"

川端康成的美学思想有三个关键词：邂逅（发现）、感受、创造。对于艺术家来说，重要的是能够和美的事物邂逅，这样才能发现美，进而要对美有自己真切的感受，并把自己的感受用语言和形式表现出来，就是创造。总之，不能把川端康成的美学思想简单地归结为所谓的"虚无之美"。

第二种，认为《雪国》的人物只有两个，就是驹子和她传言中的未婚夫——行男；而岛村和叶子都是"非现实存在"的人物。其依据是："《雪国》展现的是虚无之美，要从虚无的角度去理解人物设定、情感关系和最终结局。"据此，该论者认定："岛村是驹子想逃离现实生活所幻想生活的理想化人物、梦想救星，更像是驹子作为艺伎时交往男人的综合体。"而叶子是驹子"作为对未婚夫忠贞守护的具象化个人形象，驹子内心纯洁的爱塑造出叶子这个形象，代替她守候着未婚夫，可见叶子是一个过去的、逝去的、内心深处的驹子，是驹子对绝望生活一体两面的表现"。又说："川端笔下的故事是由'美'向'虚无'转变，人物叶子，便是这种极美转向消逝的过程载体，使得虚无之美、洁净之美与悲哀之美达到极致，令人怦然心动，又惆怅不已。"

在笔者看来，把岛村和叶子说成是驹子幻化出的非实际存在的人物是不妥当的。此种看法的依据是："《雪国》展现的是虚无之美。"而所谓"虚无之美"的提法，我们上面已经分析过了，是不确切的，也是不符合川端康成的美学思想的。 而认为岛村和叶子是驹子的主观意念幻化出的人物，同样是不符合川端康成的文学观念和创作实际的。川端康成所秉持的创作原则是：从真实的生活出发。就《雪国》而言，和《伊豆的舞女》一样，都是取材于真实的生活。在写作《雪国》之前，川端康成为了寻找创作灵感，1934 年 5 月到越后汤泽地区考察这里的风土人情。住在高半旅馆时，川端康成遇到了十九岁的松荣，原名叫小高菊，出身贫农家庭，十一岁被卖到长冈艺伎馆，之后又被卖到汤泽温泉，经过几年时间才得以赎身，嫁了一个裁缝，成为家庭主妇。这就是驹子这一人物的原型。川端康成的作品一般都是写实的，是依据他所体验的生活来写作的，所以他在创作中进行的是形象思维，是从形象入手，而不是从既定的观念出发，让人物成为观念的化身。他塑造的是活生生的人物，而不是让人物成为美的理念的传声筒。有人说他是"美的猎手"，他唯恐人们产生误解，所以特意申明："我只有在完全放弃了要写美的作品的意志的时候，才会动笔。"所谓岛村和叶子是驹子的理念幻化出的人物，让岛村和叶子成了某种观念的化身，这显然和川端康成所遵循的创作原则是背道而驰的。说叶子是驹子幻想出的另一个自己，这个说法也不能成立。原因很简单，因为说行男是驹子的未婚夫只是传言，而驹子根本就不承认行男是自己的未婚夫，何谈什么"对未婚夫的忠贞守护"？这样的说法，只能说是论者脱离作品实际的主观臆测。所以，笔者坚定地认为岛村和叶子都是真实具体的人物形象，而不是驹子的观念的化身。

还有，就《雪国》的成书过程看，岛村和叶子也不可能是驹子头脑中所幻化出的虚拟人物。《雪国》的成书过程历经十四年之久，并且是由若干个写于不同年代的短篇小说逐渐融合起来的。也就是说，这些各自独立的短篇小说，每一篇都各有自己的人物和具体内容。这样的成书和构思过程，很难说这些不同内容的小说只有驹子和行男两个人物是具体的存在，而岛村和叶子是由驹子幻想出的"非实存"的人物。因此，驹子和其他人物是同时存在的并列关系而不是从属关系。既然二者是并列关系，如果说驹子和行男是真实具体的人物，那么岛村和叶子亦然。

三

表面看来，《雪国》所写的是一个男欢女爱的婚外恋故事，但川端康成写得非常干净，干净得让人感到意外。然而在这个寻常的多角恋爱故事的背后，却有深意存焉。它所表现的，也不是什么"虚无之美"，而是包含着更为深邃的大道理。

笔者从中体会到的，是这样两点：第一点，小说通过"爱"的悲剧结局，昭示出事物发展变化的自然规律。这一点，涉及人与自然万物即生存环境的关系。第二点，塑造了驹子这样一个美丽、善良、痴情，追求自由和人格独立并具有"西西弗精神"的艺伎形象。这一点关系到人在变化不定的生存环境中如何生存的大问题。

《雪国》作为一个爱情故事，川端康成设置了相互交叉的多种关系及其情感线：驹子和岛村的婚外恋关系、驹子对岛村的痴爱、岛村对叶子的暗恋，以及驹子、叶子和行男的三角关系及其情感。驹子不爱行男，但人们却误认为行男是她的未婚夫；相反叶子却深爱行男，并且忠贞不贰；驹子和叶子是三弦师傅的同门弟子，又是情敌关系。这几个人物在这样复杂微妙的关系中，进行着自己的追求，演绎着自己的故事。驹子钟爱岛村，但岛村似乎只是被她的美所吸引，甚至到后来厌倦了驹子对他的依恋；行男是爱驹子的，在驹子被卖到东京当陪酒的时候，是行男独自一人去为她送行的，但驹子并不爱他；岛村爱驹子的美，同时也因为叶子的美而暗恋她；叶子深爱行男，即使行男死后，她每天都到他的墓地看望，但叶子对岛村似乎也有好感，为离开这个伤心之地，她请求岛村把她带回东京去（她在东京当过护士），并表示愿意做岛村的用人。

他们每个人都有自己的愿望和追求，但结果呢？行男死了，叶子丧身大火之中，岛村回了东京，并且以后不想再到驹子所在的温泉村来了。因此，正如岛村所说，他们为实现自己爱的愿望所做出的努力，都化为了"徒劳"两个字。他们经历了从希望到失望，经历了从生到死的过程。

细思之，世间的万事万物，又何尝不是如此呢！无论人类社会，还是大自然和动物界，宇宙中的一切的一切，都无法逃脱"无—有—无"的命运，这是万事万物的发展变化的根本之"道"。日本的传统文化强调其中的"变"，即"无常"；而中国文化看到了其中变与不变、有与无的辩证关系，即阴阳互变，循环往复。但无论如何，一切事物都要不可避免地经历从无到有、从有到无、从生到死的过程。就人的主观愿望而言，其结局可谓悲剧。川端康成的《雪国》从爱的悲剧的角度，揭示出事物发展的根本规律，正是这部小说的新异和独到之处。

那么，人类置身于这样一个变化无常的生存环境之中，并且最终都回归到"无"，我们还要不要为理想而奋斗呢？日本的唐木顺三说："日本人的无常观念绝不是厌世，反过来它是对现实的一种肯定，并在这种肯定中走向新价值的创造。"而川端康成也通过驹子这一人物形象的塑造，回答了这一问题。

《雪国》的价值和意义还在于成功地塑造了驹子这个有思想深度的艺伎形象。这个人物具有两大特征：一是她的"洁净之美"，二是具有"西西弗精神"。前者富有"日本性"，后者我认为具有"人类性"。尤为重要的是，这二者在驹子身上是统一的。这让我想起了川端康成在他的《美的存在与发现》中所引用的泰戈尔的话，泰戈尔说："日本具有从美中发现真理，从真理中发现美的敏锐洞察力。"借用这句话，我们也可以说，川端康成发现了驹子的美，从她的美中发现了"西西弗精神"。加缪在他的哲学著作《西西弗神话》中写道："诸神处罚西西弗不停地把一块巨石推上山顶，而石头由于自身的重量又滚下山去。诸神认为再也没有比进行这种无效无望的劳动更为严厉的惩罚了。"西西弗明知将巨石推上山顶是没有希望的，但他不怕失败，乐此不疲。他用这种方式反抗惩罚，并且从中获得幸福和快乐。所以，所谓"西西弗精神"，就是不怕失败和与命运抗争的精神！

"洁净"一词在小说中频繁出现了，都是用来形容驹子的"洁净之美"："颧骨略高的圆脸虽然轮廓平庸，但皮肤犹如白瓷微微挂红，加之脖子根部都没有脂肪堆积，与其说是美人或是什么，莫如说洁净更为合适。"岛村看着弹完三弦的驹子，觉得她的"皮肤未施脂粉，犹如剥开的百合或圆葱球根一般新鲜，似乎由于都市的卖笑生涯而变得通透之后又染上了山峦之色。皮肤微微泛起血色，一直泛到脖颈，显得洁净无比——尽管她正襟危坐，但不知不觉间沁出少女的韵味"。所以，她给岛村的印象是："女人给人的印象是洁净，洁净得不可思议，想必连脚趾窝都一干二净。"她的洁净，致使岛村不忍心玷污她，所以才让驹子给他找个艺伎来服侍他。就其审美观来说，中国和西方都是崇尚善，崇尚大，崇尚力，崇尚丰；而日本的传统审美观更崇尚"洁"，没有洁就无所谓美，洁即是美。所以，驹子的"洁净之美"，是具有"日本性"的美。

但"洁净"只是驹子的外在美，她的心灵也是美的。虽然在人们的传言中，行男是她的未婚夫，他们成婚也是驹子的三弦师傅的心愿，但驹子不爱行男，驹子也没有任何义务来照管行男。然而师傅死后，为了给行男筹集治疗费用，驹子竟然去做了出卖色相的艺伎。驹子也知道岛村在思慕叶子，叶子似乎对岛村也有好感，所以驹子把叶子视为情敌。但当她看到叶子丧生大火之中的时候，一种出于同门的姐妹深情不禁油然而生，她焦急万分，从岛村身旁一跃而出，扑到火场把死去的叶子抱在怀中，像疯子一样狂喊乱叫，痛不欲生。由此可见，驹子有一颗知恩图报、重情重义的善良之心。

对于驹子来说，爱就是爱，不爱就是不爱。她心口如一，绝对不说违心之话，更不做违心之事。行男死后，叶子每天都到他的墓地，而驹子则向岛村坦言："我一次也没去过……这回师傅也埋在一起了，我是觉得对不起师傅，就更不能去了。去了，显得假模假样的。"有一次，岛村不无戏谑地鼓动驹子到行男的墓地看看，没想到驹子居然生气地将一把从草丛中捡起的栗子猛地打在了岛村的脸上。岛村问她何苦生这么大的气，驹子回答说："因为告诉过你，不是未婚夫。这对我是严肃的事情。"什么是驹子所说的严肃的事情呢？就是爱和不爱，二者是不能混淆，不容拿来开玩笑。所以她生气，以此向岛村表明自己关于爱的态度，同时厘清和行男的关系。她对岛村说："行男生前我无法向人们说清和他的关系，他死后是应该厘清的。"这就是一个率真的驹子。

驹子爱岛村，可谓一见钟情，并且是痴情。她不仅以身相许，更是以心相许。驹子主动向岛村讲述自己的身世，而且把自己最私密的日记毫无保留地给岛村看，还带着岛村去看她的住所。平日里，驹子有演出时，总是提前一小时到岛村的房间来嬉闹，每天她总是在早七点和夜晚三点这两个异常的时间来见岛村，还喜欢把自己的东西包括乐器放在岛村房间。岛村第二次要返回东京时，驹子到火车站送行。这时叶子慌慌张张地跑来，说行男病危，希望驹子回去能见他最后一眼。岛村也劝她赶紧回去，而驹子以"我不愿意看见人死"为由拒绝。其实，驹子之所以不回去见行男的真实原因，是她担心岛村回东京后不会再来温泉村了，担心这是她和岛村的最后的告别。可见，驹子是多么爱岛村，多么珍惜和他在一起的每一个瞬间，多么依依不舍。

反过来看，岛村爱的是驹子的美，而不是驹子这个人。所以，他既爱驹子的美，也被叶子的美所吸引。加之岛村是一个虚无主义者，他认为一切都是徒劳。是故，他并不珍惜驹子对他的爱，甚至已经产生了和驹子在一起的厌烦之感。对此，驹子心知肚明。她知道对岛村的爱只是自己的一厢情愿，不会有什么结果的。所以，她也没有要一个结果的奢望，而只是希望他能每年来一次就满足了。那么，驹子既然知道对岛村的爱是徒劳的，为什么还一如既往地爱他呢？

究其原因，这和驹子的艺伎身份有关。驹子很美，但命运多舛。她出身贫寒，十三四岁时就被卖到东京当陪酒。后来，被一个好心的男人赎身，驹子也想从此做一个专业舞蹈演员，但由于这个男人的突然死去，无依无靠的驹子几经辗转，又回到了温泉村，跟着三弦师傅学琴，并参加宴会的演出，后来迫不得已当了艺伎。作为一个生活在社会最底层的艺伎，在爱情方面她已经没有了选择的权力和自由，而滨松那个追求了他五年的男人和传言中她的未婚夫行男，则成了她追求人格独立和真爱的精神枷锁。然而，驹子绝不逆来顺受，她要反抗命运，她要追求独立的人格和理想的爱情，而岛村就是她理想中的所爱之人。从这个角度说，驹子对岛村如醉如痴的爱，就是在坚守自己所要追求的人格独立以及她的理想之爱。她对岛村的爱是不计后果的爱，她的执着追求是没有希望的追求。而这，正是她反抗命运、不怕失败的"西西弗精神"的具体体现。

"西西弗精神"具有"人类性"，人类正是凭借这种不怕失败的精神，从蛮荒的远古披荆斩棘勇往直前地走到了今天。这就是驹子这个人物的思想深度之所在。

2024 年 2 月 6 日草拟

人生哲理与人性

海明威《老人与海》：
没有胜利者的搏斗

《老人与海》是海明威创作于 1952 年的一部中篇小说，也是他生前发表的最后一部小说。它一经问世，就在世界文坛引起了强烈反响，以致在当时掀起了一阵"海明威热"，于 1954 年获得诺贝尔文学奖。

小说描写一位老渔人整年在海上捕鱼，最近却很倒运，一连八十四天都没有捕到一条鱼。为了证明自己的能力，老人决定单独一人到其他渔人没有去过的深海捕鱼。在海上，老人发现了一条很大的马林鱼，在经过几天的严酷较量和搏斗之后，终于把鱼叉刺进了大鱼的心脏。但在返回的途中，老人又遇到了鲨鱼的五次袭击，他用鱼叉、船桨和刀子进行反击，以保护大鱼不被鲨鱼吃掉，终因筋疲力尽，且没有了鱼叉、刀子等反击的武器，当他艰难地回到港口时，那巨大的马林鱼已被鲨鱼吃得只剩下了一副巨大的白骨架。

这个中篇极为简单，但作品的内蕴又是极为丰富的。作品不仅仅赞颂了老人那种百折不挠的坚定与自信（这是他克服孤独无助，最终捕获大鱼的前提和保证），更重要的是揭示出人类生存中一个难以克服的悖论。这里涉及敌与友、得与失、胜与败等诸多矛盾关系。人与动物是相互依存的朋友，但当人要把动物作为食物来猎取时，朋友就变成了敌人，就展开了你死我活的搏斗，如老人与大鱼的搏斗。老人独自捕获了大鱼，是"得"，但正因为有"得"，才引来了鲨鱼的追击，老人为保住自己的"得"，于是不得不又与鲨鱼搏斗，搏斗的结果，是鲨鱼将大鱼吃光了，老人得而复失，终无所获。老人之于大鱼是胜利者，而在和鲨鱼的搏斗中却是失败者。老人在与鲨鱼的搏斗中，觉得自己已经没有战胜的可能了，于是对大鱼说：我害了你也害了我自己。搏斗的结果，是两败俱伤。但老人为了生存，体力恢复之后，恐怕还得下海捕鱼，从而继续他的搏斗，老人就在这种悖论之中打发着日子，这实在是没有办法的事！但这种悖论仅仅是老人独有的吗？答曰：不是。细想，我们每一个人又何尝不是如此呢？中国人如此，外国人同样如此，而且会永远如此！

特别值得一提的是，作品虽然让我感到一种高度的哲理抽象，但丝毫不给人理念化的感觉。所谓哲理抽象，是我们从老人与大鱼、鲨鱼的搏斗中体会到的。而海明威所描绘的，始终都是一位老渔人在大海深处与大鱼和鲨鱼搏斗的具体情境和经过。老人的搏斗是个别的、特殊的，同时又具有普遍性，因为每个人在自己的人生历程中，都程度不同地进行着这样那样的搏斗。在老人的搏斗中，敌与友、得与失、胜与败的转换又是那样自然。

这就是《老人与海》具有永恒性的秘密所在。

2011 年 4 月 10 日草拟

左琴科《才华的魅力》：
人皆有之的“个人崇拜”意识

　　短篇小说《才华的魅力》（有的译为《天才的力量》），讲述一个受到观众追捧的女演员被小偷所骗的故事。女演员库斯金娜（有的译为库兹金娜）的表演获得了巨大的成功，台下的观众又是叫喊又是跺脚又是扔鲜花。她坐在演员化妆室里，陶醉在眼前的场景里，品味着自己所取得的成功。这时，门外传来敲门声，一名崇拜者急匆匆地进了她所在的化妆室，他行动极为迅速，她还没看清他的模样，他就一下子跪倒在女演员面前，将扔在地上的一只长筒皮靴抓起来，狂热地亲吻着。女演员告诉他：“这靴子不是我的。”说着便把自己的靴子，还有束腰带一并给了崇拜者，崇拜者抓到手里，又是一阵狂吻，女演员被他感动得瘫在长沙发椅上，后来听到导演喊自己上场时，她才醒过神来，但自己的靴子、束腰带，还有其他一些东西都不翼而飞了。原来，这个崇拜者是个小偷。

　　这篇小说非常短，是不折不扣的“小小说”，但它却触及了人性中共有的东西，西方人有，东方人也有；过去有，现在同样有，这就是“个人崇拜”意识。对此，小说在简短的篇幅里进行了尖锐、犀利的讽刺与批判。

　　很明显，女演员之所以把小偷当作崇拜者，并且轻而易举地被小偷所骗，都是她希望被崇拜惹的祸。因为希望被崇拜，使她对突然闯入化妆室的人毫不怀疑，认定闯入者就是自己的崇拜者。因为被人崇拜是她的心中的渴望，所以她把小偷狂吻她靴子的欺骗行为误认为真崇拜，并且为此而陶醉，而感动，而幸福。正因为她沉迷于此，并且激动地"瘫在长沙发椅"上，这就给了小偷如入无人之境行窃的机会，而她却毫无知觉。从这个角度说，不是小偷骗了她，而是她自己骗了自己。

这篇小说有重要的启示意义。

第一，"个人崇拜"意识人皆有之，并不是只有成功人士才有"个人崇拜"意识。为什么呢？因为人有各种各样的欲望，有物质方面的欲望、生理方面的欲望、精神方面的欲望。而"个人崇拜"意识属于精神方面的欲望，诸如表现欲、荣誉感、好胜心等，人人都有，只是轻重程度不同而已。这些欲望具有两面性，好胜心、荣誉感能够给人前进的动力，也有可能导致人骄傲自大、目中无人、唯我独尊，即被"个人崇拜"意识所主宰，就像女演员一样，因渴望被崇拜而受骗上当。既然"个人崇拜"意识人皆有之，我们就应该时时保持一颗谦虚谨慎、戒骄戒躁之心，特别在事业上获得成功、得到社会认可成为名人之后，不要被眼前的成功冲昏头脑，不要被追星族的崇拜弄得忘乎所以。沉迷于被崇拜，结果是被捧杀。

第二，"个人崇拜"意识，喜欢让人奉承，所以很容易轻信溜须拍马者的谎言。小说中的女演员就是典型的一例，因为"个人崇拜"意识人皆有之，都愿意听恭维自己的话，有时明知说的是假话，听着也觉得痛快；相反，则听不进逆耳的忠言。经验告诉我们，那些总是奉承你的人，很有可能是常常让你上当被骗的人。

第三，"个人崇拜"，误国害民。手中无权的名人沉迷于被崇拜，受害的是自己；而位高权重的官员搞"个人崇拜"，就可能形成"一言堂"或独裁，就会让"兼听则明，偏听则暗"变成一句空话。权力越大，搞"个人崇拜"和"一言堂"的危害就越大，这是不争的历史事实！为什么历史上总有奸臣受宠，忠良受排挤？就是因为奸臣善于利用君王"个人崇拜"心理，阳奉阴违、投其所好，致使君王偏听偏信，从而取得君王的信任并委以重任。

君王被蒙骗之时，就是奸佞得势之日。

奸佞当道，误国害民，前车之鉴，不可不察！

这就是这个"小小说"重大的警示意义和它能够经得起时间检验的原因！

2023 年 4 月 28 日草拟

左琴科《狗鼻子》：
用镜子经常照一照自己

　　左琴科的短篇小说都很短，《狗鼻子》是他的代表作之一，同样很短。这是一篇滑稽可笑的"小偷要求抓小偷"的故事，叙述者是一个没有姓名的围观者。商人叶列麦伊·巴勃金说自己丢了一件贵重的貂皮大衣，便叫来一个便衣警察，便衣带来一个警犬。这个商人希望警犬能把小偷辨认出来，他说自己非常生气，抓出小偷后要吐他一脸才解恨。警犬前后咬住了八个人。第一个是个女人，她承认自己偷了五桶酒曲，但没有偷貂皮大衣；第二个被咬住的是一个房产管理员，他承认自己贪污了收来的水费，但没有偷貂皮大衣；而第三个被咬住的人，说他涂改了自己的履历表，因此逃避了服兵役，还躲在家里享受到各种公共福利。这时候，商人巴勃金看到警犬如此神奇心里慌了，于是他掏出钱给便衣警察，让他赶紧把警犬带走。正在这时，警犬走过来了，商人转头就跑，警犬紧追不舍，他被吓得脸都白了，他坦白道："老天有眼，我实说了吧，我自己就是一个混账的小偷。那件皮大衣，说实话也不是我的，是我哥哥的，我赖着没还……"

　　听他一说，围观的人群便纷纷离去，警犬从四散的人群中，一连又咬住了三个人，一个赌博输了公款，一个用熨斗砸了自己的太太实行家暴，一个干的事没法说出口。人跑光了，院子里只剩下便衣和警犬了，这时警犬忽然走到便衣跟前，大摇其尾巴，便衣吓坏了，他对狗说："老弟，你咬就咬吧。你们的狗食费，我领的是30卢布，可自己私吞了20卢布……"

而那位无名的叙述者，大概也心慌了，他说："后来怎么样，我就不得而知了。是非之地，不可久留，我便赶紧溜之乎也。"

被警犬咬住的人，他们都没有偷貂皮大衣，但人人都犯有这样那样的罪或错误。那么，这篇小说仅仅是说"洪洞县里没好人"，从而幽默一下，讽刺一下了事吗？或者表达的是西方人所说的"原罪感"吗？笔者觉得既是又不是。所谓"是"，是因为每个人的确都有这样那样的错误和罪行，应该进行讽刺和批判；所谓"不是"，即这篇小说还有它的丰富性和多义性，也就是说，它让读者感受到的还不仅如此。在笔者看来，这篇小说还是一篇富有哲理意味的小说，它的深刻和富有启示意义之处，在于它通过实例和富有现场感的描述，让我们看到人只看到别人的错误，而自己有错却浑然不知。这种现象是一种普遍存在的现象，也是人在认知上的局限性。原因很简单，因为任何人和任何事物都是有局限性的，就像我们只能看见别人的脸而看不见自己的脸一样，如俗语所言：老鸹落在猪身上，只看到人家黑看不见自己黑。如果想看到自己的脸，就需要照照镜子，如果没有镜子或类似于镜子的东西，是无论如何都看不到自己的脸的。我以为，镜子有两种，一种是看得见的"物镜"，即作为用品的镜子；一种是自己的"心镜"，即自我反思之镜。"物镜"只能照见外表，"心镜"才能照见自己的内心是否有污垢。我们要用自己的"心镜"，"每日三省吾身"。人生在世，犯这样那样的错误是难免的，犯错误不可怕，重要的是孔子所要求的"不二过"。"不二过"的前提是要知错，因为知错才能改错，倘若错而不知，必然会一错再错。

非常有意思的是，警犬这次的任务是米寻找偷貂皮大衣的小偷的，而小说中警犬所抓咬住的，却是犯了其他罪行和错误的人。作家为什么这样写？窃以为，这样写是要表达一种"要想人不知，除非己莫为"的寓意，只要有所"为"，迟早是会暴露在光天化日之下的。这些围观者都是"有错而不知"的人，而警犬恰恰就像一面镜子，照出了这些人的罪和错。因此，这个辨认小偷的现场，就是让这些有错而不知的人集体照照"镜子"。这样的景观颇为幽默、滑稽、可笑，但能令人警醒，发人深思！

这篇小说的写法和结构方式也很有特点，把现实生活中发生在不同地点、不同时间的散见事例，集中在同一时间和同一地点，此可谓"变多为一"的结构方式。比如按现实来说，小说中那些犯罪和犯错的人，他们犯罪、败露和受到惩处的时间、地点，是不会发生在同一地点同一时间的，而在艺术作品中，却可以把这些散见的现象集中在一起，因为它有利于让读者认识事物的真相和本质，并且能给读者留下深刻难忘的印象。正如毛主席《在延安文艺座谈会上的讲话》中所指出的，"文艺作品中反映出来的生活却可以而且应该比普通的实际生活更高，更强烈，更有集中性，更典型，更理想，因此就更带普遍性。"

2023 年 4 月 30 日草拟

卡尔维诺《黑羊》：
捅破人际关系的残酷真相

一

　　这是一篇寓言体的短篇小说。小说虚构了一个国家，在这个国家里面人人都是贼。每到傍晚，他们手持万能钥匙和遮光灯笼出门，到邻居家行窃，破晓时分，他们提着偷来的东西回到家里，总能发现自己家里也失窃了。他们就这样互相偷窃，日子过得平安、和谐，甚至感到幸福，因为这里没有穷人和富人之分，大家人人平等。他们就这样居住在一起，没有不幸福的人，因为每个人都从别人家里偷东西，别人又再从别人家里偷，依次下去，直到最后一个去第一个窃贼家行窃。

　　一个诚实的人来到这里定居之后，打破了这里原有的秩序和平衡，致使人与人的关系发生了巨大变化。这个诚实的人不偷窃，别人出去偷窃时，他在家里抽烟看小说，而他窝在家里不出去偷，别人就无法到他家来偷，因此他的诚实就妨碍了别人的利益。这里的人们向他挑明了这种利害关系，诚实人感到无力反抗这种逻辑，从此他也像他们一样，晚上出门次日早晨回家。不过，他晚上出去不是去行窃，而是站在小桥上看河水流过的情形。

　　过了一个星期，诚实人家里被偷得一文不名、家徒四壁了。这样就有一部分没有被偷的人富了，而一部分人则变穷了。富了的人也不想偷了，就跟诚实人一样，每晚站在小桥上看河里的流水。但他们意识到，如果不再行窃，自己很快也会被偷光变穷的，于是他们想了一个办法：雇更穷的人来为自己偷。这样一来，就使得富的更富，穷的更穷了。富人们即便不用雇人偷也能保持自己的富有。富人们为了保护自己的财富不被偷窃，他们就雇人来替他们看守、保护自己的财产，这就出现了警察局和监狱。

从此之后，这里的人们不再说偷与被偷了，而是谈论富人和穷人。

而诚实人却死了，是饿死的。

二

从上面的介绍可以看出，这篇小说非常简单，几乎没有什么故事和情节，但读来耐人寻味，和一切的优秀的作品一样，即能在简单中见丰富。因此，从不同的层面和角度去解读，它就会得出不同甚至相反的结论。这篇小说究竟想告诉人们什么？关于它的主题，有人开列出了如下四种答案：

一是从社会分配的角度来解读：平均主义可使社会稳定、人人幸福，哪怕是以"互偷"的方式荒谬地活着；分配不均就会产生两极分化，影响社会稳定，即使是文明地生存。

二是从人性的角度来解读：小说表达了对人性美的呼唤，诚实和善良是人类真正的美德，欺骗和偷盗是不文明的行为。

三是从人与环境的关系来解读：小说表现了社会环境对人物性格及其命运的影响——人们只有顺应环境并努力改变环境，才是生存的最好策略，才能避免悲剧的发生。

四是从文化冲突的角度来解读：小说揭示了先进文化与腐朽落后文化的激烈较量，人类进化充满了艰难曲折。

还有人认为，这篇小说是对世界的荒谬、堕落、人性的变异，以及丑陋的"集群现象"的批判，"诚实人"的悲剧所表达的是卡尔维诺对世界的绝望。但论者对"诚实人"却十分赞赏，认为"诚实人"是正常的，而世界是不正常的，所以诚实人是这个世界里的"他者"，就像上帝身边一群白羊中出现了一只黑羊一样扎眼刺目。那么"在一个以偷窃和谎言为常态的环境中，诚实人成为了'害群之马'"。这位论者认为，诚实人就是"黑羊"，乃至把他比喻为耶稣："在以往对卡尔维诺这篇作品的分析中，'黑羊'，也就是这位诚实的人，总是被解读成一个软弱的妥协者，质疑社会却又无力改变社会，最终因不服从游戏规则而被社会淘汰掉。但不容忽视的是，'黑羊'是一个信仰者……他是为公民带来光亮的先驱。……他家里的长明夜灯，就是某种精神信仰的象征。诚实人最终死了，他是一个伟大的殉道者。两千多年前，也有一个'黑羊'，他就是耶稣，莫非这就是卡尔维诺想告诉我们的答案？"

笔者对上述一些看法不想进行具体分析，只想指出它们的共同之处：第一个共同点，这些论断忽略了小说的寓言性，而是把它当作写实性小说来看待，由此认为"诚实人"是一种真实不虚的存在，把小说里的"偷盗"行为视为真实不虚的"偷盗"，而把这些偷盗者看作不折不扣的贼。第二个共同点，这些论断都是从社会学和道德层面来进行分析的，所以认为小说是对世界的荒谬性、堕落、人性变异、丑恶的"集群现象"的批判，或表现为社会分配、人性、人与环境的关系，以及文化冲突。而谴责偷盗，赞美"黑羊"，甚至把他视为当今的耶稣，则源于其秉持的道德判断。

这些看法是否允当，姑且不论。我想，如果从另外一个角度和层面来进行解读这篇小说，又会得出怎样的结论呢？

三

我觉得，对这篇小说还可以从哲学层面进行解读，但前提是必须把它当作寓言来读。所谓寓言，就是小说中所描述的人事物，都是某种寓意的象征或符号，而不是具象的真实存在。比如他们的"互偷"，不必理解为实实在在的"偷"，其寓意可以理解为人与人之间的相互依赖；再如"诚实人"，也不必理解为具体存在的人物，他同样是某种寓意的载体，可以理解为一种打破既有平衡的外力。

如果可以这样理解的话，我从中得出的结论与上述的一些看法则大相径庭。我认为，卡尔维诺在这篇寓言体的小说中，捅破了人际关系残酷的真相：人与人之间的关系就是一种既相互依赖，又相互索取的关系。他们的"互偷"，实际上就是"互吃"。这样的结论，是我们不愿意看到不愿意承认不愿意接受的，然而这就是人际关系的真相！

首先，这一看法是从小说的具体描述中得出的，并非笔者的臆断。请看开头的描述：

> 从前有个国家，里面人人是贼。
>
> 一到傍晚，他们手持万能钥匙和遮光灯笼出门，走到邻居家行窃。破晓时分，他们提着偷来的东西回到家里，总能发现自己家里也失窃了。
>
> 他们就这样幸福地居住在一起。没有不幸的人，因为每个人都从别人家里偷东西，别人又从别人家里偷，依次下去，直到最后一个去第一个窃贼家行窃。……所以日子倒也平稳，没有富人和穷人。

从这段描述可以看出，他们的所谓"互偷"，分明是一种相互依赖相互索取的关系，而这种关系使得人们"幸福地居住在一起""日子过得倒也平稳""没有富人和穷人"。而"诚实人"的到来，他的不参与"偷窃"破坏了游戏规则，破坏了这种相互依存的人际关系，致使出现了两极分化，富的更富，穷的更穷，而富人怕被偷变成穷人，就雇人替他们看护财富。这样，就产生了警察局和监狱。

卡尔维诺讲述"诚实人"到来后所发生的变化，我认为他的用意不是具体地要批判什么，而是强调维持相互依赖的人际关系的重要性，如果破坏了这种关系，就会导致事物发展的畸形化。

其次，这种既相互依存又相互索取的人际关系，符合事物的矛盾法则的对立统一规律。对立统一规律告诉我们，任何事物都是一个矛盾体，而矛盾的双方既相互对立又相互依赖，失去了一方，另一方也就不存在了。中国传统哲学讲的阴阳，就是矛盾的两面，如《道德经》说的："有无相生，难易相成，长短相较，高下相倾，音声相和，前后相随。"矛盾体在发展过程中有自己的运行规律，破坏了它的运行规则就会事与愿违。卡尔维诺的《黑羊》讲的就是这个道理。小说取名《黑羊》，而小说中对黑羊却一字未提。黑羊究竟是什么？在传统文化中，黑色代表邪恶，这不仅在西方，在中国也是如此。《圣经》中说上帝身边有一群白羊，而不是黑羊。因此，我们可以把黑羊理解为"他者"或"外力"或游戏规则的破坏者。从这个意义上讲，"诚实人"就是黑羊。

再次，事物的矛盾法则和对立统一规律决定着人类以及自然界万物的生存之道。在自然界，各种动物就是一种"互依互吃"的关系。老虎、狮子吃羚羊、鹿、斑马等；黄鼠狼吃鸡，鸡吃虫子，而老虎、狮子没有了羚羊、斑马等动物的存在，就会饿死。所以唯有这种"互吃"，才能"互生"。反观人类社会，又何尝不是如此呢？国家与国家之间、人与人之间、人与自然之间，都是一种既相互依存又相互索取的关系。就拿人与自然的关系来看，人类既破坏自然，又保护自然；自然靠人类保护，人类的吃穿用向自然索取，这种索取还包括对动物生命的索取，我们杀猪、宰羊、杀鱼，就是在索取这些动物的生命。从理论上讲，任何生命都是平等的，但事实上，却是弱肉强食。为了给自己加强营养而索取其他生命，这是很残忍的，但不如此，彼此便不能生存。这就是万物的"生存之道"所无法克服的悖论，但我们别无选择。

卡尔维诺的《黑羊》以艺术家的勇气和诚实，捅破了人与人之间"互依、互吃、互生"的真相！

最后，谈谈我读《黑羊》得到的启示。

第一，树立天人合一，万物平等的观念。虽然我们无力改变"相互索取"的生存之道，但我们却不能因此把伤害他人利益、肆意捕杀其他生命视为理所当然。相反，我们要树立天人合一、万物平等的观念，要尊重一切生命。树立天人合一的观念，就是把人类视为自然界的一员，既要利用自然、改造自然，又要爱护和保护自然，就是要按自然规律办事，既不能不作为，也不能胡作为、瞎作为。万物平等的观念，要求我们尊重、爱护一切生命，因为，保护自然就是保护人类自己；尊重和保护其他生命，才能更好地保护我们自己的生命。

第二，强化法律意识，坚持"合作共赢"。如今，我们已从传统的人情社会进入了法治社会。法律，就是人们在社会活动中要遵守的规则，即所谓游戏规则。因此，我们必须要学法、懂法，无论从政、经商，以及办一切事情，都要依法行事，要遵循游戏规则。唯有这样，我们才能维护社会的稳定，保护自己的合法权益，并且做到合作共赢。如果像那位"诚实人"一样，身处游戏之中，却要置身其外，就会打破平衡，害己也害人。

2023 年 12 月 23 日草拟

马克·吐温《狗的自述》：
践踏生命的人性之恶

　　马克·吐温的短篇小说《狗的自述》，创作于 1903 年，是他晚年所写的动物题材小说。小说以一个家犬作为叙述者，讲述自己和它的小狗先喜后悲的惨痛经历。有的论者认为这篇小说"充分体现了作者晚年越发沉重的幽默风格"。但我所感受到的只有"沉重"，而没有什么"幽默"。

　　这篇小说最突出的特点，是借助偶然的突发事件来透视人性的恶与虚伪。

　　自述狗是格莱先生的家犬，这个家犬的母亲喜欢听人讲话，并且把听到的话四处对同类宣扬，因此深受人的道德观念的影响。自述狗在被格莱先生领养时，临走前母亲嘱托它："当别人身处险境的时候，不要想自己，想想我，按我说的做，就当是对我的怀念吧。"格莱先生的家宽大、明亮、舒适，让这个自述狗非常惊讶和满意，而格莱先生的太太、孩子、仆人也都喜欢这个名叫麦弗宁的狗，把它当自己的家人看待。后来，自述狗也生了自己的小狗。小狗很可爱，同样受到格莱先生一家的喜爱。

　　但这种其乐融融的生活被一个突发事件打破了，格莱先生最小的孩子睡觉时，蜡烛烧着了蚊帐，当时在场的自述狗被吓得赶紧往外跑，但此时它想起了母亲的嘱托："当别人身处险境的时候，不要想自己。"于是，它赶紧返回去救孩子，它叼着孩子往外跑的时候，恰巧遇到闻讯赶来的格莱先生，格莱先生以为它是兽性发作伤害自己的孩子，一怒之下打残了自述狗的一条腿，后来得知是自己的误解，又把它当成解救孩子的英雄来看待。但问题在于，格莱先生为什么会产生这样的误会？究其原因，格莱先生还是认为狗是不通人性的畜生。

如果说怒打自述狗是误会，那么接下来发生的这件事，则暴露了格莱先生践踏生命的恶与虚伪。格莱先生是科学家，在与同行讨论"光学"问题时，仅仅为了证明自己观点的正确，居然拿自己所喜欢的小狗（自述狗所生）做实验，结果先是把小狗的眼睛弄瞎了，之后便吩咐仆人把瞎了眼的小狗活活埋掉。他对家人这样说："可怜的太太和孩子们，他们一定想不出会出这种事。明天一早他们就回来了，回来肯定会问起这只英勇的狗啊，到时候，我们谁能狠下心来告诉他们实情呢：'这个无关紧要的小家伙上不了天堂，就上畜生们该待的地方去了。'"

格莱先生这样说，说明他承认这样做是狠心，所以不愿意把实情告诉太太和孩子们；但他对自己的狠心并不感到愧疚，反倒认为埋掉小家伙是对的，是畜生们该待的地方。格莱先生为了证明自己观点的正确，拿小狗的生命做实验，充分暴露出他无视生命、践踏生命的人性之恶和虚伪。

人原本是应该有人性的，但格莱先生却没有；狗原本是有兽性的，但狗受人的熏陶并按人宣扬的道德行事，却被人残酷地杀害了。

那么，格莱先生为什么会丧失人性？作为读者，也需反躬自问，在我们身上能不能看到格莱先生的影子？这是值得深长思之的。

2023 年 2 月 17 日草拟

梅里美《马铁奥·法尔科内》： 孩子当真纯洁无瑕吗？

关于梅里美的著名短篇小说《马铁奥·法尔科内》，有论者认为："作品描写了主人公马铁奥·法尔科内因为他的儿子出卖了官兵追捕的贾奈托，亲手杀死了自己的儿子，塑造了一个讲义气、有原则的侠义之士的形象，展现了科西嘉岛古朴粗犷的民风。"而这篇小说给我印象最深的，是马铁奥只有十岁的儿子小福尔图纳托，先是掩藏后又出卖被追捕的贾奈托的经过。掩藏和出卖似乎是矛盾的，但导致他这种矛盾做法的原因却是一样的，那就是——贪欲。

起初，小福尔图纳托并不想掩藏贾奈托，他找各种理由百般推脱，但当他看到贾奈托从袋子里掏出一枚五法郎的硬币时，"一看到钱，嘴角翘起来笑了。他伸手夺过钱，然后对贾奈托说道：'没什么可怕的。'"接下来，他就在干草垛上扒开一个洞，让贾奈托钻进去，然后把一个猫和一窝小猫放在草垛上，让人觉得这就是一个常年不动的干草垛，谁都不会想到里面藏着人，他还清理了贾奈托的血迹。

追捕队长叫甘巴，和马铁奥一家还有点儿亲戚关系，他断定小福尔图纳托知道逃犯的去向，但孩子说自己躺着睡觉，没有见到什么逃犯。甘巴不信，先是以亲戚关系套近乎，接着掏出枪来进行威胁，而聪明的孩子，早已识破了他枪里的子弹已经打光了，所以根本不怕他的威胁。无奈之下，甘巴掏出了自己的一块漂亮的银表进行诱惑，不想一下子掐住了孩子的

"七寸"，小说这样描写孩子见到这块银表时的表情：

> 小福尔图纳托用眼睛的余光盯着表，那表情就像是猫嘴边放着一只鸡，因为感觉到主人的嘲笑，而迟迟没有去碰它，害怕禁不住诱惑，可又舍不得移开目光，不断地舔着嘴唇。那副样子似乎在说："主人，您可真会折磨人啊！"

但小福尔图纳托并不相信甘巴会把这么金贵漂亮的银表送给自己，甘巴则当众以自己的军衔担保，表示绝不反悔，并向孩子靠近：

> 他边说边朝孩子靠近，最后近到连孩子苍白的脸颊都能碰到。这孩子的脸表露出内心的挣扎，在贪欲和对被收留者尊重之间的挣扎。他那赤裸的胸膛剧烈地起伏着，有点喘不上气来的感觉。那块表就在他面前晃动、摇摆，还碰了他鼻子几下。最终他没有抵制住诱惑，右手缓缓地朝那块表伸去，他的手指碰到了表，它已经在他的手心里了，但钢链还在队长手里，还没有放开。表盘是天蓝色的，明显表壳刚被擦过没多久，在阳光的照射下，就如明亮的火焰……这太具有诱惑力了。

小福尔图纳托最终被这块表所俘获而出卖了贾奈托。他的出卖方式是这样的：

> 这时小福尔图纳托又把左手伸出去，向上抬起，越过了队长的肩膀，大拇指向他身后的草堆指了一下。队长立刻就明白是什么意思了。于是他把手表的钢链松开了，小福尔图纳托终于占有了这块表。拿到表后他迅速地挺起身跑了出去，动作敏捷得像鹿一样，很快就

跑到距离草堆十步远的地方。那些轻步兵们马上就去翻查那个草堆。

梅里美就是以这样毫发毕现的描写，把一个孩子在金钱诱惑下的贪欲，那种既渴望又害怕的内心矛盾、挣扎、搏斗及其言行举止，活脱脱地呈现在读者面前，塑造了一个既聪明又被贪欲所害的孩童形象。那么，孩子的贪欲是受其家庭的影响吗？不是。因为，孩子的母亲看到儿子得到的银表非常气愤，把它从孩子身上抻出来摔碎了，而他的爸爸马铁奥·法尔科内更是不能容忍他因贪欲而出卖别人，亲手用枪打死了他。这表明小福尔图纳托的贪欲不是受家庭影响所致。那么，孩子的贪欲究竟来自何处？回答应该是：贪欲是人性中与生俱来的一种根深蒂固的欲望。如果这篇小说写的是成年人的贪欲，读者会感到毫不奇怪，甚至会觉得是缺乏新意的人云亦云。而梅里美写一个孩子的贪欲，因为颠覆了人们对孩子看法，不仅让人感到意外和惊讶，也让我们深刻地领悟到贪欲是害人害己的人性痼疾。

这篇小说让我感到，作家在创作过程中，要重视对重点描写对象的选择。同样的事情，发生在不同的描写对象身上，其艺术效果是大不相同的。阎浩岗在《中国现代小说史论》一书中曾论及艺术创新的三大要素：作家的写作宗旨之新、表现形式之新、描写对象（题材和内容）之新。所谓"描写对象"之新，是说作家所选择的描写对象，是其他作家很少或没有写过的人事物，比如普希金的《驿站长》是开俄罗斯文学描写底层小人物之先河的作品，《红楼梦》打破了此前中国文学以帝王将相、才子佳人为主要描写对象的陈规。而新时期以来的"寻根文学""伤痕文学""新写实文学""先锋文学"等，都是因描写对象和题材领域的新变化所产生的文学现象。没有新发现，就没有新的描写对象和新的题材领域！

2023 年 2 月 23 日草拟

世界著名中短篇小说赏析

梅里美《卡门》：
人性视角下的恶之花

  《卡门》是梅里美赢得世界声誉和最具代表性的中篇小说。这篇小说写于 1845 年，二十九年后的 1874 年，由法国作曲家比才改编为同名歌剧《卡门》。该剧以女工、农民出身的士兵和群众为主人公，这在那个时代的作品中是罕见的、可贵的，但作者的创新，初演时并不为观众接受，但随着时间的推移，这部作品的艺术价值逐渐得到人们的认可，成为至今上演率最高的剧目之一。"卡门"这一形象成为西方文学史上的一个典型。

  《卡门》写的是漂亮妖艳的吉卜赛女郎与士兵出身的堂·何塞的爱情悲剧，也是社会悲剧。卡门以在烟厂做工、给人算命为掩护，为走私集团充当耳目。因为她持刀伤人，要被关进监狱。警卫班长堂·何塞在押送卡门去监狱的路上，被卡门的谎言所骗而放跑了她，自己却被捕入狱。出狱后，又被卡门拉入走私团伙，成了一个有名的强盗。卡门为了报答堂·何塞的解救之恩，便以身相许，但又放荡不羁，以色相勾引被勒索的对象。堂·何塞虽然做了强盗，但他心存悔意，他希望和卡门摆脱现在的生活环境，到一个安定的地方过正常的生活。但卡门却不肯舍弃现在自由自在的生活，她对堂·何塞说"你就是把我杀死我也不会答应你"，说着将堂·何塞送她的戒指从手上摘下来，扔到了草丛里。堂·何塞被激怒了，拔刀杀死了自己心爱的女人，他因此被判处绞刑。

  《卡门》之所以获得世界声誉，主要是成功地塑造了卡门这个性格独特又内涵丰富的艺术形象。在她和堂·何塞的矛盾纠葛中，不仅仅是因为一个"情"字所致，而是触及到人所面对的多种矛盾，诸如人的愿望与社会现实的矛盾、情感与理性的矛盾、个人自由与法律的矛盾、野性与文明的矛盾、主流文化和民间文化的矛盾……而所有这些矛盾，都凝聚在卡门这一人物身上，同时深刻地揭示出堂·何塞的内心矛盾。由于人物形象的多面性和丰富性，我们可以从多种侧面和角度去解读它，从而得出不同的结论。

但是，在我看到的资料中，赞扬卡门而贬低堂·何塞，这几乎形成了一种共识。对卡门誓死坚持追求个人自由的精神大加赞扬，视她的放荡不羁为"恶之花"；相反，则把堂·何塞看成一个保守的不思进取的"废物"。

上述共识的形成，我以为原因有这样两方面：其一，向往"自由"是人的本性。正如裴多菲的"生命诚可贵，爱情价更高，若为自由故，二者皆可抛"所言，尽管卡门对于自由的追求不择手段，但她那种追求自由的顽强精神，还是符合人的愿望的，从而对她的不择手段取宽容态度。其二，任何社会的法律制度，对人的自由都有所限制，因此，对社会制度的批判，就成为了争取自由的一种方式。上述共识就是从社会学的角度和西方崇尚个人自由的理念进行评价得出的结论。从批判不合理的社会制度来看，这是有一定道理的，但如果我们换一个角度，从人性的角度去评价，就会得出与上述共识相反的看法。

追求自由是人应有的权利，但有一个前提，追求个人自由的同时不能损害和限制别人的自由，即不能作恶。因为，绝对的个人自由是不存在的，如果人人都坚持个人的绝对自由，就会形成自由与自由之间的互相伤害，结果是谁都得不到自由。反观卡门，她所追求的就是不受任何约束、谁也不能管的，她那绝对自由的方法和手段就是色相勾引、走私抢劫、图财害命。所以，她所追求的自由，是通过作恶和损害别人的自由来实现的，而她追求自由的意志越是坚定不移，实际就是对于继续作恶的坚定不移，就越不值得赞扬和肯定。

再看堂·何塞，虽然做了强盗，也杀过人，但都是出于被逼无奈，他是为救卡门而杀了人，为躲避追捕才成了走私犯，因生活所迫而做了强盗，但他善良的人性未泯，他告诫自己不能乱杀无辜，他厌恶做走私犯和强盗；他的最大心愿是和卡门一起改邪归正，去过安定的生活，去做正直的人。试问，何塞想做正直的人，想过安定的生活何错之有？难道他想弃恶从善就是胆小、怕事、凡庸吗？如果按照上述论者的看法，何塞只有继续他的强盗生涯了！而任何时代和社会，都应该除恶而扬善，而不是相反。

小说的结尾已如上述，卡门因为自己的坚定不移激怒了堂·何塞而被他杀死，堂·何塞也被判处了绞刑。

这就是他们的悲剧结局。有的论者认为这个结尾，是对卡门的形象补上了完美的一笔，是对堂·何塞的挖苦和嘲讽。而在我看来，这个悲剧结局，恰恰说明梅里美并不是在赞扬卡门追求自由的坚定，而是指出卡门追求个人自由的做法，是死路一条；而堂·何塞改恶从善的愿望难以实现，是对资本主义社会腐朽性的批判，是社会的悲剧。

2023 年 2 月 26 日草拟

芥川龙之介《罗生门》：
揭开人性自私的罪恶本质

　　纵观芥川龙之介的创作，大体可分为三个阶段。早期作品多取材于日本和中国的历史故事，借古喻今，批判人性之丑恶和社会之黑暗；中期以描写日本明治维新时期的生活为主；后期的作品多取材于现实生活，如《河童》就是对资本主义社会及其制度进行了尖锐的讽刺。

　　现在我们要谈论的《罗生门》，就是他写于1915年根据历史故事改编的短篇小说。小说的故事发生在罗生门。罗生门是公元7世纪中后叶京都的正门，毁于战乱，因连年战乱和经济的萧条得不到修缮，致使这里成了一个投放死尸、动物在此攀缘觅食、强盗和鬼魂出没的可怕的地方，所以一般人对罗生门避之不及。

　　故事的主角家将来到罗生门的门楼前避雨，雨停之后，天已经黑下来了，家将想在这里找个地方过夜。他原是一个封建贵族家中的一名家将，现在被解雇了而无处可去，正在为今后自己到底是做正人君子，还是做强盗犹豫不定。他想做一个正人君子，靠自己的能力生活下去。可是那样的话，他就会饿死在街头，然后被人扔到这个门里面。所以，无论如何也不能做正人君子。最好的办法就是不择手段，家将觉得这是活下去的唯一办法。正是因为打算不择手段，所以他才会来到这里。可是，他本性善良，很难做出不择手段的事情来，他无法想象自己像一个强盗那样去谋生。所以，他又无法下定决心当一个不择手段的强盗。他原以为这罗生门夜里是

世界著名中短篇小说赏析

不会有人来的，但他却发现门楼的顶部有光亮，他小心翼翼地走上去，发现一个老太婆正在抱着一个死尸的头，用烛光照着拔上面的头发。他不知道老太太这样做的目的，"不过，他觉得老太婆的做法实在有些让人难以接受，因为她竟然敢在罗生门里拔死人的头发"。

老太太告诉他："我知道，我不应该拔死人的头发。不过，这些人活着的时候，也没干过什么好事。比如这个女人，也就是头发被我拔了的这位，她没死之前把蛇肉晒干充当干鱼肉，卖给士兵。如果她仍然活着，那么她仍然还会继续卖下去。士兵们都觉得她卖的干鱼味道鲜美，于是都纷纷购买。她之所以会那样做，还不是为了活命。如果她不那样做，就只能被活活饿死。你认为我是在做坏事，其实我也不想这样做，可是不做又如何生存下去呢？如果不这样做，我就只有死路一条可走。我也是没有办法啊。……"老太婆说话的时候，手里还攥着一把刚从尸体头上拔下来的头发。而听完老太婆的话后，家将觉得找到了知音，于是他就有了勇气，鼓起了做强盗的勇气。此时，是被饿死，还是当强盗，已经不再是困扰他的问题了。

他决定做强盗之后，就把老太婆身上的衣服扒下来，然后踢了她一脚，便扬长而去了。老太婆醒过来之后，艰难地从尸体堆里爬出来，慢慢地爬到楼梯口，不住地向下张望，她只看到了一望无际的黑暗，而家将的下落，却成了一个永远也解不开的谜。

这个故事非常简单，只写了家将和老太婆两个人，写了家将在罗生门下面避雨和在楼顶与老太婆对话两个场景，但作家对人性的观察、透视和剖析却非常透辟而发人深省。

首先，揭示出"生存环境的恶劣、人性中的自私、强盗（作恶）"三者之间的关系。连年的战乱和灾荒，唤醒并强化了人性中的自私本性，在自私心理的驱使下去当强盗而作恶。生存环境的恶化是当强盗的外因，人性中的自私是其内因，而外因通过内因起作用。所以，促使家将去当强盗的根本原因，是其挥之不去的自私心理在作怪。

其次，揭示出自私的本质是恶。自私是人性中的痼疾，可以说人皆有之，只是轻重程度不同而已，特别是在爱情方面，是非常排他和非常自私的。也正因为自私人皆有之，所以人们对自私持一种宽容的态度，只要是迫不得已，就会得到人们的谅解。比如家将说自己不当强盗做正人君子就会饿死，老太婆说自己拔死尸的头发也是没办法才干这种缺德事。而一旦找到迫不得已的理由，就有了挡箭牌，于是在当强盗和干坏事的时候就觉得心安理得了。这篇小说一针见血地指出，自私的本质是不能原谅的恶。

什么是恶？恶就是为了自己而去伤害别人，或者说，只想自己活，而不管别人能不能活。所谓"迫不得已""没办法才这样做"，纯粹是一种借口。因为，任何自私自利，都会程度不同地伤害到他人或公众的利益。所以，自私的本质是绝对不能原谅且必须杜绝的恶。小说最后让家将扒下老太婆的衣服，并把她踢到死尸堆里，还借用她刚才说的话对她说："我也是没办法啊！"这个具有反讽意味的结尾，一下子揭穿了作恶的本质是既害人也害己，而所谓迫不得已是不能作为被原谅的理由的。

普通人的自私，害己害人；君王的自私，则贪婪好战，让世界不得安宁，白姓饱受战乱之苦。

自私，乃万恶之源！

2023 年 3 月 27 日草拟
2023 年 3 月 28 日修改

世界著名中短篇小说赏析

芥川龙之介《地狱变》：
一个艺术家的悲剧命运

1918 年，已经有所名气的芥川龙之介，在《大阪每日新闻》连载较长的短篇小说《地狱变》，又译为《地狱图》。这篇小说取材于日本古籍《宇治拾遗物语》卷三中的《绘佛师良秀喜欢火烧自家记》和《古今著闻集》卷十一中的《弘高的地狱屏风图》。

这篇小说讲述一个艺术家的悲剧命运，虽然取材于历史古籍，但小说已经蕴含了芥川龙之介对世道人心的深刻体验。地狱究竟是什么样的？谁也没有见过，所谓罪魂在地狱受苦，原本是虚妄的想象，但这篇小说的令人意外和深刻之处，是让我们看到了封建领主怎样用手中的权力，把原本是想象中的地狱变成了实实在在的令人恐怖发指的"人间地狱"，同时指出了艺术至上主义的害人害己。

良秀是封建领主崛川大公的一个御用画师。他身材矮小，面目丑陋，性格乖张傲慢，总以本朝第一画师自居，因此人们对他没有好感。但他有一个女儿非常漂亮，并且聪明、善良、孝顺。良秀虽然乖僻，但非常爱他的女儿，这也是他唯一所爱的人。封建领主大公把他的女儿招入宫内做侍女，并且想纳她为妾妃，良秀却屡次三番地找大公，希望大公把女儿还给他。大公很生气，下令让良秀画"屏风地狱图"。良秀挚爱艺术，是个艺术至上的完美主义者，他作画讲究亲眼所见和亲身体验，为画出地狱中各种罪魂如何受苦，他拿自己的弟子做实验，供自己画速写。最后，他想象地狱中应该有一个烈火焚车，里面坐有一个贵妃美女的场景，于是他向大公提出了这个要求，大公欣然答应。让良秀没想到的是，到将要点火焚烧的时候，他才看到，车里坐着的美女竟然是自己的女儿，他被吓傻了。但当他看到腾腾燃烧的火焰时，似乎又忘记了正在被焚烧的女儿，转而陷入了对这一场景的体验和欣赏之中。一个月后，他将画完的"屏风地狱变"送到宫中，第二天他就悬梁自尽了。这就是作为艺术家良秀的悲剧命运。

那么，导致良秀悲剧命运的原因何在呢？

首先，与良秀的艺术至上主义有关。良秀视艺术为生命，为了艺术达到完美之境，他可以牺牲一切，比如当他的女儿被焚烧之时，他只有顷刻的惊呆，很快就忘记了女儿的生死而欣赏这个残酷的场面了。讲究艺术完美，为艺术而献身，理论上并没有什么错，但凡事都怕极端化，一极端化，就走向了自己的反面。艺术至上主义就是一种极端化的艺术观。芥川龙之介曾说："艺术家为了创作非凡的作品，在一定的时候或一定的场合下有可能把灵魂出售给恶魔，这意思当然也包括我可能做出这种事来。"事实也的确如此。良秀说："我作的画都是我看过的事物，要是没有看过的东西，哪怕勉强画出来我也不会感到满意。还不如不画。"大公命令他画"地狱变"，他当然没见过地狱，也不知道地狱里的罪魂在受酷刑时是怎样的状态，而他又要坚持画自己看到的东西，怎么办呢？他就把自己的弟子当作罪魂的原型进行折磨，比如，他把一个弟子用铁索捆起来，铁索都勒进了弟子的肌肉里，然后把弟子推倒，看着弟子躺在地上痛苦挣扎而画速写。弟子求饶，他置之不理，后来因为弟子的挣扎把装有蛇的瓶子碰倒（蛇也是供良秀用来做实验的），使得蛇爬了出来，良秀才被迫停下画笔去捉蛇，还怪弟子让他画出了败笔。可见，在他心里，弟子的性命还不如他画速写的成败重要。他还把一个弟子关在一间狭小的房子里，让怪鸟飞来飞去地去袭击他，良秀则把弟子东躲西藏战战兢兢的可怜相画下来。因此，良秀的悲剧命运可以说是咎由自取。因为他坚持的艺术至上主义违背了人性、道德和人之常情，所诱发和调动出来的是人性之恶，因此是一种极端化的害人害己的艺术观。

芥川龙之介本人在主观上也是个艺术至上主义者，正如他说自己也有可能为了艺术"把灵魂出售给恶魔"，但他的《地狱变》则超越了他的艺术观念，指出了艺术至上主义的本质及其危害性。为什么他的作品和他的艺术观发生了矛盾？这是因为"形象大于思想"。这种情况并不鲜见，比如托尔斯泰的世界观和他的创作就存在着矛盾。

其次，封建领主大公的专权淫威、惨无人道和冷酷无情，是酿成悲剧的根本原因。

小说采取第一人称写法。这个叙述者"我"，是大公的随身侍从，他已经服侍大公二十多年了。大公的行踪一般人是难以知道的，而侍从在许多时候都是见证人。跟随大公二十多年，对大公的性格和心思也比较了解，同时，作为下人，他又有机会和宫廷内外的人接触，能够多渠道地获取更多的信息。但他也仅仅是个在场的观察者，而事情的来龙去脉大公也不会告诉他，所以他是个"见其外不知其内"的知情者，他对大公的心思，一半靠观察，一半靠猜测，因此他的说法往往半真半假，让人感到云里雾里，从而使其行文形成一种引人思索的朦胧美。

显然，大公是悲剧和"人间地狱"的真正制造者。他的惨无人道和冷酷无情无须详述，因为他答应并设置陷阱将良秀的女儿活活烧死本身就说明了一切。小说通过写良秀女儿解救猴子见出她的善良，而在她被烈火焚烧的时候，猴子突然从空中跳到熊熊的烈火之中，和良秀的女儿一块被烧死，猴子的重情重义和知恩图报昭然若揭。良秀女儿的善良，猴子的重情重义，和大公的残酷无情形成了鲜明的对照。

大公为什么要烧死良秀的女儿？宫里宫外有各种议论，而这位侍从提供了两种看法："最常见的说法是，大公得不到他喜欢的东西便要毁掉它。

可是，我由大公的口气里觉察到，大公是为了惩罚那个怪脾气的画师才放火烧人的。"也许是兼而有之吧，但不管出于何种目的，放火烧人都是天理难容的暴行，是把地狱人间化的恶举。

但是，大公对自己的暴行毫无愧疚之心，恐怖的焚烧现场，把在场的人都吓得目瞪口呆，连那些凶神恶煞般的武士，都被吓得不敢说话了，而此时大公的表情却是"紧紧地咬着嘴唇，眼睛盯着这骇人的场景一动不动，不时还发出两声恶狠狠的笑声"。

大公为什么能够制造"人间地狱"？因为他手中握有不受制约的生杀大权，可见不受制约的权力是多么可怕！《地狱变》是一篇借古喻今之作，对不合理的社会制度和个人专权进行了深刻而又独到的批判。

此外，这篇小说在不长的篇幅里，成功地塑造了大公、良秀和他的女儿、猴子、侍从等人物形象，给读者留下了难忘的印象。在一个短篇小说有限的篇幅里，能够成功地塑造出这么多的人物，实在是难能可贵。究其原因，是芥川龙之介善于选取、创造少而精的场景和细节，让人物自己表现自己。比如，大公制造焚车烧人事件，良秀的女儿解救挨打的猴子，猴子纵入火中陪着良秀之女一块被烧死，良秀拿弟子当作地狱里的罪魂做实验，并向大公提出"烈火焚车烧人"的设想，等等，就是让人物在最能体现人物性格和最有表现力的一两个事件和细节中去表现自己，而避免一般性的叙述和事件的罗列。

2023 年 3 月 31 日草拟
2023 年 4 月 2 日修改

世界著名中短篇小说赏析

陀思妥耶夫斯基《诚实的小偷》：
人性复杂之因

陀思妥耶夫斯基是公认的世界级作家，高尔基说："陀思妥耶夫斯基的天才是无可辩驳的，就描写能力而言，他的才华也许只有莎士比亚可以与之并列。"也有人说："托尔斯泰代表了俄罗斯文学的广度，陀思妥耶夫斯基代表了俄罗斯文学的深度。"

陀思妥耶夫斯基以长篇小说著称，中短篇小说也有二十几篇，其中早期创作的《诚实的小偷》，虽然算不上他的代表作，但也颇有深度，耐人寻味。

这篇小说有房东、女佣阿格拉菲娜、房客阿斯塔菲·伊凡诺维奇、上门偷大衣的小偷，还有"诚实的小偷"叶梅里亚·伊里奇等人物。小说主要由房客阿斯塔菲·伊凡诺维奇向房东讲述他和"诚实的小偷"的故事。之所以要讲这个故事，是因为家里真的来了一个小偷，当着家里人的面，把衣架上的大衣取下来拿走了，等在场的人反应过来，小偷已经走远了。于是，房客向房东讲述了他如何被那个"诚实的小偷"缠上，如何留他在家吃住。阿斯塔菲·伊凡诺维奇本来是一个穷裁缝，还要养活一个白吃白住的"食客"叶梅里亚，而他们不沾亲不带故，只有一面之交。而叶梅里亚后来却偷了他一条心爱的裤子换酒喝。事发之后，叶梅里亚拒不承认是自己偷的。尽管阿斯塔菲·伊万诺维奇不再追究此事，并且诚心诚意地挽留他，但叶梅里亚还是离开了裁缝阿斯塔菲。过了几天，叶梅里亚突然又回来了，原来他病了，在临终之前，他终于承认，是他偷了裤子。

　　读了这篇小说和一些相关资料之后，让我产生了疑问。这篇小说的主人公究竟是谁？陀思妥耶夫斯基为什么要讲述这样一个故事？小说到底想说什么？为什么在讲这个故事之前，安排了一个目睹小偷盗窃的插曲？

　　关于这篇小说的主人公，有人认为"小说的焦点是一个酗酒的老人，在卑污的生活中无可挽回地堕落，却还没有失掉善良的人性"。显然，这是把被讲述的酗酒老人视为了这篇小说的主人公，而把阿斯塔菲·伊凡诺维奇当成了单纯的讲述者。而笔者恰恰认为，作品的第一主人公应该是讲述者阿斯塔菲·伊凡诺维奇，因为他不是单纯地在讲述别人的故事，而是在详细地讲述他自己的所作所为所想，他通过自己的讲述完成了人物的"自我塑造"。把因酗酒而偷窃的老人视为主人公，并不完全符合作品想要真正表达的东西。

　　作品所要表达的究竟是什么？简言之，就是要破解复杂的人性。陀思妥耶夫斯基的中短篇小说，擅长以多种形式探索复杂的人性。早在1839年，十八岁的他在给哥哥的信中说："人是一个奥秘，应该破解它。哪怕为此付出一生的代价，也不要说枉费时间。我探索这个奥秘，因为我想成为人。"而陀思妥耶夫斯基的中短篇小说，一般是通过描写生活艰难的小人物来破解人的复杂性的。就俄罗斯文学来说，普希金开创了描写小人物的先河，果戈理继承了普希金的传统，在陀思妥耶夫斯基心中，普希金是最伟大的诗人，他在上军事工程学校时则对果戈理产生了浓厚的兴趣。所以，他关注底层和小人物，显然是受到普希金和果戈理的影响的。所不同的是，果戈理和普希金笔下的小人物多半是小公务员，而陀思妥耶夫斯基在此基础上扩大了小人物的范围，他把比小公务员地位还要低下、生活更加艰难的底层平民作为作品的主人公。

　　《诚实的小偷》所描写的两个主要人物就是两个穷光蛋，以及他们的人性。故事的讲述者阿斯塔菲·伊凡诺维奇是个穷裁缝，经常找不到活儿干，他租住的房子是一间小得连一张床都放不下的房间，房主觉得没人会租这样小的房子来住；一条地主不要的裤子留给了他，他却当成宝物一样锁在箱子里，舍不得穿。他每天吃的就是面包和葱，连汤都很少喝，其生活的艰难可以想见。但是，比他还要穷的人还大有人在。比如，这个穷裁缝就被一个酗酒的老人缠上了。穷裁缝走到哪里，他跟到哪里，还要求在他住的地方过夜，成了贴在他身上的狗皮膏药。他之所以收留这个酗酒老人，是因为他觉得他"怪可怜的！"，他对酗酒老人说："要是我彻底不管你了，你一定就会彻底毁灭。"也正因为这样，他明知裤子是他偷的，但还是原谅了他，酗酒老人要离开他家，他则极力挽留，而酗酒老人走后，他"心里感到不安，简直到了吃不下饭，睡不着觉的地步"，并且责备自己："明明知道他是一个愚笨的人，又怎么能让他如此轻易地离开呢？"

一个穷光蛋裁缝，却甘愿供养一个和自己不沾亲不带故的酗酒老人，让他成为自己白吃白住的"食客"，原因就在于他的善良！而这种善良，具体表现为与生俱来的同情心。同样，女佣阿格拉菲娜，几年来很少与雇主说话，这一次则极力劝说雇主把那间小房子租给穷裁缝阿斯塔菲·伊凡诺维奇，也是因为出于对穷裁缝的同情。

由此可见，在陀思妥耶夫斯基看来，以穷裁缝阿斯塔菲·伊凡诺维奇为代表的底层民众，善良是他们的本性。而上述描写，也从侧面折射出沙俄时代贫富悬殊的社会现实，陀思妥耶夫斯基对底层民众的深切同情和关爱，就隐含在字里行间。

人性为什么是复杂的？因为人具有多面性。人既有动物性，也有人性；既有生理需求，又有道德意识；既是个体存在，又是群体中的一员；既有一定的修养，又有不好的习惯。因此，这种相互对立的性格因素相互纠缠，就导致了人性的复杂性。人的复杂性，表现在两方面：一是表现在人与人的不同。俗话说"百人百姓百脾气"，有好人，也有恶人，还有不好不坏的人。从这个角度说，穷裁缝和酗酒老人就像一枚硬币的两面，一面是善，一面是恶，但又密不可分，善与恶在不同的条件下会发生转化。二是表现为个体人自身的矛盾性。这种矛盾性，意味着没有绝对的善，也没有绝对的恶，而是善中有恶，恶中有善。之所以如此，也是因为性格因素的多面性所致。穷裁缝阿斯塔菲是最痛恨小偷的，他说："我认为，世界上没有什么东西比小偷更坏了。有的人虽然好占别人的便宜，但这家伙却偷你的劳动，你劳动时流出的汗水，你的时光。"按说，他如此痛恨小偷，是不会原谅这个偷了他裤子的老人的，但他却原谅了他。他这样的矛盾做法，是因为他一方面痛恨小偷，一方面又善良和富有同情心，是同情心战胜了他的痛恨心。读到这里，我明白了为什么阿斯塔菲在讲故事之前，安排小偷来偷大衣的插曲了，这是阿斯塔菲讲故事的由头，说明他认为小偷最坏；但后来他又原谅了偷他裤子的小偷，这就是他对小偷既恨又原谅的矛盾性，即性格的复杂性。

作为小偷的叶梅里亚·伊里奇，其性格更是一个由多种因素组成的矛盾体。他缠上穷裁缝给人一种赖皮脸的感觉，还偷了恩人的东西换酒喝，这实在是恶的表现，但诚如穷裁缝说的："不过，他并不惹是生非。性格随和，善良亲切，从不求人施舍，老是羞惭满面。"他还非常老实，说到做到，有一次穷裁缝说气话不让他进屋睡觉了，他就真的睡在过道口过夜，以致冻得瑟瑟发抖。他为什么死不承认裤子是他偷的？因为他还有廉耻心和自尊心。这件事发生之后，他为什么非要离穷裁缝而去？因为他还有羞愧感。最后他又回来了，并且承认裤子是他偷的，但这并不是像有些论者说的那样，是良心发现，笔者认为，是因为他的诚实和善良之心始终都没有泯灭。这时，他所想的，是报答收留他的恩人阿斯塔菲·伊凡诺维奇。然而，他穷得一无所有，只有一件像筛子眼一样满是窟窿的破大衣，他说自己死后让阿斯塔菲卖掉。这样的大衣是卖不出去的，但叶梅里亚的报恩之心则是极为诚恳的，因此也极为感人。这就是既善亦恶的酗酒老人叶梅里亚·伊利奇。

如果问，叶梅里亚·伊里奇的人生悲剧是谁造成的？陀思妥耶夫斯基没有把责任完全推给社会，而是主要从叶梅里亚自身和人性的角度找原因，原因就是他那强烈的欲望，具体来说，就是酗酒。酗酒就像吸毒一样，一旦上瘾，想戒掉是非常难的。正是因为酗酒，叶梅里亚被单位开除了，从此没了职业，酗酒又严重地损害了他的健康，以致成了一个什么都干不了的废人，没有钱，但又嗜酒如命，便去做小偷。由此看来，叶梅里亚·伊里奇是自己毁掉了自己的一生，是嗜酒如命的欲望造成了他的人生悲剧。

2023 年 4 月 25 日草拟

欧·亨利《最后一片叶子》：
展现人性美的"杰作"

一

《最后一片叶子》写一个老画家贝尔曼（有的译为贝尔门）用自己的惊人之举挽救了一个想轻生的年轻女画家的故事。贝尔曼握了四十年的画笔，还没有摸着艺术女神的衣裙。他老是说要画他的那幅杰作，可多少年来一直没有动笔。他除了偶尔画点儿商业广告之外，就是给雇不起专业模特儿的年轻画家当模特儿，挣一点儿钱。他喝酒无度，脾气火暴，最瞧不起别人的温情，但他心地善良，他认为"自己是专门保护楼上画室里两个年轻女画家的一只看门狗"。

三楼的两个年轻女画家一个叫苏娣（有的译为苏艾），一个叫琼西（有的译为琼珊）。苏娣和琼西是在一家饭店吃饭时认识的，因为两个人对艺术、饮食、衣着有共同的爱好和看法，于是二人便在这个叫格林尼治的贫民小区合租了一个又宽又矮的三层砖房顶层，作为她们的画室。那时是 5 月，到了 11 月，小区里流行肺炎，有几十个人被感染，琼西也被肺炎击中。医生告诉苏娣，说琼西的病只有十分之一恢复的希望，如果病人开始计算有多少马车给自己送葬，那治疗效果又要减掉百分之五十。相反，如果病人还心存念想，还想活下去的话，恢复的希望可以从十分之一提高到五分之一。

听了医生的话，苏娣为琼西的病情担心，她躲在自己的画室里把一条日本餐巾哭得湿成了一团。然后她拿着画板，装作精神抖擞的样子走进琼西的屋子，嘴里还吹着爵士音乐的调子。她看到琼西躺在床上一动不动，以为她睡着了，但听到她用极微弱的声音在倒着数数。苏娣问她数什么，她说在数窗外那棵常春藤掉下的叶子，"现在已经掉得只剩下五片叶子了，等最后一片叶子掉下来的时候，我也该去了"。苏娣鼓励她说："医生说你的病有九成能治好的希望，不要胡思乱想了。"苏娣因为要为杂志社画插图，嘱咐琼西不要再数掉下来的叶子，便下楼去请贝尔曼给自己要画的隐居老矿工当模特儿。苏娣把琼西的病情和她的轻生念头告诉了贝尔曼。贝尔曼听了很生气，一方面埋怨琼西把自己的生命和落叶联系起来，一方面又责怪苏娣不应该让琼西胡思乱想，甚至说不想给苏娣当模特儿。看到苏娣生气，贝尔曼又否认了自己刚才说过不愿意给她当模特儿的话，于是立即跟着苏娣往楼上走，并说："琼西这么好的姑娘真不应该躺在这种地方生病。总有一天我要画一幅杰作，我们就可以搬出去了。"

　　贝尔曼跟着苏娣来到楼上，看到琼西正在睡觉，苏娣便和他到隔壁屋子里去，在那里提心吊胆地瞅着窗外那棵常青藤。他们默默无言，彼此对望了一会儿。寒冷的雨夹着雪花不停地下着……第二天早晨，让琼西感到意外的是，经过了一夜风吹雨打，她看到："在砖墙上还挂着一片藤叶。它是常青藤上最后的一片叶子。"

　　这时候琼西尽管纳闷儿，但她还是觉得这片叶子会掉下来，因此他对苏娣说："我想看那最后一片叶子掉下来，我等得不耐烦了，也想得不耐烦了。我想摆脱一切，飘下去，飘下去，像一片可怜的疲倦的叶子那样。"又经过一夜的风雨，那片叶子仍然没有掉下来。琼西觉得有了活下去的希望，她要求坐起来，看苏娣做饭，并且对她说希望有一天能去画那不勒斯海湾，她说自己是坏女孩，因为自己一度想死是有罪的。医生第二次来后告诉苏娣，琼西的病有了五成治愈的希望。到医生第三次来时，他告诉苏娣："她已经脱离危险了，你成功了。现在只剩下营养和护理了。"

医生走后，苏娣对琼西说："贝尔曼先生今天在医院里患肺炎去世了。他只病了两天。头一天早晨，门房发现他在楼下自己那间房里痛得动弹不了，他的鞋子和衣服全都湿透了，冰凉冰凉的。他们搞不清楚在那个凄风苦雨的夜晚，他究竟到哪里去了。后来他们发现了一盏没有熄灭的灯笼，一把挪动过地方的梯子，几支扔得满地的画笔，还有一块调色板上面涂抹着绿色和黄色的颜料，还有——亲爱的，瞧瞧窗子外面，瞧瞧那墙上最后一片藤叶。难道你没想过，为什么风刮得那样厉害，它却从来不摇一摇、动一动呢？唉，亲爱的，这片叶子才是贝尔曼的杰作——就是最后一片叶子掉下来的晚上，他把它画在那里的。"小说到此戛然而止。

二

《最后一片叶子》创作于 1908 年，是欧·亨利最后写的一篇小说，也是一篇惊世之作。欧·亨利的小说最具特色的是结尾，被誉为"欧·亨利式结尾"。他的小说另一个突出特点就是小人物情结，在对资本主义社会的黑暗、不公进行批判揭露的同时，对底层民众和小人物进行了热情的、由衷的歌颂和赞美。赞美他们彼此间的互助互爱，赞美他们的心灵和人性之美。小人物伟大，是欧·亨利一贯表现的主题。《最后一片叶子》就是其中比较典型的一篇。

鲜明突出、过目难忘的人物形象，是这篇小说最突出的特征。小说只有四个人物，老画家贝尔曼和两个年轻的女画家，一个叫苏娣，一个是患有肺炎的琼西，还有一个就是起穿针引线作用的医生。虽然医生对表现主题并不重要，却是一个不可或缺的人物，正是这个出场三次的人物，让老画家贝尔曼和两个年轻画家发生了交集，才引发出老画家的惊人之举。

苏娣和琼西可谓萍水相逢的画友，只因艺术见解和生活趣味相投才合租了一处画室。到琼西患有严重肺炎，她们相处的时间只有半年左右，但苏娣就像亲姐姐一样，细心地、无微不至地照顾着琼西，为她担心，为她哭泣，为她请医生，为她做饭和熬鸡汤，为了不让她因轻生而胡思乱想，故意淡化她的病情，告诉她医生说完全有把握把她的病治好，从精神上安慰她、鼓励她，这种彼此间不是亲人，胜似亲人的相互依赖和无私帮助，正是小人物人性之美之善的体现。其中，患有严重肺炎的年轻女画家琼西尤其不可或缺，因为小说所发生的一切都是因为她患病而引起，没有她，就没有这篇小说。不仅如此，这个人物还具有人性的深度和警示意义。

琼西在病中的胡思乱想触及了人们普遍存在的弱点。她无来由地把自己的生命和落叶联系在一起，觉得当最后一片叶子落下来的时候，自己的生命也就结束了。琼西的这种想法，我把它称作"主观意念的对象化"。落叶和人的生命本无瓜葛，是琼西借助藤叶把自己的主观意念对象化了。琼西硬要把本不相干的二者联系在一起，看似是她一个人的胡思乱想，其实很多人在身陷逆境的时候，都会有类似的胡思乱想，比如抽签、算命、扔硬币看正反面，以及通过谐音以测吉凶，等等。这种胡思乱想说明了什么呢？说明很多人在身处困境时会丧失自信力，暴露出人性中软弱的一面，既想缴械投降，但还心存侥幸，希望天助我也。人也往往是矛盾的，就像琼西，她既想看到最后一片藤叶落下来，又害怕它真的掉下来。想看到藤叶掉下来，是因为在意识层面她已经自我放弃了，而在潜意识层面，她还想活下去，她对落叶的等待，其实还暗暗地包含着希望它不掉下来的愿望。这愿望连她自己恐怕也没有感觉到。

琼西的转危为安说明了什么呢？说明精神、信仰、信念是具有能量的。当琼西被病魔折磨得失去了活下去的信心的时候，医生说她的治愈率只有十分之一；说如果能够唤起她对生活的一些念想，那治愈率就会增加到五成。后来，当琼西看到那最后一片叶子，在经过整整一夜的凄风苦雨的吹打后，居然没有掉下来，立刻给了她战胜病魔的勇气和信心，于是很快就转危为安了。胜利往往在于再坚持一下的努力之中。那么靠什么来坚持呢？就是靠着一种精神，信仰和信念。比如江姐、邱少云等革命烈士，他们之所以能够经受住难以忍受的严刑拷打和大火的焚烧，就是明证。

琼西轻生，可谓害己害人。琼西由于轻生差一点丧命，这是害己；老画家贝尔曼因她的轻生而献出了自己的生命，这是害人。琼西从自己的切身感受体会到了这一点，所以她说自己是个"坏女孩"，说"轻生是有罪过的"。因此，它给予我们的启示是：生命是宝贵的，无论自身的处境多么艰难，都要珍惜生命！

三

毫无疑问，老画家贝尔曼是欧·亨利精心塑造的人物，但直接描写他的文字却很少，只写苏娣去他家请他当模特儿，和他跟着苏娣到画室后的情景。而他给人印象最深的、让人过目难忘的最为主要的行动，即为挽救一个年轻的生命，不惜在凄风苦雨之夜趴在高高的梯子上，在墙上画出一片叶子的感人情景。小说没有直接描写，而是在结尾时，由苏娣转述给琼西。我觉得这样的处理，正是作家的高明之处，倘若直接描写，不仅有很多不便，而且会导致悬念顿失，就不会产生强烈的、让人过目难忘的艺术效果。

作家为什么要这样写？为什么能用极少的文字塑造出让人过目难忘的感人形象？

原因一，贝尔曼的行动本身感人至深。尽管贝尔曼拿了四十年的画笔还没有摸到艺术女神的衣裙；尽管他只能靠给雇不起专业模特儿的年轻画家当模特儿为生，但他坚信自己"总有一天会画一幅杰作"；尽管他其貌不扬、脾气火暴，但他心地善良，胸怀大爱，甚至认为自己就是保护楼上两个年轻女画家的"看家狗"。当他得知琼西把自己的生命与落叶联系在一起而胡思乱想时，为了打消她这个古怪的念头，忘记了自己的年高体弱，不声不响地在雨雪交加的寒夜，登高在墙上画出了一片叶子。他的无私忘我之爱，他为挽救他人性命而患急性肺炎失去了自己的生命，怎么能不让人感动和难忘！而他画在墙上的这片永不凋零的"最后一片叶子"，难道仅仅是画作吗？不，它是老画家贝尔曼博爱精神的外化和象征，是一幅展现贝尔曼人性之美之善的杰作！

原因二，在艺术世界中具有合理性。比如，贝尔曼和琼西既没有血缘关系，又非亲非故，只不过是相识不久的同行和邻居而已，他却为挽救她的生命而献出了自己的生命，这在现实生活中是极为罕见的，因此它的真实性是令人生疑的。还有，贝尔曼年高体弱，为什么非要在凄风苦雨的寒夜去画这最后一片叶子？这有种故作惊人之举的感觉，其真实性也受到质疑。但我们读这篇小说时，却觉得它真实可信并为之深受感动。这是为什么呢？因为现实世界和艺术世界是既有联系又有区别的两个世界。现实生活中的真实写进作品，也可能失真；而在艺术品中虚构的东西，却能获得真实性而被读者认可。这两种真实有不同的衡量标准。写真人真事的作品，只有符合艺术真实的标准，才能获得其真实性。那么，艺术真实的标准是什么呢？就是要符合小说自身发展的内在逻辑和规定情境。贝尔曼的所作所为就符合这篇小说的内在逻辑和规定情境。在小说中，贝尔曼冒着雨雪在墙上画藤叶时还没病倒，他也没料到自己会死，他只是救人心切，所以是真实可信的。至于他为什么要在下着雨雪的寒夜去作这幅画，因为当他得知了琼西的胡思乱想，她要随最后一片叶子的掉落而死去时，树上已经剩下最后一片叶子了，如果不连夜在墙上画出一片叶子，这最后一片叶子一定会掉下来的。所以，贝尔曼寒夜在墙上作画，是情势所迫，不得不如此。

总之，艺术的真实不同于生活的真实，现实世界与艺术世界是既有联系又有区别的两个不同世界。二者有联系，是因为艺术来源于现实生活，借用现实生活中的具体材料；二者有不同，是因为各自相互独立，各有各的存在条件和运行规则。如果说现实世界是一个凌乱的无序的世界，艺术世界则是一个完满的、有序的、有因果联系的自足的世界。生活真实是个别事物的具体的真实，艺术真实则是更具普遍性、典型性、本质的真实；生活真实不能虚构和夸张，艺术则必须进行虚构并允许夸张。由于生活和艺术是两个不同的世界，所以艺术的真实性放在现实生活中可能是不真实的；相反，描写真人真事的作品，如果在艺术世界中也可能是不合理的，也会失去真实性。

　　　　　　　　　　　　　　　2023 年 11 月 30 日草拟

艾丽丝·门罗《逃离》：
卡拉究竟为什么逃离？

一

　　《逃离》讲述了家庭主妇卡拉两次逃离的故事。第一次，她从父母家逃离后，便和父母看不起的丈夫克拉克生活在一起。他们在一个小镇经营跑马场的生意，因为生意的不景气、与丈夫的分歧，还有她自身的矛盾性，导致了她的又一次逃离。

　　小说重点写的是她第二次逃离的前因后果。

　　由于夏季没完没了的阴雨连绵，跑马场的环形跑道有一片的积水大得像湖一样，致使生意很不景气。丈夫克拉克的脾气也变得乖戾，不仅经常对卡拉发火，还动不动就和人吵架。小白羊是卡拉和克拉克的开心果，可是前两天却丢失了，这更让他们烦上加烦。为了找到小白羊，克拉克还在网上发布了寻找广告。

　　无意间，克拉克在报纸上发现了一条讣告，其中提到死者贾米森先生是一个诗人，五年前曾获得过一笔为数不少的诗歌奖奖金，克拉克由此产生了敲诈贾米森太太西尔维亚的念头。他和卡拉商量此事，卡拉开始是反对的，但克拉克却总是乐此不疲地说这件事，即便在晚上二人独处的时刻，也谈及此事。这时卡拉告诉丈夫，她在照料病中的贾米森先生时，这个老家伙曾对她有过性骚扰。这原本是卡拉编出来闹着玩的，却让丈夫找到了进行敲诈的依据，并且制定出一个完整的行动计划。这个计划是声言要在报纸上登广告进行威胁，从而让西尔维亚为顾及贾米森先生的名誉自愿拿出钱来。具体实施步骤：先让卡拉出面去找西尔维亚说贾米森先生曾对她有过性骚扰，这时克拉克到来，表现出怒不可遏的样子，并声言要登报将贾米森先生的丑事公之于众。克拉克认为这个方略有戏，就等着西尔维亚从希腊度假回来后具体实施了。卡拉从心眼儿里并不赞同这个计划，但她却糊里糊涂地为丈夫的敲诈计划提供了伪证。所以，她认为这也是她自己犯的错。对于卡拉来说，去执行丈夫这个敲诈计划，比起丢失小白山羊更让她烦恼。也正因为这样，当卡拉看到西尔维亚开着车从机场回来时，故意不让她看见自己，也不把她回来的消息告诉丈夫克拉克。

西尔维亚到家之后，就给克拉克打电话，要求卡拉去帮她收拾房间，这正合克拉克的心意。在丈夫的催促下，卡拉去到西尔维亚家。因卡拉在贾米森先生去世后不仅帮助西尔维亚处理遗物、清洗房间，还在精神上给予她极大的慰藉，特别是卡拉无意间在她头上的那一吻，更让她心怀感激而难以忘怀，她对卡拉产生了一种类似母亲对女儿般的爱意。为此，她特意从希腊为卡拉带回了两件礼物。但出乎她意外的是，眼下她看到的是始终沉默不语的卡拉，与那个她印象中爱说爱笑、欢快活泼的卡拉判若两人，对自己送给她的礼物，似乎也不感兴趣。而且，她看到卡拉非常紧张，身上发抖，嘴里连连说："太可怕了！太可怕了！"西尔维亚问她在怕什么，她说是因为自己的丈夫，并说自己实在是受不了了，因此想逃走，但她既没有钱，也不知道逃到哪里去。西尔维亚决定为她的逃离提供帮助，便和多伦多的朋友联系，让卡拉先住到她那里，朋友答应下米。于是，卡拉从西尔维亚家逃离了。

这里有两个细节耐人寻味：一是决定逃离后的卡拉，不再紧张了，并且吃饭时也主动喝了杯酒。她端着酒杯对西尔维亚说："当你有了朋友，我指的是像你这样的朋友……我也许连抿一口都是不应该的，不过我要干

世界著名中短篇小说赏析

了这一杯。"二是她在准备逃离时，给丈夫写了个字条，让西尔维亚等她离开后送到信箱里。因为写字条时紧张，出现了别字："我已经走了，我不会有是（事）的。"

卡拉坐在去往多伦多的大巴上，先是感到了一阵轻松，但随着汽车的渐开渐远，她对自己的逃离又心生悔意，于是下了大巴，打电话让丈夫接她回家。

这天晚上，克拉克来到西尔维亚家。他先把一个袋子扔给她，袋子里装着西尔维亚借给卡拉穿的衣服，然后愤怒地警告她今后不要干涉他的家庭生活。正在这时，小白羊在雾气蒙蒙之中像一个小精灵一样出现在他们面前，他们俩吓得简直要尿裤子了。也正是因为他们的害怕，使得两个互有敌意的人，为了克服恐惧而相互靠近，化敌为友，以防不测。当克拉克离开时，两个人竟然像朋友似的相互挥手告别。

后来，卡拉收到西尔维亚一封道歉信，说自己不该干预她和克拉克的生活，希望得到她的谅解，信中还讲了那天晚上小白羊的突然出现，以及她和克拉克化敌为友、挥手告别的情景。

二

《逃离》究竟表现的是什么？许多论者认为就像小说的标题那样，它所表现的就是卡拉的逃离。那么，卡拉为什么要逃离？她逃离的是什么？为什么逃离之后又主动回归？卡拉和小白羊是什么关系？

让我们列举如下一些说法：

逃离是潜意识深处的本能和愿望。在这篇小说中，羊就是卡拉，羊的逃跑就是卡拉的愿望：孱弱又果敢，即使受伤也要逃离的愿望。或者换一种理解：在卡拉的意识深处，她的梦境，她无数走神的光阴，早已经出走了很多次。卡拉觉得心中有一根刺，这根刺在深呼吸时让她感到有些疼痛。这根刺是什么呢？这位论者认为："刺，是婚姻中那些朦胧不清的痛，只要不深呼吸，就可以当作不存在，甚至，随着时间，它会成为心的一部分。对逃离的渴望……无止境的渴望。是即使再也没有心力重来一次，也不会消失的渴望……""作者通过隐喻的手法，表现了逃离是人的潜意识和本能……代表了对生活的反抗和对自由的向往。"显然，这种看法认为卡拉的逃离出自人的本能，"即使受伤也要逃离的愿望"。

逃离是对不幸婚姻和庸常生活的反抗方式。人人皆被生活所围困，于是，逃离就成了人们最简单的反抗方式。生活将人牢牢地锁在盲目而无聊的凡俗状态里，卡拉正是意识到了庸常生活对精神的压迫和抑制，选择了逃离，去追寻自由和新生，这是卡拉逃离的根本原因。那么，逃离之后的卡拉，为何又主动回到丈夫身边呢？有论者是这样认为的："第一是对逃离这一行动的反思（指第一次逃离父母），逃离后的生活并不如她想象的那样幸福，依然平凡而庸俗。第二是从生活的本质的层面思考。逃离不过是从一个生活的出口逃到另一个生活的入口，卡拉的选择，不能简单地归结为性格懦弱，而应理解为一种与庸常生活的妥协，这种妥协象征着我们大多数人面对庸常生活的无力感。"

这两种看法在具体说法上略有不同，但二者在本质上是相同的。二者都对卡拉的逃离持肯定态度，或者认为其逃离是人的本性使然，或者认定逃离是对庸常生活的反抗方式。这两种看法都是"从固有概念出发"的评论。比如，无论认为逃离是人的本性，还是认为逃离是人反抗庸常生活的方式，表面上这似乎是对卡拉逃离的肯定，而实际上则是在论述"逃离"作为一种观念的合理性和必要性，即对一种固有概念的阐释，而缺乏的则是对人物行为有理有据的具体分析。

还有人认为，在卡拉的潜意识里觉察到了贾米森太太有一种期望，就是期望卡拉逃离她的丈夫克拉克。因此，她想要迎合西尔维亚的期望。这种看法不符合作品实际，且有些武断。事实上，是卡拉先连连说"太可怕了""我受不了了"，西尔维亚问其缘故，卡拉回答说因为她的丈夫，并且说自己想逃离。西尔维亚听后表示理解，并提供具体帮助。因此，西尔维亚对卡拉的逃离应该说是理解和帮助，而不是久存于心的所谓期望。帮助、支持和固有的期望有着质的区别，前者是善意的支持，后者则是恶意的挑唆，二者是不能混为一谈的。

<h1 style="text-align:center">三</h1>

虽然小说名曰"逃离"，也的确描写了卡拉逃离而又回归的全过程，但小说所要表现的内核，我以为并不是逃离本身，或者说，逃离和回归只是小说的外壳或载体。只要我们细读作品，就不难发现，卡拉的逃离另有深意存焉。要领悟作品的深意，必须弄清这样几个问题：第一，从主观上说，卡拉是不是真的想逃离？或者说，逃离是不是她的内心愿望？第二，她逃离的真正原因是什么？第三，小白羊是不是卡拉"向往自由而逃离"的象征？

先说第一个问题。卡拉这一次的逃离，从主观上看，预先并没有想法和计划。小说一开头这样描写卡拉看到贾米森太太西尔维亚开车回来的情景：

在汽车还没有翻过小山——附近的人都把这稍稍隆起的土堆称为小山——的顶部时，卡拉就已经听到声音了。那是她呀，她想。是贾米森太太西尔维亚从希腊度假回来了。她站在马厩房门的后面——只是更靠里一些的地方，这样就不至于一下子让人瞥见——朝贾米森太太驾车必经的那条路望过去，贾米森太太就住在和克拉克的家再进去半英里的地方。

　　这一段描写告诉读者，卡拉非常关注贾米森太太从希腊度假回来，但她又不想让她看见自己，所以她站在"马厩靠里一些的地方"。还交代了卡拉和贾米森太太是相隔半英里的邻居，卡拉不仅不想让西尔维亚看到自己，她甚至希望自己看到的人，不是从希腊度假回来的贾米森太太，"倘若开车的人是准备拐向他们家的大门的，车子应该减速了。可是卡拉仍然抱着希望。但愿那不是她呀"。这就清楚地说明，卡拉现在根本不希望贾米森太太从希腊回来。不仅如此，她明明知道丈夫克拉克正在等待着贾米森太太的归来，但她没有把贾米森太太回来的消息告诉他。再者，卡拉是从西尔维亚家逃离的，如果这是她计划好的逃离地点和方式，那么她应该盼着西尔维亚的归来，但实际上这与卡拉的希望恰恰相反——她不希望她回来。为什么呢？结论只能是：卡拉在去找贾米森太太之前，根本就没有逃离的愿望和计划。如果她打算从贾米森太太西尔维亚家逃离的话，必然要带上自己所需要的用品，可是作品清楚地告诉我们，当卡拉对贾米森太太说自己想逃走时，她身无分文，连替换的衣服都没带，钱和衣服都是贾米森太太借给她的。

　　问题来了，既然卡拉没有逃离的想法，为什么又逃离了呢？这就涉及了第二和第三个问题，卡拉逃离的根本原因以及小白羊象征着什么。

　　小白羊弗洛拉的确具有象征意义，但说它就是卡拉本人的象征，或者说是卡拉逃离愿望的象征，则缺乏依据。因为根据上述的分析，卡拉这一次的逃离完全是迫不得已的临时动议，她事先根本就没想逃离。因此，说小白羊是卡拉或她的逃离愿望的象征是不能成立的。

　　请看小白羊弗洛拉的来历：

　　　弗洛拉是克拉克有一回上某个农场买些马具时带回来的，当时它还是只比小羊羔大不了多少的半大畜生呢。那个农场的人不想再做田舍翁了——他们把他们的马全卖掉了，可是山羊却没能处理出去。克拉克听说在畜棚里养只山羊可以起到抚慰马匹的作用，便想试一试。……起初，它完全是克拉克的小宠物，跟着他到处跑，在他跟前欢跳争宠。它像小猫一样敏捷、优雅、挑逗，又像情窦初开的天真女孩，常常让他们喜欢得乐不可支。可是再长大些之后，它好像更加依恋卡拉了，这种依恋使得它突然间变得明智，也不那么轻佻了——相反，它似乎多了几分内在的蕴藉，有了能看透一切的智慧。卡拉对待马匹的态度是温和的，同时也是很严格要求的，有点像母亲的态度，可她与弗洛拉的关系却不是同一回事，弗洛拉一点儿都不让她有任何优越感。

从这段描写来看，如果说小白羊具有象征意义的话，我认为它是真善美的象征。小白羊不仅仅属于卡拉，而且是她和丈夫克拉克共同拥有的宠物。因此，可以认为小白羊是卡拉和克拉克善良本性的象征。这就是说，在卡拉和克拉克的人性之中，都有善的一面。然而和所有的人一样，在他们的性格因素之中，同样存在着与善对立的另一面——恶，具体表现为私欲。因为这种私欲的存在，使得克拉克在生意不景气的情况下，滋生出敲诈贾米森太太的念头，卡拉虽然不赞成丈夫这样做，但她却不经意编造了贾米森先生曾对她有过性骚扰的假话。尽管她没有害人之心，但她为丈夫的敲诈计划提供了伪证，所以在客观上她也是制定这一计划的参与者。卡拉意识到自己犯了错，但已覆水难收。她知道，这时她即便告诉丈夫说自己说的是假话，丈夫也是不愿意相信的。因此，卡拉因为不想去执行这个计划，所以才怕贾米森太太看到自己，也不把她从希腊回来的消息告诉克拉克；小白羊的丢失让她烦恼，但执行丈夫的敲诈计划，比小白羊的丢失更让她烦恼。可是，她找不到阻止丈夫这样做的理由。卡拉就是在内心极为矛盾的情况下，硬着头皮来到贾米森太太家的，目的是执行丈夫制定的敲诈计划。但善良毕竟是卡拉性格中的主导方面，她从心眼儿里也不想敲诈西尔维亚，尤其是看到对自己这样热情，还特意从希腊给自己带来了礼物，并且在西尔维亚的友好和热情里，卡拉似乎感到了一种母亲对女儿般的爱意。她的内心有了一种深深的负罪感，简直就是一种难以忍受的精神煎熬。

卡拉接下来的逃离，可以说是一种不知所措的躲避。深深的负罪感使她无法面对贾米森太太，必须赶快离开她；卡拉没有完成敲诈计划，不好向丈夫交代，所以为躲避丈夫而一走了之。但这都是外在的逃离理由，卡拉更想躲避的，是自己一时糊涂所犯下的错误。而卡拉逃离之后又主动回归，则意味着她从迷失中醒来，亦即善良本性的回归。因此，她对自己所犯的错误，不再是躲避，而要勇敢地面对。

同样，克拉克本质上也是善良的。他制定这个敲诈计划，是因为生意的冷清让他乱了方寸，是一时的"利令智昏"，致使性格因素中善良的一面被膨胀了的私欲所取代。小白羊的丢失，就是他的善良本性迷失的象征。卡拉的逃离让他从迷失中醒来，所以，他没有责备卡拉的逃离。当夜他去送还西尔维亚借给卡拉的衣服时，对自己制定的敲诈计划也一字没提。这时小白羊精灵般的突然出现，也意味着克拉克一度迷失的善良本性的回归。也正因为如此，他和西尔维亚原本敌对的两个人，最后却能像朋友一样相互友好地挥手告别。

《逃离》所表现的并不是卡拉所谓的逃离愿望，而是对庸常生活中复杂人性的具体呈现，小说没有离奇曲折的情节，而是通过人物难以言表的心理活动和习焉不察的细节来表现人性中两种对立因素的相互缠绕、较量、博弈，以及人物善良本性从迷失到回归的心路历程。

2024 年 3 月 22 日草拟

社会现实与人的命运

普希金《黑桃皇后》：
对社会和人性的双重审视和批判

　　读普希金的《黑桃皇后》，我首先想到的是，激发他创作冲动的是什么？作品有没有原型？但不得而知。

　　我揣想有这样两种可能，一是揭示上流社会生活的奢侈以及贫富悬殊的社会现状所造成的悲剧。有的论者认为小说"预示了俄国资本主义的临近"，这只能说是根据葛尔曼的性格所做出的推断，未必是普希金想要表达的。二是揭示葛尔曼强烈的发财欲望所造成的害人害己的悲剧。葛尔曼想改变自己的命运，但他没有害人的主观动机，他只是想通过莉莎小姐认识伯爵夫人，让伯爵夫人把赌博制胜的秘诀告诉他。所谓秘诀，本是一种谣传，伯爵夫人当然说不出来，但葛尔曼不信，便掏出手枪（没装子弹）逼她说，伯爵夫人就这样被吓死了。事发之后，葛尔曼在莉莎小姐的帮助下逃走了。

　　葛尔曼并没有因此放弃对"三张王牌"的痴迷，他日思夜想，在幻觉中看到了死去的伯爵夫人来找他，并把制胜的三张王牌告诉了他，而他在赌场上果然赢了两次，这更让他对自己得到的制胜秘诀深信不疑，于是第三次将前两次赢来的钱全部押上，结果这次不灵了，把钱输了个精光，葛尔曼因此变成了穷光蛋和疯子。

　　若问，葛尔曼是怎么疯的？答曰：因贪婪的欲望落空而疯。伯爵夫人是谁杀死的？答曰：是葛尔曼，但他不是用手枪，而是他的贪欲吓死了伯爵夫人，他对准伯爵夫人的手枪，不过是他的贪欲的外化而已。由此可知，贪婪的欲望也能杀人害己。这是普希金对人性弱点的揭示与批判。

我们还应该进一步追问，葛尔曼想通过赌博发财的想法是怎么来的？归根结底，是因贫富悬殊的差距和上流社会的发财黑幕造成的。这是普希金对不合理的社会制度的批判。

由此我认为，《黑桃皇后》是对人性弱点和社会制度的双重批判。

2023 年 1 月 28 日草拟

2023 年 2 月 18 日修改

杰克·伦敦《热爱生命》：
二律背反的生存现实

　　《热爱生命》是杰克·伦敦著名的短篇小说之一。小说写了两个淘金者带着他们的金子回家，一路要经受北极零下 50 度的寒冷，路途漫长，荒无人烟，寸草难见。这两个淘金者，一个没有交代姓名，一个叫比尔，作品主要写这个没有姓名的淘金者，扭伤了脚，行走艰难，同伴比尔却丢下他自己走了。严寒、脚伤、饥饿，使他体力越来越弱，行走艰难，脚磨破不能再走，他就爬行，还得时时防备尾随在身后的病狼的袭击，他时时刻刻都有饿死、冻死、被野兽吃掉的危险，但强烈的求生欲望使他战胜了严寒、饥饿、伤病，在与狼的搏斗中获胜，最终被科考人员发现而获救，而先行的比尔却被野兽啃光了骨头。

　　读《热爱生命》，我感受最深的是这样几点：

　　其一，小说让我们懂得了什么叫热爱生命。所谓热爱生命，不仅仅是一种求生的愿望，更重要的是把这种愿望体现在具体的行动上，即在难以生存的极端条件下，与种种艰难困苦进行搏斗的勇气和顽强意志力，就像这位无名的淘金者那样，不能走了就爬，爬不动了，即便像虫子蠕动，也要一点一点往前挪。他是趴在地上与狼搏斗的，他先用双手和狼厮打，后来硬是用牙齿咬死了狼并喝了狼血。尽管他没有力气亲自爬到自己想爬到的地方，却被人发现而获救。

　　我在读的时候，很希望让这个人自己爬到海岸，细想，还是作者的处理比较高明。不写他自己爬到海岸边,而写在距离海岸不远的地方一点儿也爬不动了,是被科考船上的人发现而获救。这样写比较真实可信,相反,让一个奄奄一息的人爬到海岸边并呼救,是不切实际的。他的获救能给人这样的启发:只要自己竭尽全力地去拼搏,就有可能得到贵人相助而获得成功。反之,自己不努力,即使有贵人也无济于事。

其二,热爱生命不能被身外之物所累。两个淘金者的身上都带着他们挣来的金子。无名的淘金者在体力不支的情况下,把所带的金子陆陆续续扔掉了,这就节省了体力而能轻装前进。而没有受伤、只顾自己逃生的比尔,却被野兽啃光了骨头,可见比尔的死是被金子所累。

其三,小说在颂扬热爱生命的同时,也揭示出人与人以及人与动物之间,为求生存所表现出的自私和残酷无情。比如,比尔在同伴受伤的情况下,丢下同伴自己逃生,对于同伴在身后的呼喊他充耳不闻,结果被身上的金子所累,在孤立无援的情况下,被野兽吃掉了。如果他不这样自私而和同伴同行,或许不会是这样的结果。而在人与狼的搏斗中,更是一种不是你死就是我活的关系,小说这样描述他与狼的对峙:

> 爬行,晕倒,继续爬行。膝盖和脚的血在他爬过的苔藓和岩石留下了一道很长的血渍,他把衬衫撕下来垫住膝盖,也没能止住淋漓的鲜血。那头狼一刻不停地跟着他,不时地传出咳嗽和哮喘的声音。它饥饿的时候,就舔地上血渍,有一回他正好回头看见。也让他提前看到了自己的未来,不是这只狼死,就是自己死。为了生存,在荒野里上演了残酷的一幕。两个生灵就这样都拖着病弱的身体,一个爬着,一个跛着,都想取对方的生命。

在这里,人与狼求生存的愿望都是合理的、应该的,在那样严酷的环境中,二者不能同时并存,一方的存在必须将一方置于死地。热爱自己的生命却要以牺牲他者的生命为代价，这是多么自私，多么残酷！然而，这就是矛盾无处不在的世界，这就是二律背反的生存现实！我们不得不钦佩作家对世界与人的精细观察和深刻体验。

2023 年 2 月 9 日草拟

2023 年 2 月 18 日修改

杰克·伦敦《荒野的呼唤》：
生存环境与雪橇狗的命运

　　杰克·伦敦的中篇小说《荒野的呼唤》，写一条叫布克的狗，从美国温暖的南方被人偷卖到阿拉斯加成为一个雪橇狗，最后被迫回归自然的坎坷经历和命运。

　　这部中篇的构思颇具匠心，作者想要揭示的是在金钱至上的世态人心，从而聚焦在阿拉斯加，那里有来自不同国家的淘金者的发财梦，体现了金钱对人以及人际关系的影响。但这部小说没有去写这些淘金者，而是以拟人化的笔法，把一个叫作布克的雪橇狗作为主角，写雪橇狗运送邮件的艰难经历和感受，用狗的眼睛和思维去看人、想人。

　　作者这样写，使得作品比单纯写人更为丰富。写雪橇狗，必然要写赶雪橇的人，而拉雪橇的狗不是一只，而是一个狗群，阿拉斯加有若干个运送邮件的狗群；在狗群赶雪橇的也不止一人，并且狗群的群主经常更换。因此，这就必然涉及人与狗、人与人、狗与狗之间的关系，涉及几种关系的矛盾纠葛，并且由此触及了人性中的善与恶、人性与动物性、文明与野蛮的多种关系。作者以雪橇狗布克的经历和它所在的狗群为主线，既写狗也写人，从而使得这部看似单纯的小说具有了丰富性。而且，从雪橇狗的亲身经历和感受去看人、想人，更加客观和真实。

　　作品深刻地揭示了在金钱至上的生存环境中，人际关系的冷酷无情，由此也导致了人类社会与动物世界的分离。雪橇狗布克原本是米勒律师豢养的一条狼犬，虽然在它身上还潜藏着祖先遗传给它的野性，但现在已经变得相当文明和绅士了。布克身体健壮、反应灵敏、体态优美，很受米勒律师和家人的喜爱。但不幸的是，管家为还赌债把布克偷偷地卖了，布克就这样从温暖的南方来到冰天雪地的阿拉斯加，变成了一个雪橇狗。布克不仅不适应这里荒蛮的生存环境，也不会拉雪橇。它因此受到同伴的嘲笑、侮辱、欺凌，在拉雪橇时还经常被主人的皮鞭抽打。起初布克进行反抗，而反抗的结果是受到更狠的抽打。聪明的布克不再反抗，而是忍耐，在忍耐中积蓄力量。由于它的聪明，再加上勤学苦练，它很快就掌握了拉雪橇的技能，并得到了主人的赏识。与此同时，在荒蛮严酷的生存环境下，它的野性和野心也在与日俱增。严酷的生存现实告诉布克，这里的生存法则是优胜劣汰、弱肉强食，是金钱和权力主宰的世界。为了生存，强大起来的布克，对曾经欺负过自己的现任"领队狗"不再忍耐，而是以牙还牙，以暴制暴，并且要夺取到"领队狗"的位置和权力。此时的布克，经常听到一种声音对自己的呼唤，这种呼唤其实是一种幻听，是潜藏在它内心深处的野性对它的呼唤，是重新回归大自然的一种朦胧愿望。

聪明而又变得野性的布克，经过一番等待和谋划，终于找到机会将现任的领队狗置于死地，但狗群的主人却没有让布克取而代之，而是把领队狗位置给了另外一只狗。对此，布克觉得现在自己有了为得到这个位置而反抗的资本，它不再服从主人的安排，每当狗群要上路时，布克就抢先占据领队狗的位置，经过三番五次的争夺，主人鉴于布克的能力和在狗群的重要性而让步。布克就这样实现了成为一个"领队狗"的愿望。

布克所在的狗群先后换了三次队主，第三次换的队主没有经验，也没能力，其中年轻的比尔尤为残暴，为了赶路，不顾狗的死活，他的本领就是狠狠抽打已经筋疲力尽的狗群。原本体魄健硕的布克变得瘦弱起来，有一次布克被打得奄奄一息时，被一个叫桑迪的淘金者救下。在和桑迪的相处之中，布克得到了它所渴望的真爱，它对桑迪忠心耿耿，只要桑迪一声令下，它就奋不顾身前往。

在和桑迪相处的自由自在的日子里，布克的内心却是矛盾的。一方面，被唤醒的野性使它经常离开营地到树林里奔跑；一方面，它又舍不得离开桑迪。布克几易其主，米勒律师和雪橇队的主人也很喜欢、欣赏布克，但布克所想念和留恋的，唯有桑迪。因为它和桑迪的爱，是建立在平等基础上的互爱，而米勒律师等人对它的喜欢和欣赏，并不是建立在互相平等的基础上，而是因为它对他们来说有利用价值，而真爱是没有功利目的的。

有一次，布克奔跑到远离营地的森林并遇到了一只瘦弱的野狼，奇怪的是，布克并不想和野狼撕咬，而是结伴奔跑，相处甚欢，以至于让布克流连忘返。最终，布克还是选择了和野狼分手而回到桑迪身边，因为它更珍惜与桑迪的互爱。但当布克回到营地时，出乎意料的是，桑迪被一伙图财害命的人杀害了。而这，正是布克离开人类重返大自然的真正原因。

小说写布克在"去与留"的心理矛盾，最后又不得不与人类社会告别，正是作品的深刻独到之处。写狗的内心矛盾，不仅新颖，更重要的是对只有利益、利用、尔虞我诈、血腥残杀而唯独没有爱的社会现实的深刻又犀利的批判，也是布克对社会现实失望之后的无奈选择——被迫回归大自然。

2023 年 2 月 14 日草拟

欧·亨利《警察与赞美诗》：突然逆转的结尾

欧·亨利的创作生涯只有短短的十年，但他的短篇小说享誉全球，与法国的莫泊桑、俄国的契诃夫并称为世界三大短篇小说巨匠。如果有人要问，哪些短篇小说让我过目难忘、记忆深刻呢？我会毫不犹豫地说欧·亨利的短篇小说《警察与赞美诗》是其中之一。这篇小说之所以让我难忘和印象深刻，在很大程度上是因为小说内容的前后矛盾，特别是大出所料的"突然逆转的结尾"。

这篇小说写一个叫梭比的流浪汉，为了到一个岛上的监狱度过冬季三个月的严寒而谋划犯罪。但他想犯罪时警察不予理睬，而当他被教堂里传出的琴声所感动，决心弃旧图新的时候，却莫名其妙被警察抓走，第二天法庭就公布了宣判结果。

小说通过梭比实施犯罪的经过，深刻地揭露了美国贫富悬殊、金钱崇拜、冷酷无情、是非颠倒的社会现实。读这篇小说，不由得让我想起杜甫"朱门酒肉臭，路有冻死骨"的诗句。天气开始凉了，树叶下落，大雁南飞，流浪汉梭比无家可归，晚上就睡在广场里的一张长椅上，身上盖着两张报纸御寒。严寒的冬季马上就要到了，如何才能度过三个月的严寒，成了梭比一大难题，无奈之下，他想到了岛上的监狱是自己过冬的最好去处。于是，他在纽约的大街上开始实施他的犯罪计划，他需要算计好，刑期要不多不少正好三个月。但梭比前后的六次犯罪活动结果均以失败告终，这使他十分无奈和发愁。第一次，他穿了一件较好的上衣进入一个高档咖啡馆，可是裤子却暴露了他的寒酸，因此被不容分说地赶出了咖啡店。第二次，梭比砸碎了展示商品的玻璃橱窗，他站在原地等着警察来抓，警察因为他没有逃跑不相信他是肇事者，所以不抓他。第三次，梭比来到一家低档的小饭馆，吃喝完了，没钱付款让服务生叫警察来抓他，两个服务生没叫警察，而是把他推到店外痛打一顿。第四次，他装扮成一个小流氓，去挑逗戏弄一个正在观看货物展示橱窗的姑娘。大概这个姑娘和他的生活状况差不多，对于他的戏弄，姑娘不但没叫警察，反倒缠住他，要他给买啤酒喝，梭比只好趁机逃脱了。第五次，梭比在大街上装疯卖傻，大喊大叫，想破坏掉眼前的"良辰美景"，以扰乱社会治安罪被警察抓捕，可警察认为他是学生，在庆祝他们体育比赛的胜利，所以原谅了他有些过分的行为。第六次，梭比在雪茄店偷伞，不料失主说这把伞是他刚拾到的，但你必拿出你是伞主的证据才行。而旁边的警察正在向一位姑娘献殷勤，对于他们的争吵充耳不闻，为护送姑娘而走开了。

就这样，梭比的犯罪计划一次次落空了，尽管纽约的大街上商店林立，灯红酒绿，富丽堂皇，大大小小的商家，一律看人下菜碟，认钱不认人，梭比的处境得不到任何人的同情，反而遭到了痛打。这就是美国社会贫富悬殊、冷酷无情、善恶混淆的真实写照，深刻地揭示出美国社会存在着精神与物质之间的矛盾和对立。正在为犯不了罪而发愁无法过冬的梭比，不知不觉间来到一座古老的教堂附近，这时从教堂里传出来的美妙琴声让他和教堂的灵魂融为一体了，他决心洗心革面，重新做人。小说这样描写他当时的心理活动：

在不知不觉间，梭比和这座古老的教堂的灵魂融为一体，这使得他的思想豁然开朗。他马上看清了自己生活的现状：长久以来，自己一直自甘堕落，内心深处早就对一切失去了希望，只剩下卑劣的欲望，自己甚至已将所有的智慧耗光了。

　　梭比的思想在刹那间上升到一个全新的高度，这使得他的情绪异常高涨。他的体内生出一种强大的冲动力量，在此驱使下，他急切地想要直面生命中的各种挑战。他下定决心，要将统治自己的灵魂的魔鬼牢牢控在手中，将自己从堕落的深渊中解救出来。……他要将过去的理想找回来，为了将这理想变为现实，他可以付出一切努力。他的心底已经发生了天翻地覆的巨变，而引起这巨变的源头就是那美妙优雅的琴声。

　　但就在梭比被这琴声从堕落的深渊解救出来时，却受到警察的怀疑被带走了。翌日早上，法庭对梭比宣判结果如下：押送至布莱克维尔岛服刑三个月。这样一来，反倒让梭比实现了自己的冬居计划，这是多么让人哭笑不得的荒唐事啊！由此，小说对资本主义制度宣扬的法律的严肃性和公正性进行了辛辣的讽刺和批判。

　　小说的标题具有象征意义。警察是现实社会和法律的象征，而教堂的赞美诗则是精神的象征。梭比在社会的重压下而堕落，赞美诗和琴声则是他心底发生巨变的源泉。但警察的出现，又让他的巨变化为泡影。

　　批判资本主义社会制度腐朽的作品有很多，《警察与赞美诗》如果没有前后矛盾的情节和突然逆转的结尾，那么就没有什么新意和独特性了；反过来说，它的独特性和深刻性，是因为它的表现形式的独特性，因而才有了它的和深刻性。

　　但必须指出的是，我们不能把表现形式看作单纯的艺术手法，作家采取什么样的表现形式，与他对社会人生理解得是深刻还是肤浅，是紧密相关的。托尔斯泰曾经指出，一个事物有上千种表现形式，作家的任务就是从这上千种的表现形式中，找到最恰当的表现形式。那么，什么是最恰当的表现形式？就是最能体现事物本质及其特征的。

所以，这篇小说"前后矛盾突然逆转的结尾"，它所体现的是欧·亨利对金钱崇拜、冷酷无情、善恶颠倒、是非混淆、精神与物质严重对立的社会现实的独到、深刻的认识。这就是表现形式之于作品的重要性。

2023 年 2 月 21 日草拟

2023 年 2 月 22 日修改

莫泊桑《我的叔叔于勒》：
被金钱粉碎的亲情

　　读名著我有一个体会，就是它的高妙之处不容易被你一眼识破，但它经得起咀嚼，你在反复阅读时，其妙处让你在无意间体味到了。就像宝物一样，总是被藏在不容易找到的地方，往往令淘宝者乘兴而去，空手而归。

　　我最初读莫泊桑《我的叔叔于勒》时，就没有感觉到它有什么特别新奇和意外的地方。但我又想，那它为什么被认为是莫泊桑最出色的短篇小说之一呢？为什么能在世界范围内广泛流传呢？在我的多次阅读中，我终于得到了自己的答案。

　　《我的叔叔于勒》抓住了资本主义社会人际关系的本质特征，即赤裸裸的金钱关系，哪怕是亲兄热弟，也是认钱不认人，而亲情则被金钱所粉碎。有的论者认为它的批判对象是"我"的一家人，特别是父母。窃以为，莫泊桑的批判锋芒是指向整个资本主义社会的人际关系的，而"我"的一家，不过是受这种人际关系影响的其中一家而已。

　　小说的故事非常简单，就是写菲利普（"我"的父亲）一家一心想着时来运转，摆脱贫困，却最终化为泡影的故事。十多年前，丁勒把自己的家产挥霍一空，又侵占了哥哥的家财，按当时的风俗，将他转送到了美国生活。两年后，于勒给哥哥来了一封信，说自己的生意很好，赚了一些钱，等有了钱回去还哥哥的欠账。于是这封信成了一家人的盼望，盼着于勒的早日归来。"我"有两个姐姐，因家庭贫困嫁不出去，因为叔叔的这封来信，就有人主动来向二姐求婚了。生活有了盼头，菲利普全家（包括二姐的新女婿）乘船到法国北部一个英属的小岛上旅行，看到有人吃牡蛎，菲利普一时高兴，去给女儿买牡蛎时，发现在船上那个衣衫褴褛、丑陋衰老的卖牡蛎的人，竟然像他的弟弟于勒，他让妻子再去细看，妻子看后说，就是于勒。菲利普又去找船长询问，也确认了这个落魄到如此地步的老人就是他的亲弟弟于勒，而他们时来运转的希望也彻底化为了泡影。这时，他们没有和盼望已久的弟弟相认，他和妻子吩咐家人赶紧躲开这个人，并决定返回的时候不再乘坐这条船。亲兄弟意外相逢不相认，这就是亲情被金钱粉碎的具体体现，是资本主义社会认钱不认人的本质特征，通过小说使之典型化了。

《我的叔叔于勒》以"众星捧月式"的结构方式，深刻地揭示并批判了资本主义认钱不认人的社会现实，但对于今天的读者来说，似乎是人人皆知的老生常谈了。那么，今天我们为什么还有阅读它的兴趣呢？为什么还能触动我们并留下深刻印象呢？我觉得与这篇小说的结构方式是密不可分的，也就是说，莫泊桑在"怎么写"的问题上是下了一番功夫的。

所谓"众星捧月式"的结构方式，就是首先要找到能够充分体现描写对象本质特征的核心表征，比如这篇小说的核心表征就是亲兄弟的相逢不相认，而在人物设置、气氛渲染、女儿的婚姻、叙事人的选择、兄弟相逢的地点、细节的安排等方面，都是核心表征的子项，也就是说，这些子项都是为表达描写对象的本质特征，从不同侧面和角度来发挥作用，这就是我所说的"众星捧月式"的结构方式。由于核心表征及其各个子项的合力共同发挥作用，从而使描写对象的本质特征得到多角度、多侧面的表现，因此鲜明突出、入木三分，故能让不同时代的读者在阅读时获得不同的新鲜感。

让我们具体分析一下各个子项的具体作用。作者所写的认钱不认人现象，不是发生在富人与穷人之间，而是发生在穷人与穷人，甚至是亲兄之间，就更能说明在资本主义社会，拜金主义的无孔不入，更能体现"穷在闹市无人问，富在深山有远亲"的社会现实。在讲究门当户对的社会，"我"的两个姐姐嫁不出去，因为家里穷，没有人来给两个姐姐提亲。还有，和于勒叔叔相逢的地点也很重要。如果于勒叔叔是突然回到家里，就不存在相逢不相认的问题了，从而，作者选择在去旅行时乘坐的船上，使他们相逢不相认，更能增强意外感，更能凸显他们所盼望的不是于勒叔叔本人，而是他带回来的金钱。叙述人"我"是个男孩，是家里最小的孩子。为什么选他做叙述者？因为他年龄小，涉世未深，受社会腐蚀较轻，还有同情心，比如，给于勒叔叔买牡蛎的钱时，他多给了叔叔一些小费，而遭到母亲的斥责，斥责他把钱给一个老流氓简直是疯了。因此，他和家里的人是有区别的。选他作为叙述者，以他的视角来看待自己的父母，就比较客观，也和家里人形成了对照。

抓住事物的本质，选择最能体现事物本质的表现形态，调动一切艺术手段为突出其本质特征而发挥作用，正是这篇小说的特点所在。

2023 年 3 月 4 日草拟

世界著名中短篇小说赏析

莫泊桑《项链》：
探究项链丢失之谜

  《项链》被誉为莫泊桑短篇杰作之一，所描写的是普通职员日常生活中的事件。由于项链的意外丢失，使这个工薪家庭吃尽了苦头，生活变得更加贫困。鲁瓦瑟尔是教育部的小职员，他的太太玛蒂尔德因为参加教育部部长夫妇举办的舞会，花光积蓄买了漂亮衣服，又向朋友借了一条钻石项链。舞会上，她优美的舞姿和倾城倾国的容貌让她获得了极大的成功。然而，借来的项链却莫名丢失了，为赔偿借来的项链，她到处借钱，整整用了十年才还清了借债。由于生活的节俭和劳累，玛蒂尔德失去了自己的美貌而变得苍老，以至于好友都认不出她了。

  通过小事件透视大社会，是这篇小说的突出特点，小说在艺术表现上以项链为中心线索，详细描述了"借项链—丢项链—赔项链"的过程，在具体行文中，莫泊桑善于制造大大小小的起伏和悬念，故能引人入胜，也让作品深刻的内涵隐藏在具体事件的背后，含而不露。也正因为如此，致使一些赞扬性的评论失之于片面和肤浅。比如，许多论者认为这篇小说所批判的主要对象是玛蒂尔德的虚荣心，是虚荣心让她付出了十年劳苦和青春不再的沉重代价。

  表面看来，的确是这样。但仔细分析，这样的认识就显得表面和肤浅了，甚至是对小说的误读。我认为，理解这篇小说的关键，是要弄清楚项链为什么会丢失，但这个关键点却被许多、可以说是绝大多数的论者忽略了，都认为这是纯粹的意外，所以没有去进行分析和研究。

那么，项链的丢失，真的是偶然和不必深究的意外吗？我认为像莫泊桑这样的短篇小说之王，不会认为关系到主人公命运的重要情节，是纯粹由于偶然和意外造成的，相反，是偶然中的必然，或者说他是故意用偶然来掩盖其中的必然。

小说开始，对玛蒂尔德的美貌和她幻想过贵族生活进行了详尽的描写，比如，她幻想自己的家中有帷幔壁挂、青铜大烛台、热热的暖气、高大的仆人，还有珍贵的小物件、小摆设，有情调高雅的几个内室……玛蒂尔德认为自己本来就应该过贵族的生活。为什么呢？在她看来，"家族、地位这些东西对女人来说并不重要，她们的姿色、风韵和吸引力才最为重要"，她觉得自己具有倾城倾国的美貌，本来就该"头戴珠宝玉石，身穿绫罗绸缎"。所以，她觉得自己过现在的苦日子非常痛苦，感到特别委屈。

玛蒂尔德的这种希望过贵族生活的愿望是虚荣心吗？不是。莫泊桑明确地告诉读者，玛蒂尔德认为，只要女人有美貌就应该过上贵族生活的想法，根本不符合这个社会的生存法则，所以是不切实际的幻想。

虽然穿上漂亮衣服（花光了家中积蓄）、戴上借来的钻石项链的玛蒂尔德，在舞会上的确展现了她优美的舞姿和美貌，成为众人瞩目的焦点，她也陶醉在这样的幸福之中。但这种幸福感，不过是虚幻的、短暂的昙花一现而已，所以，舞会一结束，她就回到了让她感到痛苦和委屈的现实之中，也恰恰是她回到家中之后，才发现项链丢掉了。这就清楚地表明，象征富贵的项链，根本就不属于她，所以项链的丢失，根本就不是意外和偶然，而是情理之中的必然，或者说，她的不切实际的幻想必然被现实所粉碎。他们夫妇为赔项链四处借债，付出了长达十年的沉重代价。然而，他们被"欺骗"了，因为他们借来的钻石项链是不值钱的假货，而还给借主的则是价格昂贵的真钻石项链。那么，是谁欺骗了他们呢？根据小说的描述，不是因为借主福立斯太太故意欺骗他们，而是被他们置身其中的那个社会所欺骗。那是一个唯利是图、尔虞我诈，被金钱所主宰的社会，因此到处存在着虚假和欺骗。所以，虚假是这个金钱社会的一种本质特征。鲁瓦瑟尔夫妇所借来的假项链，就是这个虚假世界的象征。鲁瓦瑟尔夫妇没有看清这个社会的实质，所以被这个社会所欺骗、所教训。因此，有理由认为，莫泊桑表面上是在批评玛蒂尔德的"不切实际"，而真正要批判的，则是虚假的、被金钱所主宰的、没有公平、正义可言的社会。

相反，我认为莫泊桑对于玛蒂尔德和她丈夫鲁瓦瑟尔更多的是同情和赞扬，赞扬他们的诚信、善良和吃苦耐劳的精神。比如，在丢失的项链没有希望找到时，鲁瓦瑟尔突然之间老了五岁，但立即做出了赔偿的决定，他对太太说："看来我们只能给人家赔偿了。虽然这对我们来说相当困难，但是我们必须这样做。"因此，他们为还借债，把房子卖掉，把用人辞退，租了一间阁楼来住。同时，为了多挣钱，鲁瓦瑟尔同时做几份工作，生活上处处节俭和精打细算，而家里的一切粗活累活，都由玛蒂尔德一个人来做，"整整十年，他们都过着这样的生活"。小说的结尾，玛蒂尔德在街上遇见了借给她项链的福立斯太太，虽然她的苍老让福立斯太太一时没有认出，但玛蒂尔德把丢项链和还借债的经过告诉了福立斯太太，因为她觉得通过自己的劳动还清了债务，把买来的项链还给借主，是一件值得高兴和骄傲的事，"说着，一种纯真而又骄傲的欢愉之感浮上她的心头，笑容出现在她的脸上"。

这就是莫泊桑描述的他们还债的经过。而流淌在笔端的是莫泊桑对这对夫妇的同情，是对劳动者勤劳、善良、诚信以及美好心灵的由衷赞扬。

2023 年 3 月 9 日草拟

2023 年 3 月 10 日修改

左拉《陪衬女》：
通过典型事件塑造典型人物

　　左拉被认为是自然主义文学的创始人和代表，他的《实验小说论》就是宣扬自然主义文学观的专题论文。左拉的自然主义文学观，是受文艺理论家泰纳的环境决定论和克罗德·贝尔纳的遗传学说的影响所形成的，主张以科学实验的方法写作，对人物进行生理学和解剖学的分析，写作时应无动于衷地记录现实生活中的事实，不必掺杂主观感情。但左拉的作品与他的文学观往往有所出入，在许多作品中体现出现实主义文学的特点。比如写于 1865 年的短篇小说《陪衬女》，就是比较典型的现实主义之作。

　　《陪衬女》的故事非常简单，却深刻地揭示了资本主义把一切都商品化，一切都可以进行买卖的本质特征，以及由此表现出的非人性的冷酷无情。企业家杜朗多在街上看到一美一丑两位女郎走路，从而受到启发并突发奇想，决定把"丑"变为商品进行交易而赚钱。为此，他把那些研究男人和女人的最深刻的哲学著作读了又读，在经过周密计划之后，创立了"杜朗多陪衬女事务所"，并招聘了一大批丑女，作为商品出租给一些漂亮女人。杜朗多的这一创举，果然不出他的预料，生意越来越好，让杜朗多大赚了一把。

　　《陪衬女》所采取的是现实主义的创作方法，即通过典型事件塑造典型人物。典型事件就是杜朗多把"丑"作为商品进行交易，而杜朗多的性格则通过这个典型事件得到彰显，并使之典型化。

把"美"作为商品出售，是合乎情理的，是人之常情，而把人人厌恶并极力掩饰的"丑"作为商品出售，则是闻所未闻的、出乎意料的异想天开，却又合乎资本主义社会"一切都能商品化"的社会伦理，因此这一事件奇异而具有典型性，并且借此成功地塑造了商人杜朗多这个既有个性，又体现出商人所共有的特点，那就是他们整天所想的"赚钱"二字，为此，可以绞尽脑汁，挖空心思，不择手段。比如杜朗多，走着路都在想如何赚钱，他善于思考，敏于观察，善于受生活细节的启发而开发出新商品，

　　那么，杜朗多开发出的新商品（丑女），为什么能够大获成功呢？为什么他又胸有成竹地认为这是一桩稳赚不赔的买卖呢？一是杜朗多坚信能够招聘到"货源"（丑女），因为他深知社会存在着贫富悬殊的巨大差距。富贵者奢侈无度，贫贱者食不果腹。因此，那些丑女们虽然不愿意在人前暴露自己的丑，但迫于生活的压力，一定会有人应聘。二是杜朗多反复研读了研究男人和女人的哲学著作，非常了解人性的弱点，比如女人，特别是富贵的女人，她们爱打扮并且虚荣心很强。让丑女来衬托自己的美，对她们来说，可以说正是投其所好，所以杜朗多相信他招聘来的丑女，一定是有市场需求的。

　　有一个细节处理得很巧妙，杜朗多先是采用贴广告的方式进行招聘，可是一个星期过去了，一个丑女都没来，反倒来了好多个美女，因为她们找不到工作，恳求杜朗多录用她们。杜朗多说自己招聘的是"丑女"，你们都很漂亮，不符合要求，而美女们都说自己就是"丑女"。杜朗多由此受到启发：只有美女才有勇气说自己"丑"，反之，丑女是不愿正视自己的"丑"的。另外，既然连美女都不好找到工作，那些丑女们就更不用说了。鉴于丑女们不肯主动上门应聘，杜朗多改变了招聘方式，即不再贴广告，而是雇用了一些"猎头"，在城里对丑女进行地毯式搜找。小说没有写如何具体搜找，因为前面有了美女来应聘这一细节，就预示了招聘根本不成为问题，也就无须乎详写具体招聘过程了，而只写杜朗多每天对

招聘来的"货源"进行仔细检验，看是否符合自己的招聘条件。

由此可见，杜朗多之所以取得成功，绝不是一时冲动的盲目冒险，而是建立在对人性、社会的深刻了解基础上的精心算计和策划。但是，我们要问：如此熟谙人性的杜朗多难道不知道丑女们也是人吗？难道不知道她们同样具有人的尊严吗？用她们的丑陋去衬托富贵女人的"美丽"，难道他不知道这是在侮辱人践踏人的尊严吗？杜朗多当然知道。知道而偏偏要这样做，只能说明他的利欲熏心、冷酷无情、没有人性，在他的眼里，看到的只有商品，而没有活生生的人。

杜朗多新商品的开发获得成功，是以丑女们丧失自己的尊严为前提的，因为"她们要把人人遮掩的丑展示给众人，还要强颜欢笑"。但是，谁又会在乎她们在远离人群时有多么哀伤，流过多少泪水？"当她在人前过完风风光光、高高兴兴的一天之后，回到代理处的化妆室，卸去华服，回到自己的小房子里，剩下的只有繁华落尽后，无尽的凄凉和抽泣的泪水。尤其不堪忍受的是面对镜子，看着自己毫无掩饰的丑陋，想着白天的风光还是这丑陋换来的。她们的丑陋给多少小姐们带来了爱情，可是却没有人爱她。她只能感受到现实的冷酷。"

这是左拉对杜朗多的批判，也是对拜金主义的批判！

2023 年 3 月 22 日草拟

2023 年 3 月 23 日修改

普希金《射击》:
告别旧我的决斗

　　普希金的短篇小说《射击》,讲述一个曾经是沙俄骠骑兵的西尔维奥,与一个年轻军官两次进行决斗又两次放弃的故事。第一次决斗,是因为西尔维奥看不惯这个新来的、家境富裕的贵族青年军官,在一次宴会上,因为青年军官抢了他的风头,他说了一句低级的玩笑话,激怒了青年军官,西尔维奥被打了一记耳光,当时两人都拔剑相向却又被人拉开。第二天,他们进行了决斗。他们通过抓阄,青年军官先开枪,但只把西尔维奥的军帽打了一个洞;轮到西尔维奥开枪时,他看到青年军官满不在乎地吃着樱桃的样子,觉得他这样不珍惜自己的生命,即便打死他,他也不知道痛苦,于是没有开枪。但二人约定,西尔维奥可以随时来补射青年军官欠他的这一枪。后来,西尔维奥退役后移居到一个偏远贫穷的小镇,每天坚持练枪,他的枪法令当地的驻军军官非常佩服,他抬手便可以打死墙上的苍蝇。不知过了多长时间,西尔维奥得知当年的青年军官要在莫斯科结婚,于是,他离开小镇去莫斯科与对手进行第二次决斗。临走之前,他向驻军中一个关系不错的青年军官讲了自己第一次决斗的经过。

　　又过了几年,这个青年军官退役后来到一个村庄经营产业,他听说附近有一个很大的庄园,主人是一个伯爵,带着他漂亮的妻子,从莫斯科回到这里来避暑,出于好奇,他便前去拜访。原来这个伯爵就是和西尔维奥决斗的军官,伯爵得知这个来访者也是西尔维奥的朋友,便向他讲述了自己第二次与西尔维奥决斗的经过。这一次也是通过抓阄，也是伯爵得到了先开枪的机会，但他这一枪又是没有打中。轮到西尔维奥开枪时，在伯爵夫人苦苦的哀求下，西尔维奥说这不像决斗，倒像是杀人。说罢，抬起手一枪打进伯爵刚才那一枪的枪眼里，便迅速转身离开了。伯爵还告诉来访者，听说后来西尔维奥率领了一队希腊独立运动的志士，在一次战斗中不幸牺牲了。

《射击》看似简单，其实并不好理解。它究竟在写什么？有人说，就是写两个骑士决斗的故事。的确，从表层结构，即所谓"审美的第一项"来看，普希金的确是写了两次决斗，而且是以他自己的一次亲身经历为基础写的。1822 年，普希金跟一个叫佐波夫的军官决斗。当对手向普希金开枪时，普希金正捧着一把樱桃当早饭吃。佐波夫首先开枪，没有射中，而普希金没有开枪就走了，也没有跟对手讲和。这就是小说的原始事件，或者说，普希金的创作灵感由此而产生。

但它仅仅是告诉人们两个骑士决斗的过程吗？显然不是。那么，《射击》究竟写的是什么呢？

初读时，我有很多疑问。比如，作为贵族出身的西尔维奥，从骠骑兵退役之后为什么来到偏远落后的乡村小镇居住，而且居住的是土坯屋子，过着一般平民俭朴的生活，却又经常把当地驻军的军官请到家里，设宴请客，表现得如此大方？他为什么整天少言寡语、郁郁寡欢，但一张口说话，又往往尖酸刻薄？他说自己每天练枪是为了决斗复仇，但既然去决斗，为什么到他开枪的时候却不开枪？究竟是像小军官认为的软弱，还是怕死（他对小军官说自己"不能死"），抑或是恻隐之心使然？普希金并不明确地告诉读者。还有，西尔维奥曾经是一个"把粗暴当时髦"，视决斗为家常便饭的骠骑兵，即便是别人决斗，他也是积极的组织者和参与者。但移居到乡镇之后，便不再谈决斗，也不参与赌博和酗酒。总之，西尔维奥给人的印象是郁郁寡欢、矛盾重重和不合群。那么，究竟是什么原因让西

世界著名中短篇小说赏析

尔维奥发生了这样的变化？而只有解开上述种种疑问之后，才能理解西尔维奥这个人物，以及作品究竟在写什么。

了解俄国"十二月党人革命"，是理解西尔维奥和这篇小说的钥匙。1821年，一批具有民主思想的贵族军官成立革命组织，谋划起义，主张建立共和国或君主立宪政体。1825年12月（俄历），这一组织趁沙皇亚历山大一世突然去世，先后在彼得堡和乌克兰发动起义，结果均遭失败。他们因此被称为"十二月党人"。列宁把十二月党人起义称为"贵族革命家""贵族中的优秀人物帮助唤醒了人民"，并把这一时期称为"贵族革命时期"。

这篇小说明确地告诉读者，西尔维奥是退役的骠骑兵军官。沙俄时代的骠骑兵的成员，都出身于中小贵族阶级。所谓骠骑兵，是"飞速""快"的意思。当时各地不断爆发起义，步兵多出身于平民，在镇压起义时往往发生哗变，骠骑兵是沙皇镇压各地起义的主力军。由此可以断定，西尔维奥出身于贵族阶级，后来参加了希腊人民的独立运动，在一次战斗中牺牲了。因此笔者认为，西尔维奥是一个背叛了贵族阶级，投身于反专制运动的革命者形象。《射击》对于西尔维奥参加革命实践只有简单的交代，而详细描述的，则是他与自己出身的贵族阶级决裂的艰难过程，即新、旧两个自我决斗的过程。

这个过程为什么如此艰难呢？一方面，西尔维奥具有进步的民主意识，反对沙俄的封建奴隶专制制度，厌恶贵族阶级花天酒地的奢靡生活。因此，他退役之后主动移居到偏远贫困的乡镇，甘愿过着住土房、穿旧衣的平民生活。另一方面，贵族阶级的种种恶习在他身上打下了深深的烙印，比如，尽管他到了乡下，日子并不富裕，但大手大脚的习惯经常不自觉地表现出来。还有，决斗、赌博、酗酒是贵族军营中的恶习，尤其是决斗，是在拿着生命进行赌博，但在贵族军营却成为一种风气，认为参与决斗是一种值得佩服的勇敢。西尔维奥曾经是一个把决斗当成家常便饭的骠骑兵，但进步思想又让他决心改掉这些恶习，所以他移居乡镇之后，一方面闭口不谈决斗，也不参与当地驻军的赌博、酗酒，但在内心深处，并没有忘记要与青年军官的约定，所以他每天雷打不动地坚持练枪，以致把土坯墙上打得都是枪眼。他练枪的目的，就是要去决斗、复仇。然而真到了决斗场，面对活生生的生命，他所具有的人道主义精神又在发挥作用，使他又不忍开枪而离开。从这个角度来看，与其说西尔维奥在与青年军官决斗，不如说是他自己的两个自我在决斗更为恰切。而两个自我的决斗，作为革命者的自我，终于战胜了作为贵族的自我。于是，他投身到了反专制、求解放的战斗之中，并献出了自己的生命。

小说所讲述的两次决斗并不复杂，但结构方式却比较复杂。两次决斗在时间上间隔较长，叙事者也不是一个而是三个。第一个叙事者是乡镇驻军中的青年军官，讲述他对西尔维奥从钦佩到疏远的原因：驻军中一个新来的军官在西尔维奥家喝酒时耍酒疯羞辱了西尔维奥，但西尔维奥没有与之进行决斗，青年军官认为他这是软弱，所以疏远了西尔维奥。第二个叙述者是西尔维奥，他在准备前去和当年的青年军官进行第二次决斗时，对青年军官（第一个叙事者）讲述了他第一次和当年那个青年军官进行决斗的过程。第三个叙事者是当年的青年军官，也就是现在的伯爵，他向这个来访者（第一个叙事者）讲述了他与西尔维奥第二次的决斗过程。我把这种结构方式称作"多层次、多角度的结构方式"。

须知，任何结构方式都是为一定的内容服务的。普希金的《射击》之所以采取这样比较复杂的结构方式，有利于从多种角度观察、认识西尔维奥的内心世界和他的矛盾性格，而且这三个叙事者的身份前后都发生了变化，这说明对两次决斗的转述，在时间上间隔之长，由此凸显出西尔维奥两个自我决斗的时间之长、之艰难。另外，作为前去拜访伯爵的第一个叙事者，伯爵原本不认识他，当得知他是西尔维奥的朋友时，这让伯爵很意外，也很高兴。于是，伯爵向他讲述了第二次与西尔维奥决斗经过。这是一种有可能的巧合，由此使得平淡的讲述出现了波澜，达到了"文似看山不喜平"的效果。

2023 年 4 月 18 日草拟

2023 年 4 月 19 日修改

契诃夫《套中人》：
"自我封闭"的人生悲剧

　　小说《套中人》（有的译为《装在套子里的人》）讲述一个叫别里克夫（有的译为别里科夫）的教师，总是把自己装进"套子"里，以致使他恋爱失败并死亡的故事。叙述者是别里克夫的同事和邻居卜尔金（有的译为布尔金）。卜尔金和兽医依凡·依凡内奇到乡下打猎，因天晚了住在村长家里过夜。二人睡不着闲聊，先是说村长的老婆玛福卡整天干活，一辈子没进过城市，没坐过火车，甚至都没见过火车，多年来就是被固定在这个村子和自己的家里。由此，卜尔金想到了已经死去两个月的同事和邻居别里克夫，这个装在"套子"里的人，并向依凡·伊凡内奇讲述了"套中人"的古怪行为和他的死因。

　　小说分三部分，第一部分讲述别里克夫无论从生活上，还是在思想上，都是一个想与现实隔绝、把自己装在"套子"里的人。他不仅自己这样做，而且要求别人也得服从他"套子"的理论和规则。他每逢出门，总是要穿上他那件很厚的棉大衣，穿上套鞋，拿上雨伞，把衣领竖起来；他坐租赁马车时，要求把车篷支起来，睡觉穿着衣服，老是担心会发生什么事。在思想上，他把报纸和官方的各种公文奉为圭臬，如果政府满足市民们的新要求实行新举措，别里克夫就产生怀疑，担心会闹出什么事来。第二部分讲述他和教师娃莲卡恋爱的失败并因此而死。第三部分讲述别里克夫的死大快人心，他的死让人们觉得有了自由。但是没过多长时间，又回到了以前那种令人窒息的生活当中了。因为，像别里克夫那样的"套中人"很多，别里克夫死了，还有别的别里克夫，而且像卜尔金说的："套中人永远不会灭绝！"

《套中人》是契诃夫的代表作之一，是举世公认的短篇小说杰作，他发现并创造了别里克夫这个"套中人"的典型人物。不过，对这篇小说的肯定和赞扬，多停留在政治层面，即认为它的价值和意义在于对沙皇专制统治的揭露和深刻批判。但是，如果小说仅仅局限于此，那么，当历史发生了巨大变化之后，它的政治意义也就不复存在了。然则这篇小说并不过时，它仍然具有深刻的现实意义和启示作用。或许契诃夫在创作这篇小说时，意在揭露沙皇的暴政，但形象大于思想，别里克夫不仅仅是沙皇暴政的产物，他身上的问题就像阿Q的"精神胜利法"一样，触及了人类共有的人性弱点，从而使它具有了人类性和恒久的艺术价值和魅力。

别里克夫这个"套中人"的典型，就是契诃夫对生活的新发现和艺术创造。所谓文学的新发现，并不是来自作家无中生有的想象，而是来自现实生活中的实际存在。也就是说，在作家没有发现它之前，它已经存在着了，并且是人人都能感觉到的某种存在，只是还没在文艺作品中得到艺术表现，还是一种没有被命名的存在。然而，既然它是生活自身的存在物，怎么能说是作家的发现和创造呢？因为这种"生活存在"是散乱的、不集中的、无序的和缺乏内在联系的，作家在自己的作品中，则要将生活中的原始存在去粗取精，进行提炼，让这种散乱的"生活存在"有一个完整具体的存在形式，这就是作家的艺术创造。别里克夫这个"套中人"形象，就既是契诃夫对生活的新发现，又是他将其命名为"套中人"并赋予其特定形式的艺术创造。实际生活中的"套中人"有各种各样的表现，从思想上来说，诸如故步自封、循规蹈矩、喜旧怕新、杞人忧天、唯上是从的"本本主义"，还有虚荣心和爱面子，等等；而我们看到的别里克夫古怪的言行举止，则是他的"套子"思想的外化，即"套子化"。别里克夫是生活中实际存在的"套中人"的代表和典型。

别里克夫恋爱失败和他的死，是小说《套中人》所重点讲述的内容。别里克夫恋爱的失败和最后的死，根本的原因是他的"套子观念"所造成的。比如，别里克夫四十岁了，一直没有结婚，他和新来的女教师娃莲卡互有好感，在老师们的劝说和撮合下，他决定要结婚，而做出这个决定却让他非常痛苦，因为他觉得自己已经习惯了一个人的生活，他担心婚后的生活很难适应，而且为这件事让他思前想后，以致根本就睡不着觉。他一直没有向娃莲卡求婚，理由是"娃莲卡的性格太开朗了，她大声地谈笑，放肆地跳舞，如果与她结婚，谁能保证以后不会发生什么意外事故"。如果说这仅仅是别里克夫的疑虑和担心的话，那么娃莲卡兄妹骑自行车这件事，则是别里克夫"套子观念"绝对不能容忍的，因为他认为没有让教师骑自行车的规定，所以他们兄妹骑自行车是伤风败俗、有损教师身份的事。为此，他找上门去规劝时，与娃莲卡的弟弟克瓦连克发生了争吵。争吵中，他被克瓦连克轻轻一推，滚下了楼梯，但他并没有受伤。可是，他滚下楼梯时的窘态恰巧被娃莲卡和两位太太看见了，娃莲卡觉得好笑，便开怀大笑起来。这对于总喜欢把自己装在"套子"里的别里克夫来说，可谓奇耻大辱，颜面尽失。"别里克夫感到，再也没脸在这个世界上活下去了。他宁愿摔死，也不愿意成为别人嘲笑的对象。"所以归根结底，他是被自己的"套子理论"害死的。这里需要指出的是，别里克夫的死起因是被克瓦连克轻轻一推所引起的后果，其寓意很明显，那就是"套中人"是色厉内荏、不堪一击的，预示着沙皇专制体制必然消亡的命运。别里克夫的死，对他个人来说是悲剧，而对人类文明的发展，却是一种福音和进步。

"套中人"为什么"永远也不会灭绝"？产生它的根源是什么？

"套中人"是专制社会的产物。"套中人"的为人处世表现为奴性，在具体言行和思想上有各种各样的表现，但恐惧则是不同的"套中人"的共同点。因为恐惧，所以故步自封，墨守成规；因为恐惧，所以杞人忧天，总是怕发生什么事故；因为恐惧，所以喜旧怕新，反对新事物、新思想而极力维护现状。就俄国来说，沙皇的暴政和白色恐怖，正是对人的奴化，是让人恐惧、害怕的原因。契诃夫在他的日记中这样写道："世界上没有一个地方像我们俄罗斯这样，人们受到权威的如此压制，俄罗斯人受到世世代代奴性的贬损，害怕自由……我们被奴颜婢膝和虚伪折磨得太惨了。"人的天性是渴望自由，俗话说，投亲不如访友，访友不如住店。这话道出了人渴望自由的天性，也因此，金窝银窝不如自己的土窝，而奴性，却害怕自由。

"套中人"是历史积淀的产物。从社会制度来说，从奴隶制社会到封建社会，都是专制统治，本该属于人的自由一直被剥夺。就俄罗斯来说，直到1861年才废除了农奴制。由于封建专制统治有着悠久的历史，所以"套中人"可谓根深蒂固。

从生产力方面来说，"套中人"是农业文明的产物。农业文明在本质上表现为农民和土地的关系。土地把农民固定在了某个地方，这就造成了农民的封闭、保守和与世隔绝；由于生产力的低下和靠天吃饭，造成了他们的封建迷信和满足现状而害怕变化，就像卜尔金和依凡·伊凡内奇谈到村长女人时说的："在这个世界上，有很多人像蜗牛或者寄居蟹那样，总是想躲进自己的壳里，不愿意与别人接触。或许这就是返祖现象吧！在太古时代，人类的祖先还没有过上群居生活。他们建好洞穴，自己一个人住在里面。另外一个原因是，她的性格因为长期劳作，不与外人接触而变异。"

"套中人"是人性弱点的产物。守旧意识是普遍存在着的人性弱点。人类历史的发展，就是一部与各种艰难险阻进行斗争的历史。人的生存环境总是存在着许多不确定的因素，所以人的生存之道是要趋利避害。未知事物的利害是难以断定的，所以人们总是信赖已知事物，而不敢贸然进入未知世界。这样，久而久之，就形成了人们的守旧意识。那么，所谓守旧，守的究竟是什么？说穿了，守的就是人们生活在其中的各种各样的"套子"。从这个角度说，几乎人人都生活在一定的"套子"之中。所以，"套中人"在现实生活中是一种普遍的存在，人人都有轻重不同的"套子"意识。别里克夫只是一个没有权力的普通教师，但为什么人们都"怕"他呢？为什么学校竟然被他"主宰"了这么久？原因就在于人人都有的"套子意识"。人们并不是怕别里克夫这个人，而是摆脱不了他的"套子理论"。

社会生活需要一定的"套子"。人一方面需要自由，一方面又需要"套子"。各种制度、理论、规则、习俗、法律、政策都是"套子"，如果没有这些"套子"，社会生活就会处于一盘散沙的状态，人们将无法生活，也不会有个人的自由。所以，人的自由不是绝对的，而是在"套子"中寻求相对的自由。"套中人"是永远都不会灭绝的，"套子"也是会永远存在的，关键是要辨别"套子"的好与坏。因此，自由和"套子"都有其两面性，人就生活在这样的二律悖反之中。因此，凡是有利于社会进步和发展的"套子"，我们必须予以维护、遵守；而凡是阻碍社会前进的"套子"，则要坚决反对并与之进行斗争。官僚主义、本本主义、形式主义都是当代社会应该坚决破除的、极为有害的"套子"。

2023 年 5 月 4 日草拟

世界著名中短篇小说赏析

托尔斯泰《舞会以后》:
拨云见日的真实

一

短篇小说《舞会以后》创作于 1903 年，是托尔斯泰晚期的作品，也是他的中短篇小说代表作之一。托尔斯泰晚年的作品，加大了对沙俄社会的批判力度，《舞会以后》就是很有代表性的一篇。

小说采取第一人称叙述方式。叙述者伊凡·瓦西里耶维奇讲述他三十年前（农奴制还没有废除）与上校的女儿瓦莲卡从热恋到分道扬镳的故事。也是贵族出身的伊凡·瓦西里耶维奇目睹了上流社会的罪恶行径，对本阶级产生厌恶并从而觉醒的过程。小说由两个场景组成。第一个场景是上流社会举办的一场舞会，年轻的大学生伊凡·瓦西里耶维奇结识了上校的女儿瓦莲卡，他被她的端庄美丽所倾倒，陷入了爱河之中，为此，他爱与她有关的一切人，看到上校在和女儿跳舞时穿的是自制的方头老式皮靴（为的是把女儿带入社交界而自己省吃俭用），伊凡被他对女儿瓦莲卡的爱所感动；上校和女儿优美的舞姿、端庄的仪表、文雅的举止、温婉的神情令人赞不绝口，深受感染的伊凡·瓦西里耶维奇觉得自己置身于美与善的美妙世界之中了。舞会结束时已是深夜，伊凡·瓦西里耶维奇回到自己的住处后仍然沉浸在幸福之中无法入睡，这时已是清晨，他便到田野里去散步。当走到瓦莲卡家附近时，惊讶地发现了这样一幕：一个逃跑未遂的鞑靼士兵要被鞭刑，他上半身赤裸，双手被困在枪杆上，两个士兵用这枪牵着他，踏着融化中的积雪向伊凡走来，棍子从两边纷纷打下，打得逃犯连连呜咽着哀求："好兄弟，发发慈悲吧！"伊凡看到，有一个矮个子士兵打在逃犯身上的棍子不够有力，被走在逃犯身边的军官发现后恨恨地抽了一记耳光，并恶狠狠地警告这个士兵："你还敢敷衍我吗？还敢吗？"这时他看到，这位指挥和监督鞭刑的军官不是别人，正是那位在舞会上是那么慈爱、和善，让伊凡感动的上校、瓦莲卡的父亲。

这次意外的发现，使得伊凡·瓦西里耶维奇如梦初醒，对上校如此对待士兵大惑不解，从此断绝了与瓦莲卡的来往，爱情也渐渐消失了。伊凡·瓦西里耶维奇总觉得他们这样做，肯定有自己所不知道的原因，他极力想找到这原因，但终归没有找到。他因此对自己出身的阶级发生了怀疑，大学毕业后没有再去服兵役，也没到政府机关任职，用他的话说，自己成了一个"废物"。

二

读过这篇小说，给我留下了极为深刻的印象，让我久久难以忘怀。托尔斯泰坚持站在人民的立场为人民而写作，通过"舞会"和"鞭刑"这样两个反差极大的场景，深刻地、尖锐地、毫不留情面地对沙俄的专制统治，以及以上校为代表的上层官员的罪恶行径，对他们当面是人，背后是鬼的自私和伪善进行了无情的揭露和痛击。

托尔斯泰的揭露和批判有两个特点：一是从正常的合法的习以为常的规定和做法中，揭示出其中非人性的、惨无人道的罪恶实质。比如，鞭刑士兵在沙俄专制统治时代是合理合法的，是再平常不过的事。比如，沙俄政府最初规定，地主可以抓回逃跑不满五年的农奴和农民，后来抓捕逃跑农民的权限逐渐延长到十年、十五年，到后来干脆取消了逃跑年限，只要是逃跑的农民，地主永远有抓回的权利，而1649年的《法律大全》明文规定：地主在领地内有权对农民进行判决、鞭笞、拷问和给他们戴上镣铐；1760年，沙皇还授予地主将农民流放到西伯利亚的权力。

可见，对逃跑的农民和士兵进行鞭刑，是沙皇政府的法律所允许的，是合理合法的，而托尔斯泰的《舞会以后》所描写的鞭刑场景，则是那样血腥和惨不忍睹，令人毛骨悚然。上校在舞会和鞭刑时的判若两人，充分暴露出上流社会及其官员的自私、伪善的嘴脸和欺骗性。托尔斯泰对鞭刑和上校的伪善、欺骗性、非人道的揭露，就是对沙皇制定的法律的否定和批判。

二是叙述者的选择颇费匠心。伊凡·瓦西里耶维奇，是出身贵族家庭的大学生，小说写的就是他的所见、所想和所思。为什么要选择这样一个人来叙述三十年前自己的所见所闻呢？三十年前农奴制还没有被废除（1861年才废除），这是小说所要反映的时代背景。选择贵族出身的年轻大学生作为观察视角，因为他属于贵族阶层，他亲眼看到本阶层官员的罪恶行径会让读者感到更为真实可信，同时也是促使他觉醒的重要原因。

三是小说的开头和结尾相互呼应有深意。小说开头，伊凡·瓦西里耶维奇在讲述自己的经历之前，先说了这样一段话："你们说，一个人不可能了解什么是好，什么是坏，问题全在环境，是环境坑害人。我却以为问题全在偶然事件。拿我自己来说吧……"

结尾时又说："爱情吗？从这一天衰退了。当她像平常那样面带笑容沉思的时候，我立刻想起了广场上的上校，总觉得有点别扭和不快，于是我跟她见面的次数渐渐减少了。结果爱情也消失了。世界上就常有这样的事情，使得人的整个生活发生变化，走上新的方向。你们却说……"

伊凡·瓦西里耶维奇这两段话，都是在强调偶然事件能够改变一个人的人生方向。那么，为什么托尔斯泰要让他在开头和结尾作这样的呼应呢？我们知道，所谓偶然事件，绝不是纯粹的偶然，因为偶然与必然是相互依存的关系，有偶然就有必然，必然总是通过偶然表现出来。所以，托尔斯泰是从反面强调和提醒读者：伊凡·瓦西里耶维奇看到的偶然事件和他人生方向的改变都是偶然中的必然。上校的自私和伪善也绝对不是个别的例外，而是沙皇暴政时期的普遍存在，是一种必然；而伊凡·瓦西里耶维奇在目睹了上校的伪善和自私后，对贵族制度的失望和觉醒也是一种必然，即预示着沙皇暴政的不得人心，必然走向分崩离析，这是历史发展的大势所趋。

"舞会"和"鞭刑"这一美好与残暴的强烈对比，让小说具有了强烈的艺术感染力。托尔斯泰所描述的舞会，可以用美和善来概括；而鞭刑逃跑未遂士兵的场面，表现出来的则是丑恶和残暴。瓦莲卡的上校父亲是这两个场景中的主角，在舞会上，上校给人的印象是"一个很漂亮的老人，长得端正、魁梧、神采奕奕"，可谓仪表堂堂、和蔼可亲。而上校在鞭刑逃跑士兵时，则完全是一副凶神恶煞的模样，士兵已被打得皮开肉绽，他毫无怜悯之心，他还因为一个士兵鞭打得不够有力而狠狠地给了这个士兵一记耳光，并吼叫着斥问："你还敢敷衍我吗？还敢吗？"就这样，托尔斯泰把截然相反的两个场景联系在一起，在鲜明强烈的对比中，让人们看到，上流社会在舞会上所表现出的美和善只是一种表象，而在鞭刑中上校所表现出的凶恶和残暴才是其本来面貌。值得一提的是，舞会和鞭刑这两个场景，一般不会发生在同一天和让同一个人看见，而托尔斯泰却将两个截然相反的场景集中在一起，并让伊凡·瓦西里耶维奇同时看到，作品不仅因此形成对比，而更重要的是能让读者透过现象看到事物的本质，即沙皇暴政及其官员的凶残本质。这样的集中，是艺术的特权。

伊凡·瓦西里耶维奇在舞会上被瓦莲卡的美和她父亲对她的爱所感动，觉得"我真是用我的爱拥抱了世界"，"体会到一种深厚的温柔的感情"。托尔斯泰不是抽象地叙述，而是通过两个细节让伊凡产生这种感觉。第一个细节是瓦莲卡从自己的扇子上撕下一片羽毛给了伊凡。正是这片羽毛，让伊凡觉得自己置身于美和善的美好境界之中了。"我接过羽毛，只能用眼光表示我的全部喜悦和感激。我不但愉快和满意，甚至感到幸福、陶然，我善良，我不是原来的我，而是一个不知有恶、只能行善的超凡脱俗的人了。"让伊凡感动的第二个细节，是看到上校跳舞时穿的那双"方头自制皮靴"，"格外使我感动的是他那被裤脚带箍得紧紧的靴子，那是一双上好的小牛皮靴，但不是时兴的尖头靴，而是老式的、没有带后跟的方头靴。这双靴子分明是部队里的靴匠做的"。上校为什么要穿这样的方头皮靴？因为他为了把自己心爱的女儿带进社交界，给她穿戴打扮，自己却省吃俭用，所以这双方头靴格外使他感动。这个细节写上校对自己女儿的爱，也和上校指挥鞭刑时对士兵的残酷无情在鲜明的对比中，彰显出上流社会的"爱"的自私本质。而在上校指挥鞭刑时，还有这样一个细节，上校给了那个没有用力打逃犯的士兵一记耳光之后，"他一面吼叫，一面环顾左右，终于看见了我。他假装不认识伊凡，可怕地、恶狠狠地皱起眉头，连忙转过脸去。我觉得那样羞耻，不知道往哪里看才好，仿佛有一桩最可耻的行为被人揭发了似的，我埋下眼睛，匆匆回家去了。"这个细节一下子写活了两个人物。上校是假装不认识我，并恶狠狠地皱起眉头转过脸去，一副虚伪冷酷的样子；而伊凡当时觉得好像是自己在作恶、眼睛不知道往哪里看才好的微妙的心理感受，也和上校的冷酷形成鲜明对比，同时为他日后的觉醒打下了基础。

三

关于托尔斯泰世界观的矛盾问题，曾经有一种很流行的观点，认为托尔斯泰的世界观和他的创作是矛盾的，即他的世界观是反动的，而他的作品则具有进步性，所以才被列宁称为"俄国革命的一面镜子"。因此有一种看法，认为作家的创作可以超越其世界观。许多实例表明，把作家的世界观和他们的创作对立起来的看法是不符合实际的。事实上，作家的创作和他的世界观基本上是一致的，即有什么样的世界观就有什么样的创作。作家的创作所表现的就是他对世界的理解和看法，即是说，作品所表现出来的看法不是来自别处，而是来自他的世界观。请想一想，来自世界观的看法，怎么能超越世界观呢？表面来看，作家的世界观和创作似乎存在着某种不一致的矛盾，但这不是世界观与作品之间的矛盾，而是作家世界观内部的矛盾性在创作中的反映。许多大作家的世界观本身都存在着相互对立的矛盾因素，托尔斯泰就是突出的一例。比如，他一方面坚决反对沙皇暴政，一方面又反对以暴制暴；一方面他是世袭贵族地主，但他又具有民主思想，主张废除农奴制，接近民众，自己力求过平民的俭朴生活。文艺观是作家世界观中重要的组成部分。就托尔斯泰的文艺观来说，他特别强调的是"人民性"，让我们试举几例：

他强调各种文艺创作要向民间文艺学习："我们时代在俄国文艺领域的两个相反的现象之间有内在的关系：各种文艺创作的衰落（音乐、绘画、诗歌）和学习各种俄国民间文艺（音乐、绘画、装饰、诗歌）的倾向。我认为，这甚至不是衰落，而是在人民中死而复生的保证。"

他强调创作要对人民有益："只有当你有好的新的东西要说的时候，只有当那些东西对人们有益，对千百万劳动人民有益的时候，你才可以动手写作。"又说："艺术，就自己的性质来说，必须跟人民接近。……艺术，假如它真的是艺术，那就必须让每一个人，特别是让艺术为之而创作的人们接近。我们的艺术状况，惊人地揭露艺术活动家们，指出他们不愿意、不善于并且不可能有利于人民……"

他强调文艺要为大众："艺术家的一切努力理当集中到一点：让一切人都了解。"

他强调作家接近人民并向人民学习："那些熟知人民并和人民生活在一起的作家对于人民是最有出息的。""我们都向人民学习。罗蒙诺索夫，杰尔查文，卡拉姆津——直到普希金和果戈理，——甚至关于契诃夫也可以这么说，还有我本人。"

作为有自己的庄园和领地的世袭贵族地主，又处在沙皇统治时代，托尔斯泰有这样旗帜鲜明的文艺主张，实在是难能可贵。至于这种坚持人民性的文艺观是如何形成的，则另当别论。所以，我们有理由认为，托尔斯泰创作的进步性正是来自他世界观中进步的文艺主张，而不是对世界观的所谓"超越"。

2023 年 5 月 29 日草拟

托尔斯泰《一个地主的早晨》：
社会变革的先觉者和践行者

一

　　《一个地主的早晨》写贵族地主涅赫留多夫在自己的领地进行改革，即帮助自己的农民摆脱贫困、提高他们的教育和道德水准、革除陋习，但这个改革经过一年多的实验，以失败而告终。

　　小说分三部分。第一部分，是涅赫留多夫和他最信任、佩服的姑母的通信。涅赫留多夫告诉她自己准备退学到农村定居，在自己的领地进行改革，帮助自己的七百个农民富裕起来，并通过这种方式来寻找自己的幸福。他认为爱和善是真实和幸福，而且是世上唯一的真实和唯一可能的幸福。所以他要在自己的庄园和领地行善，在行善中找到自己的幸福。但姑母不同意这个只有十九岁的贵族大学生的想法，她告诉他："使自己幸福比使别人幸福容易。"但她也不坚决反对他的决定，只是忠告。涅赫留多夫看了姑母的信，并没有动摇自己的想法，他认为英明的女人也会犯错误，于是递交了退学申请书，回农村定居。

　　第二部分，写涅赫留多夫回到农村一年之后的一个早晨，先后走访四户农民的经过。第一户是丘里斯，他申请要几根木桩，但他的房屋随时都有倒塌的危险，需要翻修，几根木桩解决不了他的问题。涅赫留多夫不明白他为什么只申请要几根木桩。他们每天吃的就是面包就大葱，有时熬点儿野菜汤喝，这就是他们每天的饭。丘里斯的老婆有病，孩子多，家中只有他一个男劳力，他的帮手是只有七岁的儿子。鉴于他的贫困状况，涅赫留多夫建议他搬到自己新盖好的"空心墙石头房"去住，他却说石头房像监狱，并且坚决表示不搬到新村去住，因为那里没住过人。第二户是尤赫万卡，他的请求是要卖马。这个人好吃懒做，不孝顺母亲，他的妻子打扮得花枝招展，而自己的母亲却衣衫褴褛。他谎说马老了，不能干活了，所以要卖，而实际上马并不老，他卖马的目的是换酒喝。涅赫留多夫对他的恶习、不孝顺、谎话连篇非常痛恨，又拿他没办法，便想把他迁出自己的领地。第三户叫达维德卡，他的申请是要粮食和木桩。这个人懒得大白天睡大觉，孩子死了，老婆因为思念孩子，干活又累，也死了，现在家里只有母亲一个人干活。母亲对他是又气又疼爱，所以希望东家能给他再找个媳妇，但涅赫留多夫对此无能为力。为了改变他的懒惰，涅赫留多夫决定让他到自己的庄园里干活，在自己对他的监督、劝说下让他重新做人。第四户叫杜特洛夫，他有三个儿子，是个富裕的家庭。涅赫留多夫想和他合作办农场，但杜特洛夫因为以前与人合作吃过亏，对合作心有余悸，况且和东家合作就更让他担心和害怕了。因此他说自己没钱，没法合作。而他的三个儿子也不想与东家合作办农场，他们更愿意外出拉脚。

第三部分写涅赫留多夫对自己一年多来的改革进行反思，他对自己选择的这条通过行善使农民富裕的道路发生了怀疑，而自己也没有从中体验到预想的幸福。他在愁闷之中弹起钢琴，一边弹琴，一边遐想，最后竟然想到了杜特洛夫的三个儿子赶着三两大马车拉脚的欢快的景象……他甚至想到，自己为什么不是他们其中的一个呢？小说到此结束。

二

　　《一个地主的早晨》中的主人公涅赫留多夫，其实写的就是托尔斯泰自己，因为涅赫留多夫退学到农村定居，在自己的领地进行改革，与托尔斯泰的做法如出一辙。因此，读过这个小说之后，首先为他的善良、真诚而感动；再就是这篇小说再一次让我感觉到，托尔斯泰不是坐在书斋里凭想象写作的作家，而是生活在人民之中，深切了解俄国的农民、农村，以及整个俄国社会的作家，因而是一个时代变革的先觉者和践行者。

　　一个有七百个农民的地主、公爵、在读大学生，为了到农村帮助贫困的农民，甘愿在农村定居，甘愿不要大学毕业的文凭和任何官衔，甘愿通过自己真心实意的善行让农民得到幸福，而且认为这同时也是自己的幸福，并且身体力行，说到做到，他的善意和真诚不容怀疑，因此不能不令人感动。这篇小说写于 1856 年，而沙皇废除农奴制则是在 1861 年。这就是说，在废除落后的农奴制之前，托尔斯泰已经敏感地觉察到了农奴制的种种弊端，看到了农民的生存困境，亟须进行改革。托尔斯泰作为一个社会变革的先觉者的伟大在于，他不仅仅是先觉者，而是落实在改革的行动上。为此，他制定了详细的计划和准则，自己的全部生活和工作都按月、按日、按钟点安排好。比如，星期日接待求见的人、家奴和农民，巡视穷困的农户……托尔斯泰作为一个有着深刻洞察力的社会观察家，虽然他特别强调作品要表现情感，认为艺术是情感与情感的交流，但他所表现的情感注定不是"小我之情"，而是"大我之情"，即他经常强调的对人民有益的情感。因此，他的作品不是精巧的盆景，而是社会变化的风云激荡，一个突出的特点是"宏阔"。在我看来，所谓"宏阔"，不仅仅是人物众多、场面宏大、气象万千，更重要的是作品所揭示的矛盾，能够深刻地体现特定时代的主要的、决定着历史走向的矛盾冲突和人物形象。《一个地主的早晨》虽然是篇短篇小说，虽然没有宏大的场面和众多的人物，但它的特点依然是宏阔。因为，小说所触及的矛盾，是地主和农民的矛盾，这是关系到整个农民命运和历史发展趋势、国家和民族命运的重大矛盾。托尔斯泰想解决这个矛盾，然而，他所推行的改革最终失败了。托尔斯泰深深地感觉到了自己的一无所获，但托尔斯泰并不知道他为什么会失败。

那么，这是为什么呢？

三

涅赫留多夫的改革注定不会成功。第一，以个人行善的方式去帮助农民，是治标不治本，不能解决农民的所有困难。当时俄国农民的贫困是普遍的，仅从涅赫留多夫寻访的四户农民来看，他们各有各的难题，尽管涅赫留多夫真心实意地想帮助他们，但他还是无法解决他们的问题。比如丘里斯一家，最缺少的是劳力。房子不能住了，涅赫留多夫可以让他搬进自己才盖好的石头房，可以让他迁移到新村去居住，但缺少劳力这个原因使丘里斯一家陷入贫困的难题，涅赫留多夫则是没有办法解决的。比如达维德卡需要找一个媳妇，他的母亲恳求涅赫留多夫给帮帮忙，涅赫留多夫说这需要双方同意，不能强迫命令，既然没人愿意嫁给懒惰的达维德卡，涅赫留多夫自己也没有办法。比如尤赫万卡申请卖马，但他的问题是好吃懒做的恶习所致。因此，无论同不同意他卖马，对于割除其恶习都无济于事，物质方面的帮助救治不了他的精神疾病。所以，涅赫留多夫对这个人除了厌恶和想把他迁移出去之外，束手无策。

第二，俄国农民的落后、保守和愚昧。丘里斯就是典型的代表，对于自己的日子，他是得过且过，房子需要翻修，他只申请要几根木桩支一支，倒不了就凑合着住下去；他没见过石头房，就说像监狱；他坚决不迁居新村，因为新村没人住过，他说："这个地方大伙在一起，热闹、习惯；有大道，有池塘给娘们儿们洗衣服、饮牲口，我们庄稼人的家当也都在这儿，是祖祖辈辈置下的……我只想在这儿咽气，大人，别的什么也不要。您要是开恩给修修房子我们就感激不尽了，不然我们就在这老房子里凑合过一辈子也行。……可别把我们从窠里撵出去啊，老爷！"丘里斯的房子随时都有倒塌的危险，每天过着只能吃面包就大葱的日子，却满足于现状，决心在这儿咽气，除了要求给他修修房子，别的什么也不要，不修就"凑合着过一辈子"，把涅赫留多夫让他搬到新村、住新房的帮助，看作是要把他撵出去。不只是他，大多数村民对涅赫留多夫的行善之举和他采购机器等举措并不理解，反倒说他是纨绔子弟。这就是当时胆小、墨守成规、不求新变、不接受新鲜事物的俄国农民！这种弊端，也是导致涅赫留多夫的行善没有任何效果的重要原因。

第三，富裕农民向往的是自由和新的经营方式。富裕的农民，比如杜特洛夫一家，也不愿意和东家合作办农场。除了怕上当之外，更让他们向往的是自由（脱离土地的束缚），并用新的经营方式来赚钱。所以，当涅赫留多夫一提到要与他家合伙办农场时，杜特洛夫以没有钱买地婉拒，而他的小儿子伊柳什卡生怕父亲答应东家的要求，赶紧抢着说："那怎么行啊，大人！我们一生下来就干这些活儿，是怎么回事都知道了，我们会干的、最爱干的事，大人，是拉脚。"拉脚就是跑运输，这种赚钱的方式是一种建立在雇佣关系上的资本主义的经营方式，相比于固定在土地上劳作，是一种解放和自由。伊柳什卡说他们最爱干拉脚，实际上代表了一些富裕农民希望脱离土地、向往自由和资本主义经营方式的愿望，这也是历史的发展趋势和要求。

第四，农民对东家的不信任。尽管涅赫留多夫真心实意地想帮助自己的农民，想满足他们提出的一切合理要求，但不论是需要帮助的贫困农民，还是他需要与之合作的富裕农民，对他的真心帮助都持一种不领情、不信任的态度。比如，他走在街上，从教堂里走出来的男男女女、老老少少，一方面和他谦恭地打着招呼，一方面又绕着道避开他走。他对丘里斯表示，为了你们的幸福而愿意牺牲自己的一切，而丘里斯的表情却是一副与己无关的样子："丘里斯歪着脑袋，慢慢眨着眼睛，勉强打起精神听东家讲话，就像我们不得不听一席讲得不大好，同我们毫无关系的话一样。"而尤赫万卡听了他这番同样的表白之后，从他脸上流露出的笑容，分明是一种不信任的嘲讽神态，好像东家是在和他开美妙动听的玩笑，同时，"这笑容和答话使得涅赫留多夫怀抱的感化农民、劝说他改邪归正的希望成了泡影。"

正是上述一些原因，使得涅赫留多夫的愿望化为了泡影。但在一年前他选定这条道路时，则是信心十足，相信自己一定会成功。设想很美好，而现实却让他感到自己的失败和一事无成，"我的农民富裕起来了吗？他们受到了教育，或者道德水平提高了吗？一点儿也没有。他们的情况没有改善，而我的心情却一天比一天沉重。哪怕我能看到我的事业有一点儿成就，哪怕有人感谢我……可是我看到的却是错误的因循守旧、恶习、不信任、束手无策。我在浪费人生最好的岁月"。

涅赫留多夫不知道自己为什么会失败，但他的失败却从反面告诉人们，地主和农民的矛盾，是无法通过自上而下的改良所能化解的；相反，必须进行彻底的革命，必须打倒地主和地主政府，消灭一切旧的土地占有形式和占有制度。但是，涅赫留多夫是地主、公爵，他想帮助农民是真诚的，他不想自己打倒自己。这就是涅赫留多夫作为贵族地主自身难以克服的矛盾，也是托尔斯泰观点中的矛盾。同样，当时的俄国农民，有的是对地主和政府的愤恨，有革命的要求，但却没有革命的胆略和勇气，诚如列宁所指出的："在我国革命中……大部分农民则是哭泣、祈祷、空谈和梦想，写请愿书和派'请愿代表'这真是完全符合列夫·尼古拉耶维奇·托尔斯泰的精神！"

列宁在《列夫·托尔斯泰是俄国革命的镜子》一文中，从四个对立方面分析了托尔斯泰观点（世界观）的矛盾性，同时也指出了农民既想革命又不敢且不知道如何革命的矛盾性。而托尔斯泰的作品所表现的，就是农民在革命中的这种矛盾性："作为俄国千百万农民在俄国资产阶级革命快要到来的时候的思想和情绪的表现者，托尔斯泰是伟大的。托尔斯泰富于独创性，因为他的全部观点，总的说来，恰恰表现了我国革命是农民资产阶级革命的特点。从这个角度来看，托尔斯泰观点中的矛盾，的确是一面反映农民在我国革命中的历史活动所处的各种矛盾状况的镜子。"又具体指出："托尔斯泰的思想是我国农民起义的弱点和缺陷的一面镜子，是宗法式农村的软弱和'善于经营的农夫'迟钝胆小的反映。"

2023 年 6 月 7 日草拟

世界著名中短篇小说赏析

屠格涅夫《木木》：
农奴主与一条狗的命运

一

　　格拉西姆是个又聋又哑的农奴，整天只是干活，对主人十分敬畏，女主人对他也很满意，她将他从乡下带到莫斯科，让他在住宅内专管扫院子、挑水、劈柴，白天看门，晚上守夜。格拉西姆的活儿干得干净利落，井井有条。宅内用人中有个洗衣女工塔季扬娜，性情温顺，终日埋头干活，少言寡语。格拉西姆很喜欢她，经常悄悄伴随着她，这引起了用人们的嘲笑。一次在吃饭时，掌管洗衣的女工头取笑塔季扬娜，格拉西姆虽然听不见，但他能看出这是在欺侮她。他猛将大手按在那人头上，愤怒地盯住她，对方被吓得半死，半晌动弹不得。从此以后，谁也不敢再当面嘲弄塔季扬娜了。

　　家里的用人中有个叫卡皮通·克里莫夫的鞋匠，是个酒鬼。女主人和管家说，若给卡皮通娶个老婆就有人管束他了，于是下令让塔季扬娜嫁给他。鞋匠知道格拉西姆喜欢塔季扬娜，他怕格拉西姆报复，不敢答应。管家也怕格拉西姆，但为执行女主人的命令，便想出了一个办法，让塔季扬娜喝了酒去见格拉西姆，因为管家知道格拉西姆最讨厌喝酒。这一招果然奏效，格拉西姆从此远离了塔季扬娜。不久，鞋匠就同塔季扬娜结了婚。但鞋匠恶习难改，终于被主人遣送到乡下，塔季扬娜只得随夫离去。格拉西姆默默地送了他们一程，并把一条红棉布头巾送给塔季扬娜，她被感动得流了泪。

格拉西姆送别塔季扬娜，回来时在河边救了一条刚出生不久的小狗，并把它抱回来，精心照料，视它为"养女"，给它起名叫木木。一天，女主人发现了这条可爱的小狗，正想逗它，不料木木冲她龇牙咧嘴，吓了女主人一跳。于是，她立刻转喜为怒，让管家把小狗扔出去。管家吩咐一个叫斯捷潘的跟班把小狗卖到狩猎市场，不料小狗夜里又返回到格拉西姆身边。格拉西姆喜出望外，白天把小狗藏在他住的顶楼上，夜里才让它出来呼吸一下新鲜空气。不料，它发现生人后的叫声又惊动了女主人，她怒斥管家做事不力，命令管家一定要让格拉西姆交出木木。当格拉西姆明白女主人要处死木木时，便表示由他自己来干。他穿上节日的衣服，带木木到店里饱食一顿，然后又带木木上了小船，无可奈何地将木木沉入到河里溺死。然后，他急匆匆地回到自己的顶楼，背起背包，挂着一根棍子，愤怒地沿路回乡下去了。农奴主得知他回到乡下，想把他找回来，但不久，女主人就死了，也就没人再过问格拉西姆了。

二

屠格涅夫的《木木》和托尔斯泰的《一个地主的早晨》的共同点都是反对农奴制。所不同的是，托尔斯泰是站在地主的角度来反对现行的农奴制的。所以在《一个地主的早晨》中的地主涅赫柳多夫要在自己的庄园进行改革，真心实意地想帮助农民摆脱贫困，但农民并不信任他，他的改革因此而失败。作品从反面说明，农民所需要的，是彻底废除农奴制和地主阶级的土地所有权，而不是所谓的改革。而屠格涅夫的《木木》，则是站在贵族家庭的对立面，通过农奴主与家奴的日常生活，来揭露、控诉农奴主的自私、冷酷和专横，通过艺术典型的塑造，让读者看到沙俄农奴制社会的罪恶本质。

沙俄农奴制社会的基本矛盾是地主和农民的矛盾。屠格涅夫的中篇小说《木木》，在不长的篇幅里，塑造了女农奴主和家奴格拉西姆两个典型人物。先看这个女奴隶主。她是一个老寡妇，没有交代具体姓名，她的宅院在莫斯科一个比较偏僻的街上，她的儿子们都在彼得堡的政府机构任职，女儿都出嫁了。她很少出门，在家里被一群用人伺候着。"那位老太太……对什么事都遵照古法办理，她养了一大群用人：在她的宅子里不仅有洗衣女人、缝衣女人、细木匠、男裁缝、女裁缝，等等，甚至还有一个马具匠，他也兼做兽医，并且还给用人看病，宅子里另外还有一个专给女主人看病的家医；最后还有一个鞋匠，叫作卡皮通·克里莫夫，是一个无可救药的酒鬼。"

这个女主人有三大特点。第一个特点：喜怒无常，随心所欲。这个老太太身边，有跟班，有陪着她说话的"陪女"，有专门伺候他吃饭的家奴。这个老太太喜怒无常，而用人们既怕她不高兴，更怕她高兴。为什么呢？"宅子里的人并不太喜欢看见太太高兴，因为在那个时候，第一，她要所有的人立刻而且完全跟她一样地高兴，要是某个人脸上没有露出喜色来，她就要发脾气；第二，这种突然的高兴是不会持久的，通常总是接着就变成一种阴郁不快的心情。"这个女主人身边的用人们是何等可怜！他们的一举一动要受老太太的控制，在喜怒哀乐上也得随时与她保持一致。老太太是何等的霸道，家奴们没有一点点自由可言。

第二个特点：冷酷专横，夺人所爱。她的这一特点，常常在她的喜怒无常中表现出来。比如，一次她和管家说起酒鬼卡皮通，一时高兴，心血来潮就乱点鸳鸯谱，她要让洗衣女工嫁给酒鬼卡皮通。但她不知道这个洗衣女人塔季扬娜已经被格拉西姆所爱，管家知道，但老太太既然这样说了，他就不敢告诉她了。管家根据以往的经验，觉得她就是随口一说，第二天说不定就忘到九霄云外了。但这次却是一个意外，老太太不仅没忘，还催问管家她的命令落实了没有。她的命令管家必须落实，但管家也害怕力大如牛的格拉西姆报复，只能设计让格拉西姆断绝了和她的来往。于是，塔季扬娜很快和酒鬼结了婚。但酒鬼卡皮通并没有改邪归正，一年后他和塔季扬娜被老太太遣送到乡下去了。后来，她又发现了格拉西姆养的小狗木木很可爱，便想据为己有，但木木因害怕而躲避并向她龇牙，立刻就触怒了她，吩咐把木木赶紧扔出去。木木被卖又逃回，不料它的叫声又惊动了老太太，她便下令把木木处死。格拉西姆不敢违背女主人的命令，亲自把视为"养女"的木木沉入河中淹死。格拉西姆在这条河里救了木木，又在这里淹死了木木。上述两件事，在贵族的日常生活中可能是习以为常、微不足道的小事，但屠格涅夫就是通过这样的日常生活中不被人注意的小事，让人看到了女主人夺人所爱的专横和霸道，读之令人触目惊心。

第三个特点：自私虚伪，善恶倒置。老太太分明是这个家庭的主宰者、统治者、施暴者、压迫者，但她"有时候喜欢装作一个受压迫的无依无靠的苦命人的样子"，并且抱怨所有的人："太太喝了圣水（家医配置的安神水），马上又用含泪的声音抱怨狗，抱怨加夫里拉（管家），抱怨自己的命运，诉苦道，她这个可怜的老太婆，大家都抛弃了她，没有一个人可怜她，大家都希望她死。"一个施暴者和压迫者，为什么反倒觉得自己是受害者和被压迫者呢？是假装的吗？不是。笔者以为，她是真的觉得自己是受害者和被压迫者，因为她就是恶的化身，其根源和本质是极端的自私。因为她极端自私，所以她心里只有她自己；因为她的极端自私，让她觉得自己的所作所为都是对的，在她的心目中是没有善恶观念的。所以，她只觉得自己有不满、有委屈，因而抱怨一切。

心中只有自己，残暴专横、作恶而不自知，就是这个女奴隶主的性格特征，也是农奴制专制统治的缩影。

三

　　《木木》塑造了家奴格拉西姆的典型形象。他可以用强壮、勤劳、善良、真诚、温顺几个关键词来概括。格拉西姆又聋又哑，但身体十分强壮，力大如牛，他特别喜欢干农活儿，他一个人能顶四个人干活。比如耕地，牲畜拉不动犁铧的时候，他的大手往犁铧上一按，就把犁铧连同牲畜一起推着向前走了。后来女主人把他从乡下带到了莫斯科，让他打扫院子、劈柴、送水，他觉得这些活儿太轻松，总是很快就干完了，他把院子收拾得干干净净，连一根小草都没有，女主人对他相当满意。格拉西姆的强壮，让所有的家奴都望而生畏，因为女主人对他很满意，所以连管家都怕他。尽管人们怕他，但他从不倚强凌弱，欺侮他人，但对小偷和欺负人的人，他绝不心慈手软，这是人们怕他的主要原因。

　　表面上不苟言笑的格拉西姆，内心却真诚而善良。他洁身自好，对一切恶习深恶痛绝。他爱塔季扬娜，但当他看到他心爱的人居然有喝酒的习惯，就毅然决然地和她分手了，但他心里依然爱着塔季扬娜，在她和丈夫卡皮通被遣送乡下的时候，他默默相送，还送给了塔季扬娜一条棉布红头巾，他的真诚之爱让塔季扬娜感动得泪流满面。在送别塔季扬娜返回途中，他在河边救了一个出生不久的小狗，他把它抱回家中，精心照料，视其为"养女"。女主人也曾喜爱过木木，但那是出于猎奇和一时的心血来潮；而格拉西姆救木木，并把木木当作自己的女儿来呵护、照料，是他的善良之心和真情实感的自然流露。

　　在这个宅院里，包括管家在内的所有用人都怕格拉西姆，而格拉西姆所怕的只有一个人，就是他的女主人：老太太。在老太太面前，他表现出来的是温顺、听话，实质是软弱。他与塔季扬娜分手，一方面是因为她喝酒，但他也知道把塔季扬娜配给鞋匠是老太太的旨意，他就不得不"割爱"了；他爱木木如亲生女儿，但当他得知处死木木是老太太的命令时，他便放弃了对抗，答应管家自己亲自来处死木木，管家也相信他的说到做到。

问题在于，屠格涅夫为什么要让格拉西姆亲自将木木沉河溺死？大体有三方面的原因：第一，屠格涅夫的"真实观"使然。我在《初恋》的赏析中曾经提到过，屠格涅夫非常强调作品要符合生活的真实，而反对脱离现实的虚假和编造。他说："我主要是一个现实主义者；最感兴趣的是人的面貌的生动活泼的真实。准确而有力地表现生活的真实，才是作者的最高幸福，即使这真实同他个人的喜爱并不符合。"在屠格涅夫看来，让格拉西姆亲自处死木木符合他的性格逻辑，也就是符合生活的真实。第二，对于格拉西姆来说，如何处置木木不外乎三种选择：一是拒不交出木木，然后找机会带着木木逃走。二是把木木交给管家。三是自己亲自处死木木。格拉西姆选择了第三种方式。就当时的格拉西姆来说，虽然身强力壮，宅子里的人都怕他，但是他还是一个没有觉悟的缺乏反抗意识的家奴，所以他唯一怕的人是女主人，这就决定了他不可能选择第一种方案。同时，格拉西姆的选择，也符合当时的社会现实。根据沙俄奴隶制的法典，奴隶主有权追回逃跑的奴隶，因此格拉西姆是无法逃脱的。这就说明，个人的力量再强，也是无法与整个的社会制度和国家机器来抗衡。冉者，格拉西姆为什么不把木木交给管家和太太处理，而要自己处死木木？他为什么能下如此的狠心？道理很简单，因为格拉西姆知道，把木木交出去让管家和太太去处置木木，他们的手段一定会更为残忍。这说明通过这件事，格拉西姆进一步认识到了女主人的专横和残忍。第三，格拉西姆亲手处死了自己视为"养女"的木木，是被逼无奈，他不仅为此而痛苦，更有一种内疚感和负罪感，他在痛恨自己的同时，也看清了女主人连一条狗都不放过的惨无人道，因此，他对这个宅院已不抱任何幻想了，所以在将木木溺死之后，迅速地走出了这个宅院返回了乡村。

格拉西姆从一个让主人满意的家奴到主动地逃离，是他由顺从到觉醒并将走向革命的象征；而女主人的死，则象征着农民的觉醒之时，就是农奴制的衰败之日。

2023 年 7 月 3 日草拟

果戈理《涅瓦大街》：
揭示沙俄社会的精神现实

一

　　果戈理的中篇小说《涅瓦大街》发表于1835年。涅瓦大街是首都彼得堡最好、最有名的被誉为"首都之花"的一条大街，小说所描写的，就是发生在这条街上令人奇异的意想不到的一些事。小说一开始，就用较长的篇幅来描写涅瓦大街一天之内在不同的时间段的景观，借此描写了涅瓦大街光怪陆离的繁华和热闹，突出了它变化多端的奇异性。

　　接着，小说重点描写了两个年轻人分别跟踪、追逐两个美人的过程和结局。其中一个是画家，名叫皮斯卡廖夫，他生性腼腆、胆小，也很正派。他是在另一个叫皮罗戈夫的中尉军官鼓动下才有勇气去追逐美若天仙的黑发女郎。他的追逐没有任何邪念和非分之想，他只是被姑娘的美所吸引，好奇心使他想知道如此的美人究竟住在什么地方，只此而已。然而，当他跟随女郎到她的住处时，却让他大失所望，原来他心目中的美神竟然是个妓女。皮斯卡廖夫垂头丧气地回到家中，心情极其郁闷。后来他做了一个梦，梦中的女郎不再是妓女，而是高雅正派的美人。当他发现这是个一厢情愿的美梦时，他宁愿让自己继续去做梦而不想回到现实之中。于是他每天都在做梦，后来因身体的原因不能做梦了，他便通过吸食鸦片促使自己回到梦中。有一次，他梦见黑发女郎居然成了他的妻子，于是他前去劝说黑发女郎嫁给他，以便让她离开"淫窟"，但女郎却不愿意跟他去过自食其力的苦日子，于是不由分说地拒绝了他的劝说。就这样，皮斯卡廖夫的美好愿望落空了，在失望之余，他选择了自杀。

皮罗戈夫追逐的金发女郎是个德国人，是个有夫之妇。丈夫是个焊洋铁壶的工匠，名叫席勒。皮罗戈夫在跟踪时，和皮斯卡廖夫相反，因自己的中尉官衔让他非常自信，他相信任何美女都会被他所征服，所以在他的言语之中都是一些挑逗性言辞。虽然他知道她有丈夫，但他仍然要挑逗她。为了能经常来登门造访，他先是让女郎的丈夫为他打制马刺，马刺打制完之后，又让打制剑鞘，他甚至当着她丈夫的面亲吻她，这让席勒很不高兴，对他产生了反感。后来，皮罗戈夫趁着席勒外出来到她家，不巧席勒和他的朋友回来了，几个人动手把他驱赶出去。席勒担心这个中尉军官会让警察来报复，结果是皮罗戈夫并没有上告，这事也就不了了之了。

同样是对美女的追逐，但皮斯卡廖夫和皮罗戈夫的目的和结局截然不同。

二

《涅瓦大街》通过整体象征、概括与重点描写相结合的方法，深刻地揭示出 19 世纪 30 年代沙俄社会精神现实的主要特征。19 世纪 30 年代，沙俄社会正处在君主专制的资本主义社会。这个叫法似乎有些矛盾，但它符合沙俄社会实际的社会状况。它保留着落后的封建的农奴制的同时，资本主义也在不断地发展。就其政治体制来说，沙俄社会显然是保守和落后的。英国在 17 世纪就废除了农奴制，18 世纪完成了工业革命，机器代替了手工操作；法国也在 18 世纪末完成了资产阶级革命，并废除了农奴制；普鲁士在 19 世纪初开始着手废除农奴制。而沙俄社会到了 1861 年即 19

世纪中后叶才废除了农奴制，所以，沙俄的政治体制在 19 世纪 30 年代还属于封建的君主专制，经济上，贵族地主农奴经济仍然占据优势地位。尽管如此，具有资本主义性质的手工工场还是在这样的夹缝中得到了发展。19 世纪 30 年代的沙俄社会，是一个封建贵族经济和资本主义经济并存但以前者为主的经济社会形态。在这样一个封建专制和资本主义兼具的社会里，一方面必然具有封建专制的落后性和残暴性，一方面也必然具有资本主义的铜臭气。物质现实是如此，精神现实同样是如此。精神现实虽然是看不见的，但它必定会通过普遍存在的现象表现出来。那么，沙俄社会的精神现实的突出特点是什么呢？果戈理的整体把握和具体概括是：真善美的表象掩盖着假恶丑的实质。因此，一切都是表象，一切都是虚假，一切都是谎言，一切都是欺骗。

俄国 19 世纪的批判现实主义的锋芒主要指向封建官僚体制的残暴、非人性以及下层民众的生活苦难，而对于这样一个封建和资本主义兼具的社会的精神现实，则被许多作家忽略了，或者说是缺乏清醒的认识，而果戈理的《涅瓦大街》则填补了这方面的空白，这既是果戈理的独辟蹊径之处，也是他对俄国文学所做出的独特贡献。

三

精神现实的抽象性和概括性，增添了艺术表现的难度。所谓抽象性，是指精神现实通过概念而体现，是看不见的，我们所看到的只是它的某种表象而不是其本身。所谓概括性，是说某种命名是一个比较抽象的概念性词语，即不是单指某一具体现象，它指的是某类事物的共同性。为了准确表达沙俄社会上述精神现实的特征，果戈理采取了象征、概括介绍与重点描写相结合的方法。

很明显，涅瓦大街就是一种整体象征。涅瓦大街是首都彼得堡最好、最繁华的一条街，被誉为"首都之花"，因此，它是首都彼得堡的象征；而首都彼得堡是沙俄帝国的象征，所以，涅瓦大街就成了沙俄帝国的象征。故而，这里所发生的一切事情，以及由此而呈现出的精神现实，就是沙俄社会的精神现实与时代精神。

所谓概括介绍与重点描写相结合，也就是点、面结合的方法。小说开头对涅瓦大街一天之内不同时间段的不同景象的描写，就是对它的概括介绍，最后叙述者对涅瓦大街进行了总结：

啊，可别相信这条涅瓦大街！当我走过这条大街时，我总是把披风裹得严严实实的，根本不去注意那些迎面碰见的事物。一切全是骗局，一切全是梦幻，一切都是表里不一。你觉得那位身穿精致的礼服正在漫步的先生很富有吧？根本没那回事：他全部的家当就是那件礼服。你以为驻足在兴建中的教堂之前的那两个胖子是在谈论建筑艺术吧？也没有那回事：他们闲聊的是两只乌鸦面对面地蹲着实在令人奇怪。你认为那个挥动着胳膊、热情洋溢的人是在说他的妻子从窗口把一支圆珠笔扔到了一个素不相识的军官身上吧？完全不是，他是在谈论拉斐德呢。你以为那些淑女们……但是，淑女们是最不可信赖的。最好是少去张望商店的橱窗：那里摆出来的小饰物非常精美，可是要价让你退避三舍。千万可别去窥视呢帽底下的淑女们的俏脸！无论美人的斗篷在远处怎么飘然飞舞，我都决不会跟上去寻幽探胜。离远点儿，看在上帝的分上，离街灯远点儿！……然而，除了街灯，其余的一切东西都会迷惑人。这条涅瓦大街时时刻刻在装假骗人。

这段总结告诉读者，在涅瓦大街上，除了夜晚的街灯，其余的一切都会迷惑人，都是在骗人。然而，仅仅有这样的概括介绍毕竟是抽象的，因此果戈理通过两个年轻人追逐两个美女的过程和结局，具体地描写了它的欺骗性。其中，黑发女郎最具代表性。要说这个黑发女郎，其实一句话就可以说清楚：她美若天仙，令人神往，但她是妓女。就这么简单！果戈理的高明之处在于，他没有正面写黑发女郎，因为那样平淡无奇，索然无味。所以，果戈理正面具体描写的是追逐黑发女郎的皮斯卡廖夫，写他对黑发女郎由浅到深、由表及里的认识过程和由此而引起心理感受。皮斯卡廖夫的心理感受可以分为五个阶段：第一阶段，被黑发女郎的惊人之美所吸引并让他产生了一种神秘感，他想弄清楚如此之美的女郎究竟是何方神圣，住在何处。第二阶段，大失所望。当发现她是妓女之后，对皮斯卡廖夫的精神打击是巨大的，他跟踪追逐黑发女郎，不是源于低俗的欲望，而是作为一个画家对美的向往和渴望，他追寻的是真善美，但最终看到的则是假恶丑，巨大的心理落差使他陷入极度的失望和痛苦之中。第三阶段，留恋梦境。作为一个艺术家，皮斯卡廖夫不能接受如此的美神竟然是妓女这样的现实，他希望这是对她的误解。所以，进入他梦境中的黑发女郎，不再是妓女，而是高贵美丽的女神。他明明知道这是自己一厢情愿的美梦，但他不愿意回到现实之中，而靠美梦来自欺欺人。第四阶段，劝说与拯救。皮斯卡廖夫在梦中梦见黑发女郎成了自己的妻子。他从梦中醒来后暗忖着："她是突遭厄运，身不由己地沦落风尘的；也许，她内心已是懊悔莫及；也许，她自己也渴望跳出火坑。难道就眼睁睁地看着她毁了而无动于衷么？要知道只要伸出一只援手就可以把她从水深火热之中解救出来啊！"于是，他去找她，并劝说她脱离火坑，嫁给自己。皮斯卡略夫作了长时间的、富有教益的一番规劝之后，最后说道："不过，我们可以劳动为生；我们可以同心协力，改善我们的生活处境。最大的快乐莫过于自食其力。我可以作画，你就坐在我的身边，鼓励我，刺刺绣或者做点别的手工活儿，我们也就衣食无愁了。"然而，黑发女郎一脸只有鄙夷的神色，打断他的话说："我又不是洗衣妇和女裁缝，干吗要干活呢？"黑发女郎不仅不接受皮斯卡廖夫的规劝，还流露出一种鄙夷的神色，这充分说明，她之所以落入"淫窟"，并不是什么突遭意外、身不由己，恰恰相反，她是为了金钱和贪图享受而自觉自愿地去出卖自己的肉体和灵魂的。由此可见，在19世纪30年代的沙俄社会，一方面是封建君主制，一方面资产阶级金钱至上的观念也在不断地腐蚀着人们的灵魂！第五阶段，自杀。皮斯卡廖夫的规劝失败，彻底地粉碎了他的梦想，而他既无力改变现实，又不想和现实同流合污。所以，他选择了自杀。

显然，果戈理是把皮斯卡廖夫作为一个"探秘者"来描写的。通过他在探秘过程中不同阶段的心理活动和感受，把一个"美女甘愿当妓女"一句话能说清楚的事，讲得悬念迭起，引人入胜。更重要的是，通过黑发女郎外在美和内在丑的巨大反差，深刻地揭示出19世纪30年代沙俄社会表面的真善美掩盖着假恶丑实质的精神现实。

2023 年 8 月 8 日草拟

肖洛霍夫《看瓜田的人》:
社会动荡中人的命运及人性

一

　　这篇小说描述的是一个家庭的悲剧,同时也是那个特定时代的社会悲剧。小说的主人公是一个少年,名叫米嘉,他二十岁的哥哥菲多尔参加了苏维埃的红卫军。他的父亲痛恨苏维埃红色政权,被任命为哥萨克革命法庭的警卫队队长,这让他感到喜出望外。但在这个家庭里,只有父亲是个铁杆哥萨克,母亲和米嘉都站在哥哥一边。

　　这天吃早饭的时候,父亲宣布了他被任命的喜讯。同时他警告、威胁、质问大儿子菲多尔是不是和布尔什维克有勾结,是否经常去找村子里的庄稼佬。菲多尔毫不隐讳地回答说:“是。”他的回答激怒了父亲,父亲拿起一个很重很重的铜壶向菲多尔砸去,用力之大,把铜壶的柄都折断了,碎柄插入菲多尔的眉头,米嘉看到血像管子一样流了出来,而父亲生气地拉上门出去了。

　　菲多尔准备离开这个家了。母亲一整天都在为他缝补衣服,米嘉只看到母亲把头埋在一堆衣服中,肩膀不断地抽动。这天晚上,菲多尔在米嘉的帮助下,从父亲手里拿到了马房的钥匙。于是,菲多尔骑上一匹小公马去参加顿河对岸的红卫军。第二天早晨,父亲发现小公马和菲多尔同时不见了,为此痛打米嘉,直到听不见米嘉细微的呻吟声了才住手。

米嘉看到被哥萨克俘虏的红卫军，非常心疼他们，心疼得喘不过气来。看到父亲和哥萨克的汉子、娘们儿那么凶狠地对待他们和取笑他们，他觉得从来没有像现在这样痛恨父亲，痛恨他那棕黄的大胡子。

他看到父亲把俘虏们关进了一个仓库里，回家后请求母亲烤一些圆面包，他要给俘虏们送去。母亲欣然同意，并说："俘虏们谁没有母亲啊！"为了不让父亲发现，他和母亲商定到晚上去送。看守俘虏的两个哥萨克，其中年轻的一个是好心人，他说自己每周三、周五值班，让米嘉在他值班的时候将面包送过来，由他交给俘虏们。

又到了送面包的晚上，父亲却指派米嘉夜里去放马，母亲便替他去送。第二天早晨米嘉放马回到家里，发现母亲倒在了血泊中。好心的邻居告诉米嘉，母亲因为给俘虏送面包，让父亲发现给打死了，劝米嘉也赶紧逃走。

于是，米嘉离家出走，从此成了一个在山上为村民们"看瓜田的人"。有一天傍晚，他看到一群哥萨克士兵在追赶从俘虏队里逃跑出来的三个红卫军。第二天早晨，米嘉在瓜田里发现了一个腿部受伤的红卫军，不料正是自己的哥哥菲多尔。米嘉把哥哥藏到屋子里，并用杂草将哥哥盖住。哥萨克来搜查，而最后来的正是自己的父亲。父亲在米嘉的屋内仔细地搜查，当米嘉看到父亲发现了哥哥的一条腿从杂草缝隙里露出来，要掏手枪的时候，他顺手拿起一把斧头，向父亲的头上砍去……

父亲死了，兄弟二人游过顿河，到对岸寻找红卫军去了……

父亲枪杀了母亲，最后儿子又杀死了父亲。

这就是这个家庭的悲剧结局。

二

读《看瓜田的人》，我的突出感受是触目惊心、出乎所料。具体是这样两点：

首先，通过一个家庭悲剧，触目惊心地反映出苏维埃政权初建之时社会的动荡不安，以及社会矛盾的复杂性、尖锐性和斗争的惨烈性。

小说中所写的哥萨克，是起源于东欧大草原的游牧社群，主要聚居于第聂伯河、顿河、乌拉尔及捷列克河东欧河流沿岸。关于哥萨克一词的来源，有四种说法：来源于突厥语，意为"自由民"；来源于鞑靼语，意为"流浪者"；来源于土耳其语，意为"强盗"；再就是来源于土耳其语中"骑兵"一词。哥萨克这个概念，通常包括两个层面的含义，一方面是指作为个体人的哥萨克，他们是国家公民的一部分；另一方面，哥萨克也作为集体的概念而存在，代表着俄罗斯和乌克兰民族内部一个具有独特社会共性、文化特征和共同历史的特殊群体。哥萨克的历史渊源，在13世纪的《蒙古秘史》中已有记述。哥萨克在17、18世纪，效忠于俄国沙皇，为保卫祖国，做出过重要贡献。到了20世纪初，俄国经济进入了快速发展时期。但第一次世界大战前，在俄国大众之间蔓延着对政府的不满和反对情绪，1904年的日俄战争之后，又爆发了1905年的革命。这时的哥萨克仍然忠于沙皇，与俄国部队一起镇压起义和暴动。哥萨克是一个自治政体，并且形成了以村为单位的自治军团。在1917年十月革命胜利后所爆发的内战中，哥萨克内部分裂成了两部分：一部分富裕的哥萨克成为苏维埃政权的敌对势力；一部分不富裕的、贫穷的哥萨克站在了布尔什维克一边。

小说中所写的这个家庭的分裂，正是哥萨克这一社群在这一历史阶段分化的缩影和象征。我们看到，在这个四口之家中，只有父亲和红色政权敌对，其他三人都拥护新生的红色政权。这个家庭因分裂和互相残杀而造成家破人亡的悲剧，正是当时社会动荡不安、斗争惨烈的真实写照。小说结尾时，米嘉和哥哥菲多尔去顿河对岸寻找红卫军，则是他们告别旧家庭、走向新生活、面向新世界的标志。

其次，这篇小说告诉我们，政治立场决定人性的善与恶。通常人们认为好人不会做坏事，意思是说，善良的人是不会做坏事的；反过来说，人做不做坏事，是由人性的善恶决定的。而这篇小说颠覆了人们的这一看法，不是人性决定人的善与恶，而是政治信仰、阶级利益。

小说中描写的父亲是非常凶恶的。他为什么用很重很重的铜壶去狠砸自己的亲生儿子？因为儿子勾结布尔什维克并与村里的庄稼佬交朋友。父亲为什么痛打米嘉？因为米嘉帮着哥哥逃走去参加被他视为死对头的红卫军。父亲为什么枪杀自己的妻子？因为她给被俘的红卫军俘虏送面包吃。在这里，父亲的一举一动，哪里还有一点点作为丈夫和父亲的样子？哪里还有一点点亲情可言？父亲为什么这样冷酷无情？答曰：这是由他痛恨红卫军的政治立场决定的。

三

这篇小说是小说集《顿河故事》（1926 年出版）中的一篇，发表于1925 年，其他近二十篇的中短篇也都是这一时期的作品。肖洛霍夫生于1905 年，那时的肖洛霍夫只有二十岁。可是读他的作品，我感到的不是稚嫩，而是独有的超越其年龄的深刻和成熟。他具有对复杂的社会现实整体把握的能力。对于现实主义作家来说，就是能够通过个别反映一般，或者说让普遍性蕴含在特殊性之中。比如，肖洛霍夫讲述的"顿河故事"，只是发生在顿河地区个别的、特殊的、具体的事件，然而在这种特殊、个别事件之中，反映出的则是整个社会和社会矛盾的性质和特点：新生的苏维埃政权与多种敌对势力所进行的拉锯式的惨烈斗争。

肖洛霍夫对人性的变易性和复杂性有着深刻理解，并在作品中通过对人的命运的翻转和人性的复杂，来展现社会矛盾及其斗争的尖锐性和复杂性。比如《看瓜田的人》《道路》《牧童》《粮食委员》《希巴洛克的种》

等，都展示出了人性的复杂和斗争的惨烈。

那么，二十岁的肖洛霍夫为什么能够这样成熟呢？因为他是"天才"与"生活"的结合。生活是创作的源泉，没有生活，任何天才也难为无米之炊。然而，只有生活而缺乏天分，也绝对不能成就一个优秀的作家。对于伟大的作家来说，更需要超常的"天才"。记得刘绍棠曾说自己是"十岁神通，二十岁才子"。我不知道肖洛霍夫是不是"十岁神童"，但说他是"二十岁才子"则当之无愧。

1920年，肖洛霍夫的家乡顿河地区建立了苏维埃政权。十五岁的肖洛霍夫就成了革命的积极分子，担负着多种社会工作。他是卡尔金镇革命委员会的办事员、扫盲教师、人口普查登记员，并做多种宣传工作，还加入业余剧团并编写剧本。这一时期，顿河地区在实行余粮征集制。为了同破坏"余粮征集"的匪帮作斗争，红军在顿河地区组成"武装征粮队"，肖洛霍夫自愿参加了这支队伍。

在征粮工作中，肖洛霍夫两次都差一点儿被枪毙。第一次是在和匪帮的战斗中被俘虏，正当匪帮要枪毙他们时，匪帮头头来到现场，当他得知肖洛霍夫只是一个十五岁的扫盲教师时，竟意外地将他放了。而两年后，肖洛霍夫又差一点儿被自己人枪毙。1921年，苏维埃政权开始实行新经济政策，从征集余粮改为征收粮食税。1922年，肖洛霍夫被派往一个镇做镇的全权粮食检查员。肖洛霍夫对工作极为负责，为了准确无误，不亏待每一个农民，他深入到田间地头，仔细丈量农民实际耕种的土地面积。他给区粮食委员会打报告，要求有关机构重新考虑因不了解情况所下达的过高的征收指标。同时，他行使自己的"全权"，在一些地方降低了纳税指标。为此，上级粮食机构认为他越权，被革命法庭判处枪决。但考虑到他尚未成年，法庭据此改判为缓期一年执行，尔后也就不了了之了。《顿河故事》中就有一篇《粮食委员》。

这就是肖洛霍夫独有的生活经历。他所拥有的生活，不是靠采访得来的第二手材料，而是他的亲身经历，是他在做各种各样的具体工作和在复杂的斗争中所体验到的他的生活体验是经历过生死考验的切身感受，这样的生活经历不是谁想经历就能经历的。正是这种得天独厚的人生经历和体验，再加上一个伟大作家所具有的"天才"，使他在二十岁前后就写出了具有相当深度的小说集《顿河故事》。接着，他在 1926 年，即二十一岁的时候，就开始构思长篇小说，历经十四年，于 1940 年完成了他的皇皇巨著《静静的顿河》。那时，他才三十五岁。

2023 年 9 月 7 日草拟

马尔克斯《没有人给他写信的上校》：
绝境中的等待与坚持

一

　　《没有人给他写信的上校》写于 1957 年，出版于 1961 年，是马尔克斯的第二部作品，也是他自己最满意的作品。曾有记者问马尔克斯："有人说《百年孤独》是一部不可超越的作品，即使作者本人也不能超越。你怎么看？"马尔克斯答道："它在问世之前就已经被我自己超越了。事实上，我认为我最好的作品是《没有人给他写信的上校》。"在马尔克斯看来，这是一部纯粹的、无懈可击的小说。但经验告诉我们，作家自己满意的作品，未必能够在广大读者中引起共鸣；相反，有时候作家不在意的作品却出乎他意外地产生了轰动效应。至于《没有人给他写信的上校》是否像马尔克斯所认为的是超越了《百年孤独》的作品，读者的看法恐怕也是见仁见智的。但有一点是可以肯定的，《没有人给他写信的上校》的确是一部信息量很大、人物形象鲜明、深刻揭露并批判独裁统治的现实主义杰作。

　　《没有人给他写信的上校》简直没有什么故事情节，更没有悬念，以至于这部约四万字的中篇的全部内容可以用两个字来概括，就是"等待"。小说中有名有姓的人物也不多，主要有主人公上校和他的妻子，还有他们已经死去的儿子阿古斯丁（未出场，只是多次提到），还有医生、奸商堂萨瓦斯、裁缝阿尔瓦罗、伙计赫尔曼等。

这篇小说设置了三条线索，一是上校等待国家给他寄信（退伍养老金）。作品中的上校已经是个七十五岁的老人，他瘦得皮包骨头，肚子经常不舒服，感觉里面的肠子像是正在腐烂一样；妻子患有严重的哮喘病，一犯病就整夜咳嗽，弄得上校一夜都无法入睡。上校年轻时就参加了保卫共和国的内战，作战英勇，十九岁就晋升为上校。退伍时，国家答应给他们一笔退伍养老金，多少年来，上校每周五都去码头迎接邮船，看是否有自己的来信，但十五年过去了，至今没有接到关于养老金的来信。不过上校仍然对来信抱有希望，他相信养老金一定会寄来。

二是上校家里现在养着一只斗鸡，据说是全省最好的斗鸡。这只斗鸡是上校唯一的儿子阿古斯丁的遗产。九个月前，因斗鸡现场有人散发秘密传单，置身于斗鸡现场的儿子被警察的乱枪打死。上校和妻子老年丧子，贫病交加，吃了上顿没下顿，妻子为了怕人知道自家揭不开锅了，竟然煮了好几次石头来掩人耳目，每天靠"借"和"佘"度日。他们家能卖的东西只有三样挂钟、墙上挂的一幅画（几乎每家都挂有的一幅画）和这只斗鸡。挂钟和画没人买，唯一能卖的就是这只斗鸡了。妻子一直主张把鸡卖掉，而上校则舍不得，因为三个月后就要有斗鸡比赛了，上校盼望着他的斗鸡能够获胜，这样他就可以分得百分之二十的奖金了。但眼下就没有吃的了，妻子坚决主张将斗鸡卖给他们的亲家堂萨瓦斯，因为他之前曾告诉上校，说这只斗鸡能卖九百比索。这个价钱对上校很有诱惑力，在走投无路的情况下，上校去找了堂萨瓦斯，而这时他却说这只鸡现在只能卖四百比索，上校虽心有不甘，但又不得不忍痛割爱。但医生断定，堂萨瓦斯一定会从你手里四百比索买过来，然后九百比索再卖出去，从中赚到五百比索。上校不甘心被堂萨瓦斯愚弄，决定将到手的定金退回去，斗鸡不卖了！当妻子反问他不卖吃什么的时候，上校的回答是："吃屎！"

三是医生常常给上校一些未公开见报的材料和一些秘密传单，再让上校把这些传单传递给裁缝铺里的几个年轻人，这些年轻人都是上校儿子生前的好伙伴。

　　然而这篇看似简单的小说又是非常复杂的。小说的构思和设置，体现了海明威倡导的"冰山理论"：作品由直接和间接表现出来的两部分组成。小说直接写出来了上校无法生存的贫困状况，上校参加镇上第一个正常死亡者的葬礼，上校每周五到码头等待邮船到来的情景，上校更换律师的原因和经过，上校卖钟和卖鸡的过程，等等。而间接表现的人事物则是提示性的一笔带过，不加详述和解释。比如，说上校参加的葬礼是镇上多年来第一个正常死亡者，言外之意是说多年来镇上所有死亡的人，都是非正常死亡，而具体死了多少人，死亡的具体原因是什么，则略而不提。比如，只说警察局不让灵车从门前通过，但不说具体为什么。比如，医生经常给上校一些秘密传单，至于这些传单从哪里来的，内容是什么，也略而不提。比如，只写每到夜里十一点就拉响宵禁的警报，但为什么要宵禁，何时解除宵禁略而不提。比如，只告诉读者裁缝铺的墙上贴着一张纸条，上面写的是"勿谈政治"，关于裁缝铺的环境描写仅此而已。比如，上校向律师索要他当年提交的证据，律师告诉上校，你提供的证据已经很难再找到了。因为这十五年中，更换了七届总统，每届总统至少更换了十次内阁，而部长又至少更换了一百次下属……尽管这些内容都是一笔带过，但却能激发读者进一步的想象、推理和判断。我们由此可以感受到国家的动荡不安、官场的腐败、官商勾结、损公肥私、民众的饥寒交迫无人问津，以及统治者的专制独裁、血腥镇压、滥杀无辜。然而，哪里有压迫哪里就有反抗。医生等人秘密散发传单，并告诉上校要丢掉依靠救世主的幻想，就是广大人民民众觉醒并与独裁统治进行斗争的体现。

　　由此可以看出，小说直接写的是上校一家贫病交加的生存现状；而间接暗示的上述种种，则是上校的生存环境以及导致他的悲剧命运的原因。但不论是直接写的和间接暗示的，都与上校的等待及其命运紧密地联系在一起，不可分割。

二

　　《没有人给他写信的上校》成功地塑造了上校这一具有典型意义的人物形象。作品通过上校的悲剧命运，深刻地反映了哥伦比亚甚至包括整个拉丁美洲人民在死亡线上挣扎的生存状况，对鱼肉百姓的独裁专制统治进行不露痕迹的揭露与批判。

　　上校这一人物是有生活原型的。马尔克斯曾在一家卖鱼的市场好几次看到一个人靠在栏杆旁，像是在等待着什么。这个人又让马尔克斯想到了外祖父，他曾参加过两次内战都幸免于难，他一直站在自由党人一边驰骋疆场，获得上校军衔。他一辈子都在等着领取"军功奖"，直到离开人世。外祖父死后，外祖母继续等着这笔酬金，她晚年双目失明，仍然对此抱有希望。她对儿孙们说："等我百年之后，希望你们能够领到这笔钱！"

　　同时，马尔克斯自己也有等待的切身体会。那是他在《观察家报》当记者的时候，由于他在一篇报道中透露了官方的走私丑闻，激怒了独裁当局，马尔克斯被迫离开了哥伦比亚而被外派为驻欧洲记者。不久，马尔克斯因为独裁政府查封了《观察家报》而失业，他在巴黎的三年，一直过着非常艰难的生活，有时靠捡空酒瓶、旧报纸卖钱度日，有时用借来的骨头熬汤喝。此间，他每天都去等信，期待着国内传来好消息。1968 年，马尔克斯在会见记者时曾说："也正因为如此，我才写出了《没有人给他写信的上校》。"他还说："我要是没有这三年穷愁潦倒的生活，我可能当不了作家。"也正因为如此，马尔克斯对上校在等待中的心理状态及其变化，描写得生动、具体、细腻和准确。

　　然而，对于上校的等待，一些读者和论者却有这样那样的不同看法，而持否定态度者居多。比如有人认为，上校的乐观是"盲目的乐观"："篇中上校无论经历过什么对生活都是乐观的，充满希望的。这种乐观甚至是盲目的，只一味对未来抱有希望，而不去思考这未来的不确定性与负面结果的可能性……上校的希望是盲目的乐观，是不考虑现实情况的。"还有人认为，上校最后回答妻子说没得吃就"吃屎"，这种回答虽然很解气，但却是荒谬的，因为事情没有得到任何解决。而有人干脆认为，上校的等待是愚昧，他的等待本身就是荒谬的。

三

笔者并不认同这些看法。在我看来，上校的等待既不是盲目的乐观，更不是什么愚昧和荒谬。相反，上校的等待是因为渴望改变现状而珍视生命，由此焕发出坚韧不拔的顽强意志力。为什么这样说呢？

首先，上校的等待是绝境中的等待。上校和他的妻子已经到了无法活下去的境地，上校已经七十五岁，瘦得皮包骨头，他的妻子患有严重的哮喘病且无钱医治。民以食为大，而上校家徒四壁，卖无可卖，抵押无门。独裁的政府根本不顾民众的死活，别说得到救济了，就连应该给的退伍金上校已经等了十五年至今仍杳无音信。奸商堂萨瓦斯一口一个"亲家"地喊上校（因为他是上校儿子的教父），他非但不解囊相助，反而在上校要把鸡卖给他的时候，想贱买贵卖，乘人之危，从中获利。老年丧子，更是对老两口沉重的精神打击……所有这一切，都说明上校已经陷入到了无法生存下去的绝境，但在这样的处境中，上校选择的不是死，而是活下去，并继续他的等待和坚持。这种珍视生命的顽强精神本身就值得肯定和赞扬。

其次，希望是上校活下去的精神支柱和内在动力。人在逆境中之所以

世界著名中短篇小说赏析

能够坚持和忍耐，原因是心中还存在着希望。已经瘦得皮包骨头的上校也是如此，"但实际上，他之所以能够撑着活下来，仅仅是因为他对来信还抱着希望。他精疲力竭，那一个个不眠之夜使他的身体垮了下来。不能再照顾他自己和公鸡的生活了"。那么，上校的希望是什么呢？他究竟在等待什么呢？上校在等待收到退伍养老金，希望他的斗鸡能在斗鸡比赛中获胜并分得其中百分之二十的奖金。这两个希望在上校的心中是非常明确和非常执着的，而读者也看得很清楚。也正因为他有这样的希望，才让他在漫长的等待中十多年如一日地坚持着。

但我觉得，从上校关心国家是否大选，以及他参与秘密传单的散发来看，上校似乎还有他的第三个希望，就是希望独裁当局倒台，希望民众的反抗获得胜利。不过，这一希望或许上校自己还没有明确地意识到，这是蛰伏在他的潜意识之中的希望，对他的等待和坚持发挥着重要作用，只是他还没有意识到罢了。

上校这三点希望有一个共同点，就是都具有不确定性和可此可彼性。因此有人便认为上校的希望和等待是盲目乐观，是愚昧和荒谬。的确，上校的希望和等待，最后很有可能会落空。但对于身处绝境的上校来说，他要想活下去，就必须心存希望。只要当局没有宣布退伍养老金作废，就还有希望，哪怕这是只有百分之一或千分之一的希望，也是希望。因此，上校在无望中的等待是一种强烈的、顽强的求生欲望和意志力的体现，不能认为是盲目乐观、愚昧和荒谬。倘若上校抱有和上述论者同样的想法，他还有活下去的愿望吗？其结果只能是死路一条！胜利往往取决于再坚持一下的努力之中。置身绝境的上校，唯有去守护他的希望，他才有活下去的精神动力。

至于上校希望民众的反抗获胜，希望独裁当局倒台，更是一种具有进步意义的希望和等待，如若认为这样的等待和坚持是愚昧和荒谬，岂非咄咄怪论！关于上校最后回答妻子时所说的"吃屎"，我认为虽然解决不了实际问题，却不能认为这只是一种气话。事实上，这句话是上校在表明一种态度和决心：绝不在困境中低下头来，并且决心要在绝境中继续自己的坚持和等待！

上校坚韧不拔的坚持和等待，正是南美人民不屈不挠的反抗和斗争精神的集中体现！

2023 年 10 月 28 日草拟

海明威《乞力马扎罗的雪》：
哈里为什么失去了写作的欲望和能力？

一

《乞力马扎罗的雪》讲述作家哈里和情人海伦一起去非洲狩猎，哈里腿部不幸受伤感染，恶化为坏疽；由于汽车损坏，只能就地等待救援直到在梦中死亡的故事。哈里对自己的腿伤已经绝望，他从一些与死亡有关的动物向他靠近，感到死神就要找他来了。为了消磨时间，他故意找碴与海伦吵架。小说采取意识流写法，通过意识的无序流动和跳跃，将现实与梦境、现在时和过去时交织在一起，回忆了他一生的人生经历，诸如第一次世界大战中他经历过的一些场景，他和一些女人的关系，战后法国的社会状况……通货膨胀，街头的醉鬼和运动狂，他们因贫穷而以喝酒与运动来麻醉自己；清洁女工抗议实行八小时工作制，因为这样丈夫就有了更多喝酒和喝醉的时间；想到自己作为一个作家失去了写作的欲望和能力，而他觉得作家应该靠自己的写作才能来生活，而不应该将才能当成获取女人信任和钱财的手段，从而整日沉醉在花天酒地之中。哈里曾经是一个才华横溢的作家和热血青年，参加过第一次世界大战，也拥有过纯洁真诚的爱情，但对奢华生活的追求使他慢慢改变了初心。为了金钱，他背叛了爱情、艺术，乃至自己的信仰和灵魂。他开始主动追求有钱的女人，他不爱她们，但靠谎话来博得她们的欢心，维持与多个阔夫人的暧昧关系。哈里清醒地意识到了自己的堕落，他想改变这种生活状态，于是决定到非洲狩猎。因为"在生活最好的时光里非洲曾给他带来了最多的欢乐，所以他回到这里，想要重新开始。他们安排了这次游猎，不讲究舒适。但也不艰苦，只是没有奢华享受而已，他想着可以通过这样的方式重新锻炼自己，他或许可以想办法给灵魂减肥，就像拳击手进山里训练一样，以便重新焕发活力，调动起他的身体"。

和他同行的海伦是他最后一个情人，也是最有钱的一个。这个女人真心爱他，处处照顾他，以满足他的心愿为乐事。她年轻时丈夫死了，后来一心扑在两个孩子身上，但孩子并不需要她，觉得是被束缚了；从此她便以酒为伴，每晚靠喝醉酒入睡。后来她有过几个情人，但不久就让她烦透了。再后来遇到了哈里，她喜欢他因为他是作家，并且喜欢他的书，在二人的交往之中她真心地爱上了他，并且可以为他舍弃钱财。她甘愿陪同哈里到非洲游猎，并且不讲究舒适。虽然哈里认为海伦是个好女人，但他并不真爱她，平日同样是用谎言来哄骗她。而来到非洲之后，一心想到要死的哈里，才说出自己的心里话，"我从来就没有爱过你""你是个该死的好女人""你那该死的钱""爱就是一堆屎""我就是站在屎堆上打鸣的公鸡"。他说这些狠话，只是发泄发泄而已，他知道自己的堕落与这个女人并没有关系，因为在认识她之前，自己就不是从前的自己了。

哈里来非洲本来是想"为灵魂减肥"，回归原来的自我。但不幸的是，他到非洲后因腿部感染而恶化为坏疽，因此想到的不是重生，反倒是死亡。最终，他在弥留之际，梦见自己乘坐着救援飞机飞翔着，看到了非洲最高的乞力马扎罗山上的积雪……哈里就这样离开了人世。

这是一篇带有自传性质的小说，因为小说中的许多回忆，差不多都是海明威自己的亲身经历和所见所闻。《乞力马扎罗的雪》被西方文学界认为是海明威短篇小说的上乘之作，是他最优秀的短篇小说，因此在世界范围内产生了广泛影响，被译为西班牙语、意大利语、法语、中文、俄语等多国语言。

二

这篇小说为什么能在世界范围内产生广泛的影响呢？他的独特之处是什么？名著之所以成为名著，必有其独到之处。比如，同是揭露、批判资本主义社会金钱至上的作品，就各有其相互不能取代的独特性。卡夫卡的《变形记》，它的独特之处是发现了资本主义普遍存在着的"异化现象"，即人已化为非人。左拉的《陪衬女》，则揭示出在商品社会中一切的一切，都可以变成商品来出售。莫泊桑的《项链》，揭示出金钱让"虚假"变成了一种普遍存在的社会现象，《我的叔叔于勒》描写的是金钱对亲情的粉碎。欧·亨利的《警察与赞美诗》批判的则是"有罪"能逍遥法外，"无罪"却无端入狱。资本主义社会法律的虚伪和黑白颠倒于此可见。

显然，海明威的《乞力马扎罗的雪》也是对资本主义社会的揭露和批判。有人认为："小说中揭示了高度物质化的社会和战争对人性的迫害，充满了作者对社会和人生的思考，对战争的残酷、社会的高度物质化、人性的高度异化的批判，构造了在此环境下痛苦乃至麻木的感情，体现了迷惘一代的精神面貌。"

这种看法大致不错，但失之于笼统。因此，它没有指出这篇小说具体的独特之处。这样的论断，只讲了此类小说的共同点，而没有指出它们各自的独特之处。还有一种看法，认为《乞力马扎罗的雪》的主题是"死亡"和"救赎"："重要的主题是死亡。而死亡主题又通过一系列意象，如鬣狗、秃鹫、镰刀、骸骨、夕阳等和对战争破坏性的控诉来展开。""与死亡相对的是美好，是救赎。《乞力马扎罗的雪》一直贯穿着救赎的主旨，最后所有的意识都归于一处，人的精神境界的升华和飞机的上升融为一体，小说达到高潮，达到了超越时空、重塑自我的境界。"

《乞力马扎罗的雪》的确写了死亡和救赎。但这只是表象，至于它的深层含义，即海明威为什么要写死亡和救赎，该文却没有论及。至于说哈里在弥留之际梦见自己乘坐着救援飞机看到了乞力马扎罗雪山，认为是"达到了超越时空、重塑自我的境界"，尤其值得商榷。看到了乞力马扎罗山上的雪，就意味着得到了救赎吗？这恐怕是对小说的误解吧。

三

在批判资本主义社会的作品中，海明威的《乞力马扎罗的雪》不同于同类作品的独特之处，他揭示出了金钱对人的灵魂的腐蚀。小说具体描写的被腐蚀者不是一般民众，而是一个才华横溢的作家。再看写作手法，批判资本主义社会的小说多半采取现实主义的写法，而海明威的这篇小说，则主要采取了意识流和象征、隐喻等现代主义手法。

首先，小说让我们感受到，金钱是在不知不觉中对灵魂进行腐蚀并毁灭人的才华。而这正是它的可怕之处。哈里是一个才华横溢的作家，也是一个清醒的被腐蚀者。清醒，是因为他对金钱的腐蚀性有着清醒的认识，他曾经看不起那些被金钱打倒了的人。后来，他结交了一些有钱的情人，他觉得自己"心里有数""做好了防备"，不会被金钱所打倒、所腐蚀，但最终，他在不知不觉中，成了一个清醒的被腐蚀者。请看哈里的这段内心独白：

> 你心里有数做好了防备，所以不会再像大多数人那样受伤，对于曾经的在乎的工作，你摆出了毫不在意的姿态，结果，你就再也无法工作了。可是，你暗地里告诉自己，你会把这些都写出来的，至于那些大富豪们，你并不是其中一员，只是他们国度里的冷眼旁观者，你终究会离开，把这些化为文字，至少这一次是个真正了解内情的在写作。但他再也无法办到了，因为那没有写作的每一天，扮演着他

所瞧不起的人的每一天，早已耗去了他的能力，消磨了他各种的欲望，最后，他就彻底不工作了。

金钱的腐蚀力之所以可怕，就因为它能让人在花天酒地、舒舒服服的生活中，不知不觉地"耗去了他的能力，消磨了他各种的欲望"，所以到最后"他就彻底不工作了"。哈里作为一个作家，没有了写作的欲望和能力，则是因为他的堕落而导致的自我毁灭。这种堕落和自我毁灭，其可怕性不是有人强迫你，而是你自己不知不觉地深陷其中而不能自拔。于是，说什么"心里有数"，说什么"做好了防备"，说什么自己只是富豪群里的一个"冷眼的旁观者"，说什么要作为"知情者进行写作"，统统变成了一些实现不了的空话。不想失去，然而最终却失去了写作的欲望和能力，对于作家来说，就是不折不扣的悲剧。

哈里的清醒还表现在他意识到了自己的沉沦，他想东山再起，涅槃重生，这是他去非洲狩猎的目的。但问题在于，他到非洲之后感染了坏疽，最后不但没有得以重生，反而死在了非洲的大草原上。海明威为什么要让哈里在这里死掉？对此，海伦认为，如果不来非洲就不会受伤感染坏疽；哈里认为，是因为开始没有给伤口上碘酒，才感染并恶化为坏疽。总之他们认为感染坏疽原本是偶然的，是可以避免的。

其实，在笔者看来，哈里在非洲感染坏疽，恰恰说明海明威认为，被腐蚀了的灵魂是难以得到救赎的。感染坏疽，是难以治愈的象征；汽车抛锚，象征着无法走出困境。所以哈里的死并非偶然，而是必然的结局。即便来到他的福地非洲，也不能让病入膏肓的他起死回生。的确，在他弥留之际，他梦见自己乘坐着救援飞机飞向了被视为神山的乞力马扎罗雪山，看见了那象征着纯洁和神圣的雪。然而这不能说是他得到了救赎，只能说是他保存在潜意识中的一种渴望而已。哈里就是带着这样的渴望，遗憾地离开了人世。

其次，金钱毁灭真爱，致使情人无情。哈里和海伦的关系就是最好的例证。海伦是一个不幸的女人，年轻时死了丈夫，后来又死去了一个儿子，在孤独苦闷中靠酒来麻醉自己，后来曾有过几个情人，但很快就让她烦透了。虽然没有交代让她烦透了的原因，但根据海伦的心愿和性情，可以断定是她看透了他们的虚情假意。当她遇到作家哈里之后，因为他写的书而喜欢他、崇拜他，并真心地爱上了他，同时，她感到哈里对她很好，也是真心爱她的。这让她空虚孤独的内心得到了满足。因此，为了哈里，她可以舍弃自己的一切，包括金钱，只要哈里高兴做的事，她都支持并倾心相助。

然而，让海伦万万没有想到的是，哈里在生命的最后时刻，到底还是说出了埋在心底的真话："我从来就没有爱过你！"这句话如晴天霹雳，海伦简直不敢相信这是哈里的真话，她提醒他说："不是这样的，你是爱我的啊！"哈里却以更为坚定的口气恶狠狠地说出了发自内心的狠话，说明他爱的不是海伦本人，而是她拥有的金钱；而海伦曾经骄傲地认为，她用金钱俘获了哈里并得到了他的真爱，而哈里的真心话却彻底暴露了他们的情人关系的虚假性和欺骗性。原来，情人无情！

表面看来，是哈里欺骗了海伦，实际上是她的金钱夺走了她想得到的真爱；她的金钱俘获了哈里，腐蚀了哈里，导致了他的沉沦和死亡。因此，金钱才是真正的幕后元凶。哈里和海伦都是金钱的受害者。

再次，意识流手法的运用。这篇小说主要运用了意识流和象征、隐喻等表现手法。意识流小说兴起于20世纪20年代，其中心在英国，英国意识流小说代表性作家是弗吉尼亚·伍尔夫。意识流小说到20世纪60年代发展到它的鼎盛时期，后来逐渐式微。意识流原本是个心理学术语，最初是美国心理学家威廉·詹姆斯提出来的。他认为人的意识并不是片段的衔接，而是处于永远的流动状态中，所以称之为意识流。后来英国小说家梅·辛克莱把这个名词引进文学，她用意识流称呼陶罗赛·理查生等人写的不同于传统的一类小说。其突出特点是打破了传统小说的表达方式，采取直接叙述意识流动过程的方法来结构篇章和塑造人物形象。它可以打破时空界限，进行立体交叉式的描写，具有较大的浓缩性和凝聚力。正如弗吉尼亚·伍尔夫所认识到的：意识流方法的本质和目的是接近人物内心活动的本质。

《乞力马扎罗的雪》发表于1936年，这说明海明威是较早运用意识流写法的。我以为，海明威之所以采取意识流写法，不是追新逐异、赶时髦，而是由小说的立意和所要表达的内容来决定的。具体来说，这篇小说采取的意识流写法使故事达到了如下一些艺术效果：

将漫长的人生经历凝聚于一瞬。这篇仅仅一万五六千字的小说，表现的是哈里一生的经历，如果采取传统的按时间先后线性地展开故事，将会拉长为一个长篇，但这和海明威所倡导的"冰山理论"是矛盾的。采用意识流的方法，可以把哈里所经历过的诸多生活场景凝聚在一天之内，从而使小说达到了简洁而丰富的艺术效果。

哈里的意识流动，"源于一"且合乎情理。哈里的意识流动，时间跨度长，所回忆的生活场景彼此互不相关，然而这种看似跳跃、杂乱、无序的意识流动，却又自然合理，并且统一于"一"，这个"一"，就是这些互不相干的生活场景都是哈里积攒下来准备写的生活素材，即都来自哈里的创作目的。而且，由于死神的到来，这些想写的东西再也没有机会去写了，这就越让他觉得惋惜，而越是惋惜就越让他想去回忆，这符合人物在特定情境中的心情和愿望。所以他的意识流动，"源于一"且合乎情理。

2023 年 12 月 15 日草拟

后记

　　撰写《世界著名中短篇小说赏析》是在和经典对话，这些作品引人入胜、沁人心扉、发人深省、促人深思。我平日里思考最多的是：文学是什么？小说是什么？文学的发展前景如何？纸文学会不会消亡？这些问题憋在肚子里实在难受，所以尽管已经写了一篇较长的"自序"，仍觉得言未尽意，不妨再啰嗦几句。

　　首先，思想是作品的灵魂。作品中的所谓思想，就是对事物的本质特征与属性的认识和形象化的表现。如果一部小说只是罗列了一大堆现象，而缺乏对事物本质的追问和揭示，讲述的故事即便跌宕起伏、引人入胜，但终因缺乏思想深度而失之于肤浅和表面。名著之所以能够传世，能够让人常读常新，就因为它发现并抓住了事物的本质特征与属性，从而具有了思想。事物是不断发展变化的，而思想具有相对的稳定性，所以具有思想深度的小说才有长久的艺术生命力，才有可能传世。

　　然而，思想是抽象的，文学作品不能直接写思想，正如铁凝曾经说，小说要描写"思想的表情"。思想是抽象的，本无表情。但小说和其他文学作品所描写的，不是赤裸裸的思想，而是活生生的、有着七情六欲的具体的形象，思想就隐含在具体的形象之中。这样，抽象的思想就有了多姿多彩的“表情”。在小说等文学作品中，思想和它的“表情”是结合在一起的。“表情”中蕴含着思想，思想借“表情”而显现。

因此，思想与“表情”的关系，实质上就是一个“写什么”和“怎么写”的问题。我看到有些作家在他们的创作谈里特别强调“怎么写”的重要性，有的作家干脆说，写作就是一个“技术活儿”，觉得“写什么”似乎并不重要。这种看法是片面的，是不符合创作实际的。作家在创作中首先遇到的问题是“写什么”，只有确定了“写什么”，然后才是“怎么写”的问题。“写什么”关乎小说是否具有思想以及怎样的思想，“怎么写”考虑的是如何写出“思想的表情”来。只有发现了能够揭示事物本质特征的东西，其作品才有可能具有思想，由此才能写出“思想的表情”。经典作家在选择“写什么”的问题上都颇费匠心。比如，马尔克斯在题材选择上坚持的所谓“丢弃说”，就是在“写什么”的问题上反复比较、遴选，他想要写的，是那些经过多年之后仍然无法忘掉的东西。因为，让作家总是忘不掉的东西中，往往都隐含着本质的、有价值的东西，而自己还没有明确意识到。可见，找到值得去写的东西并不容易。如果只是罗列一大堆现象，无论怎么写，也写不出“思想的表情”来。

其次，文学不会消亡。在信息化、网络化、影像化的读图时代，文学的确是被边缘化了，人们因此担心文学会不会消亡。其实，这种担心是不必要的。我相信，只要人类存在，文学就会存在。文学与人类同在。

文学是人类认识世界和自身的路径之一。人类存在于世，为了生存、发展和趋利避害，既要了解自然界，也需要了解人类自身。这了解和认识的过程，是在探索中的认识，在认识中的探索，而这种探索和认识是永无止境的。人类认识世界和自身有多种方法和路径，诸如科学、哲学、文学和宗教。科学从“有”的角度探索和认识物质世界和人类自身，宗教从“无”的角度揭示宇宙存在的奥秘。文学则通过形象化的手段呈现生活的状貌，帮助人们认识社会，透视人的灵魂及其美丑善恶。科学、哲学、文学、宗教各有其独特作用，是不能互相取代的。我们有理由认为，只要人类存在，文学就会存在。

优秀的文学作品是形象化的历史和心灵史。优秀的文学作品可以当史书来读，比如马克思对巴尔扎克的多卷本小说《人间喜剧》就给予了高度的评价："用诗情画意的镜子反映了整整一个时代。"史书和文学都是社会生活和历史变迁的记录或反映，两者所共同遵循的都是真实性原则。这是它们的共同之处，但又同中有异。史书记载的是历史进程中的重大事件和线性过程，而略去小的细节；而文学作品，特别是小说，则是由一连串的细节构成的。因此，史书犹如树的主要枝干，文学则让人看到其枝叶纷披的悠然模样；史书主要记事，文学重在写人并展现其心灵世界；史书强调事实的绝对真实，文学却可以"事假意真"，只强调本质的真实。文学与史书最主要的区别就在于它的形象化手段，所以我认为优秀的文学作品就是"形象化"了的历史。

我在和名著对话的过程中，就像到了不同时代、不同地域去旅行一样，看到的是那些不同的国家、不同的民族、不同地域中的不同风景，看到那里的风土人情，看到那里人们的生存状态和社会风貌。如果我们仅仅读史书，则很难获得如此具体的现实感，更难洞悉人的心灵世界。文学与史书是各有所长的互补关系。

任何国家和民族，都不会忘记自己的历史，因为历史的记载是绝对不会中断的。如果承认文学本质上是形象化了的历史和心灵史，那么它同样不可或缺，同样应该存在并且必然会存在。只要历史没有间断，文学就会存在。记得屠格涅夫说过，文学是一个民族的灵魂。那么，我们可以反过来说，只要这个民族存在，作为其灵魂的文学就会存在。

最后，是诚挚的感谢。感谢李彦青、康志刚、阿宁、唐慧琴等作家，正是因为他们的支持、肯定和帮助，才给了我与经典对话的勇气和信心。要特别感谢河北省作家协会为繁荣河北省的文艺创作所采取的多种得力措施。其中，已经出版的老中青几代作家、评论家"丛书"，是对河北文学发展轨迹的记录和保存，同时为研究、了解河北文学提供了翔实可靠的第一手资料。这一次推出的"燕赵文艺名家丛书"，拙著《世界著名中短篇小说赏析》有幸位列其中，欣喜之情不言而喻。这让我心怀感激却又难以言表，而萦绕在心中的两个字，还是"感谢"！

2024 年 3 月 28 日草拟

2024 年 6 月 10 日修改